LA MÉMOIRE DE NOS RÊVES

QUENTIN CHARRIER

LA MÉMOIRE DE NOS RÊVES

roman

BERNARD GRASSET
PARIS

Photo de la bande : © Raymond Depardon/Magnum Photos

ISBN 978-2-246-83204-1

1.

Lorsqu'il apprit la mort de son ami Franck, Simon Taïeb, âgé de trente-deux ans, se trouvait dans la cuisine de son appartement de Pantin, dont les fenêtres donnaient sur les eaux cimentées et glaciales du canal de l'Ourcq ; surpris en pleine préparation de son déjeuner composé de pain de seigle et d'un poisson de roche à l'allure préhistorique, acheté au supermarché de la rue Victor Hugo, à un Sri-Lankais portant une résille dans les cheveux et un tablier couvert de sang et d'écailles. Il posa la spatule qui lui servait à retourner le poisson, et entreprit de griffonner sur un prospectus des signes au crayon à papier (traits verticaux ou obliques, chevrons, points, boucles et lignes brisées), comme s'il prenait scrupuleusement en note chaque détail qu'une voix inconnue lui donnait par téléphone.

Des oiseaux nichaient dans un tilleul situé de l'autre côté du canal. Une explosion retentit, sèche et brusque, dont l'écho s'égrena dans l'air froid, dispersant les volatiles en direction des cabanes de chantier. Simon laissa le crayon sur la table. À l'image de la détonation qui, ayant fait sursauter un vieux clochard traînant un caddie, se résorbait lentement en laissant le silence d'hiver retrouver sa forme, la nouvelle avait suscité en lui un choc avant de refluer brusquement. Une sensation de vide l'envahit alors, comme si une partie de lui-même s'était tout à coup dérobée.

Il prit son manteau, plia le prospectus en quatre et le fourra dans sa poche. Il se rendit ensuite en métro à l'hôpital Saint-Louis où l'attendaient, au terme d'un couloir blanc barré par des portes coupe-feu, une infirmière et un agent de police qui tenait sous son bras une sacoche à glissière. On avait retrouvé le corps de Franck dans une cage d'escalier du quartier de la Chapelle. Il dormait dans un réduit en sous-sol, hébergé par le propriétaire d'un bar qu'il connaissait. Quelqu'un lui avait fait les poches avant d'appeler les secours, lui laissant une pipe à crack, un ticket de jeu à gratter, l'équivalent de trente centimes en petites pièces et un épais portefeuille bourré de papiers, parmi lesquels on avait découvert l'adresse et le numéro de téléphone de Simon.

Le visage reposant sur la table d'examen, émacié et couvert de barbe brune, était bien celui de Franck : un crâne surmontant deux tibias en croix, tatoué en prison à l'encre bleue ; la cicatrice ronde et lisse, de la taille d'une pièce de 2 euros, résultat d'une chute en scooter à l'âge de quatorze ans, sur les chemins tourmentés qui sillonnaient l'intérieur de la presqu'île, bordés de pins, de fougères et d'ajoncs, où les deux garçons avaient grandi ; ses yeux au regard décousu, un peu sauvage, fermés pour toujours.

— Vous avez prévenu sa mère ?

L'agent lui tendit une liasse de documents et un stylo. Simon restait immobile. La vue du corps l'impressionnait.

Il finit par partir après avoir signé les formulaires. Dehors, le vent qui soufflait en bourrasques entaillait la peau de ses mains (il avait oublié ses gants), l'obligeant à marcher, voûté, le long des murs de forteresse de la rue Bichat. Il finit par s'engouffrer dans un café à mi-chemin de la station de métro, avec vue sur les trottoirs déserts. On était samedi et le café était lui-même à moitié vide. Il tira le prospectus de sa poche et l'abandonna sur la table à côté de son deuxième cognac. Au moment de payer, il fut pris d'un long vertige dû à l'alcool, l'émotion et la crainte de voir ses jambes ne plus répondre. Il n'avait désormais plus froid du tout, ni faim, et aucune tâche particulière à accomplir pour les heures à venir qui le conduiraient bientôt au terme d'un énième week-end de solitude, vers un énième lundi à donner des cours au lycée. Il décida de rentrer à pied – trois bons quarts d'heure, le temps de faire de la place pour les souvenirs qui affluaient dans son esprit. Franck et Clarisse. Son ami d'enfance et son premier amour. Celui à qui il n'avait pas su tendre la main, et la fille qu'il aimait encore. Toutes les combinaisons étaient possibles.

Une page de sa vie se tournait, incontestablement. Ce qu'il avait longtemps attendu – sans le souhaiter bien sûr, sans trop d'affect non plus, pensait-il – était arrivé. Franck était mort, mais ce qu'il avait anticipé de sa propre réaction, la douleur, ne venait pas. Seulement le goût amer de la culpabilité et des regrets profonds, déployés autour de lui comme un cercle. Le froid, le soleil d'hiver fracturant les nuages ; il se laissait guider par des sentiments contraires (il était plus étonné qu'abattu, il se sentait même bizarrement excité) qui portaient sur toute chose l'ombre usée de la mélancolie.

Entamant pour lui le récit de ces dernières années, recouvertes d'une brume étrange, il acheta des bières dans une épicerie et les but méthodiquement dans un square à côté des Buttes-Chaumont. Il pensait à Clarisse tous les jours, depuis des mois, des années, depuis le début en fait. Il y pensait en embrassant d'autres filles. Et même avant cela, avec Justine, qui avait fini par le quitter après quatre ans de vie commune, le laissant fomenter dans une torpeur d'ivrogne des rêves de grandeur, de célébrité et de plénitude sexuelle, dont elle empêchait l'accomplissement.

Clarisse était là. Rien ne l'effaçait, alors que leur liaison se résumait à quelques jours que l'on aurait pu compter sans effort : dix semaines de printemps, la cour du collège Guy de Maupassant dilatée par la lumière et le bruit, les longs après-midi à s'embrasser, à faire du skate et à fumer des joints dans les rues pavillonnaires. Puis leur première rupture. Et des années plus tard, à l'université, cette amitié ambiguë que ni l'un ni l'autre n'avaient vraiment choisie, prolongée par des années d'un silence hanté par son souvenir, pendant lesquelles il n'avait jamais trouvé le courage de l'appeler pour lui donner les vraies raisons de son incapacité à être avec elle. En y réfléchissant, il avait agi avec Franck de manière similaire, réussissant dans un mélange inquiet d'amour-propre, de préjugés et d'indécision, à repousser loin de lui son meilleur ami et son amour de jeunesse. En un sens, il les avait abandonnés tous les deux. À présent, il n'avait plus d'endroit où se cacher.

Rentré chez lui, Simon prit une douche brûlante, but deux tasses de café et chercha à joindre la mère de Franck. Il laissa le téléphone sonner dans le vide à quatre cents kilomètres de Paris, dans le silence d'une bicoque qui sentait le chien et le tabac froid, au toit percé et aux murs lézardés que les tempêtes d'hiver menaçaient d'emporter jusqu'au littoral. Pour s'occuper l'esprit, et ne plus penser à rien, il commença à trier des fiches. Entre ses obligations professionnelles, émaillées d'aventures rudimentaires, et le découragement, Simon ne travaillait plus sur sa thèse que quelques heures par semaine. Il avait passé la moitié de sa vie d'adulte à collecter une masse de documents suffisante pour remplir un buffet. Un disque dur saturé de notes et de plans traînait dans un tiroir, il avait déjà tapé une bonne centaine de pages. La perspective de devoir en écrire plusieurs centaines d'autres le laissait à son bureau inerte et contemplatif, les yeux dans le vague et les mains posées sur le clavier de son ordinateur, à observer les nuages par la fenêtre ou une reproduction d'Uccello, bataille de nuit à la perspective écrasée, une troupe de cavaliers chargeant à travers brume, forêt et citadelle. Il se noyait dans un espace-temps qui soudain n'avait plus de limites. Il s'éparpillait.

Parfois, et sans les avoir convoqués, ses rêves de réussite venaient lui rendre un peu de vigueur. Il se voyait prof titulaire (à Paris ou dans une grande ville de province), une fois sa thèse obtenue. Il s'imaginait publiant des livres, ses anciens camarades de promo assistant, envieux, à ses succès. Il devinait le sourire de son père, enfin satisfait d'une carrière qui se dessinait jusqu'alors péniblement, et le soulagement de sa mère de voir celui de ses enfants pour lequel elle s'inquiétait le plus (le seul peut-être), trouver finalement un sens à sa vie.

Lorsqu'il avait débarqué à Paris dix ans plus tôt, d'une fac de la côte atlantique, il n'était même pas certifié. Il était venu préparer une thèse consacrée à la famille d'Orsonval qui dominait, au sortir de la guerre de Cent Ans, une portion de territoire à cheval sur trois comtés, aux confins de l'Anjou et de la Bretagne. Un travail entamé sur les recommandations d'un professeur de Paris I, qui avançait à une allure d'escargot étant donné les minces créneaux de travail dont il disposait (mardi et samedi, vacances scolaires). Dernière étape d'un parcours malheureux qui l'avait vu rater deux fois le Capes et trois fois l'agrégation, pour atterrir au lycée Henri Wallon à Aubervilliers, contre un salaire de 1 800 euros.

Pour autant, il continuait d'enseigner avec une résolution constante, à peine entamée par les conditions difficiles de son métier. Il était d'ailleurs le premier surpris de découvrir que ses élèves – sans pour autant cesser de parler à voix haute, de bâiller et de chahuter – avaient plutôt une bonne image de lui. Pour sa part, il se jugeait plus durement. Il se trouvait enfermé et inabouti, gaspillant son temps libre à tracer des cartes de géographie, enregistrer des documentaires et écumer les brocantes du dimanche pour dénicher de vieux manuels, des cartouchières, des portraits, gravures, mappemondes écalées où apparaissaient encore la Yougoslavie et la Haute-Volta, encombrant tout l'espace de son petit deux pièces et menaçant de l'engloutir. Il aimait l'Histoire et il aimait enseigner, mais il ne trouvait plus assez d'énergie pour croire en lui-même. Parfois, il se disait que si Clarisse avait été là, elle aurait pu l'aider à construire quelque chose de tangible, à trouver un chemin pour s'accomplir, alors même qu'il l'avait repoussée pour les raisons inverses : pas assez d'ambition, un statut social flou, et les sentiments trop forts qu'il avait pour elle.

— Madame Aubert, c'est Simon Taïeb. Je vous présente toutes mes condoléances. On a dû essayer de vous joindre. Je suis allé à l'hôpital. Reconnaître le corps. Pourriez-vous me rappeler à ce numéro.

La nuit était tombée. Il se sentit immensément seul. Il pensa brièvement à Justine, s'apitoyant sur son sort, se demandant s'ils pourraient encore, deux ans plus tard, recoller les morceaux. À la fin, elle ne supportait plus rien, ni son travail, ni ses recherches, ni ses amis, encore moins ces patelins perdus où il l'entraînait les dimanches pour aller visiter des châteaux endormis. Marchant main dans la main dans les sentiers gravillonnés, ils traversaient les pièces d'un lieu que personne, à part eux, ne visitait, et où une petite vieille avec une canne, un fichu sur la tête et une couche de poudre de riz pesant sur sa figure comme un masque japonais, assurait seule la billetterie. Simon voyait leur histoire comme un tableau sur lequel le temps ne semblait pas avoir de prise. Une succession de scènes un peu figées mais réconfortantes. À cette époque-là encore, ils pouvaient passer des heures à dresser les plans d'une vie paisible, achevée, matériellement à l'abri du besoin : deux carrières, des responsabilités, un bel appartement, des enfants, des amis. Une existence à laquelle il ne manquerait rien, même si on ne peut pas tout avoir.

Mais les tabous et les non-dits avaient fini par miner leur relation, ainsi que les ombres de sa vie d'avant dont il ne parvenait pas (et ne le souhaitait pas) à se défaire. Le tout s'était soldé par une longue période de cohabitation asexuée et de renoncement qui avait recouvert de neige leurs gestes, et leurs sensations, à rebours de la fermeté dont Justine avait fait preuve quelque temps avant, lorsqu'elle avait essayé de mettre Franck, sa copine et leur bébé de un an à la porte. Frank lui avait demandé de les accueillir. Simon avait dit oui, avant de renoncer au bout de quelques semaines, pris entre deux feux, fidèle à son caractère. La présence de Franck menaçait leur vie à deux, qui prenait déjà l'eau de toute part.

— Ils s'en vont demain.

Il se rappelait son visage sans expression, la terrasse et au loin, la rue de Vaugirard qui clignotait dans le soir de printemps. Ils étaient seuls dans l'appartement. Justine avait posé un sac en plastique sur la table en fer.

— J'ai trouvé ça dans leur valise. Ils partent. Ils sont dangereux, pour nous, pour leur fille. Ils partent demain. Fin de la discussion.

À l'époque, il était déjà trop tard, pensait maintenant Simon. Pourtant, ils y avaient cru, depuis leur rencontre dans une fac de province six ans plus tôt. Justine classait les livres à la bibliothèque universitaire quelques heures par semaine. Ils émergeaient tous les deux d'une période indéterminée de célibat entrecoupée de rapports sporadiques allant du « moyennement satisfaisant » au « carrément minable ». Simon l'avait trouvée jolie, drôle, solide dans sa manière d'envisager l'avenir et de voir le monde. Ils venaient du même milieu, et avaient beaucoup de choses en commun. Ils avaient redécouvert avec une frénésie naïve leur propre sexualité, comptant l'un sur l'autre avec la ferveur des jeunes amoureux. Ils se faisaient confiance aveuglément, et s'étaient juré – un peu vite – qu'ils s'aimeraient pour toujours.

À présent, il n'en restait rien. Justine avait mis ses affaires dans des sacs et des cartons, tous ces objets auxquels il avait fini par s'habituer, les livres de poche, les films, les tableaux africains, les boîtes à épices, les chaussures. Il revoyait certaines séquences : Justine pleurant dans la voiture en partant chez une collègue de Montreuil qui allait l'héberger. Elle avait attendu sur le trottoir pendant que Simon manœuvrait l'utilitaire plein à ras bord. Il l'avait aidée à décharger, puis avait ramené le camion porte de Bercy. Le soir, seul dans l'appartement de la rue Victor Duruy, il avait bu sur le balcon, anticipant un contrecoup qui n'arriva jamais vraiment. Si quelque chose en lui s'était brisé, il n'en avait pas conscience, habitué depuis longtemps à intérioriser ses émotions au point qu'elles y semblaient enfouies. Il appréhendait de se retrouver seul, mais il éprouva aussi, ce soir-là, une euphorie sourde : il était libre, la vie continuait. Les choses allaient changer, s'était-il dit avec une foi renouvelée en lui-même. Il lui restait des choses à accomplir, des rêves : finir sa thèse, quitter le lycée, retrouver quelqu'un à aimer et être aimé en retour ; s'approcher sans bruit de l'homme qu'il s'imaginait pouvoir devenir.

Avec Franck, Justine s'était trompée de cible. La vraie menace était ailleurs. Fuyante, incertaine, un bruit vague, un parfum derrière une porte mal fermée. Clarisse était partout, mais Justine ne la voyait pas. Assis dans son canapé, Simon alluma la télé pour regarder le dernier quart-temps d'un match de basket, puis un documentaire sur les forêts de kelp australiennes. Il hésitait. Maintenant que Franck était mort, il avait de bonnes raisons pour l'appeler mais ne parvenait pas à le faire. Un sentiment de fatigue l'envahissait. Impossible d'oublier qu'il avait tout foutu en l'air, méticuleusement et par deux fois. Ce gâchis, il en était le premier responsable.

Clarisse était rentrée au pays natal, après des années à Paris où ils ne s'étaient jamais croisés. Lui-même ne revenait chez ses parents qu'au printemps, au début de l'été et à l'occasion du Noël/Hanouka qu'ils organisaient tous les ans avec ses frère et sœur. De brefs séjours durant lesquels il redoutait – la ville n'était pas grande – de rencontrer ceux d'autrefois qui ressemblaient dans sa mémoire à des fantômes. Quarante kilomètres de forêt et de hangars séparaient le bourg de l'agglomération, et il n'avait plus aucun prétexte pour s'y rendre. Il n'avait pas revu Clarisse depuis plus de dix ans, mais il n'avait jamais cessé de penser à elle.

Il tourna en rond, se posta derrière la baie vitrée : le canal en bas ressemblait à un miroir ténébreux. Il coupa le son de la télévision et, tandis que se reflétaient faune et flore dans une pénombre de galion englouti, prit son courage à deux mains et téléphona à Clarisse en priant pour qu'elle n'ait pas changé de numéro. Il était minuit et demi. Il n'avait pas regardé l'heure.

— Je te dérange ?

— Non, mais il est tard.

La voix de Clarisse tremblait un peu, mais ne semblait ni surprise ni méfiante. Et ce voile léger, qu'il n'avait pas entendu depuis un siècle.

— Franck est mort. Ils l'ont retrouvé la nuit dernière. Je suis désolé.

2.

La nuit, Clarisse se réveillait à peu près toutes les heures, son corps formant un angle bizarre dans les draps tandis qu'une inquiétude acide inondait petit à petit la caverne qu'elle y avait creusée pour s'endormir. Aux environs de 6 heures du matin, elle se trouvait debout à la fenêtre de sa chambre, en culotte et T-shirt, à boire du café dans une tasse ébréchée représentant l'île d'Ithaque, occupée à considérer un panorama qu'elle connaissait par cœur. Depuis son retour, elle ne sortait que le strict nécessaire. Sa voix déjà mince s'éraillait à force de ne plus s'adresser à personne, et la peau de ses bras ressemblait à du lait avec de fines veines bleues comme de l'encre.

Elle habitait quartier Bailly, une rue en forme de fer à cheval au bitume crevé et fendu, bordée de maisons individuelles et de petits immeubles d'habitation. Les toits se perdaient dans les lignes téléphoniques, les branches de pins et les feuilles de palmiers, qui se débattaient comme les restes d'une tempête tropicale déposés par le vent au bord de l'océan Atlantique, sur les lotissements en brique, les pavillons de plain-pied et les minuscules entrepôts.

L'appartement qu'elle louait, pas très cher, au troisième et dernier étage d'un immeuble qui sentait l'humidité, donnait d'un côté sur la rue, via une paire de fenêtres branlantes, de l'autre sur une cour bétonnée, à demi recouverte d'une jungle de branchages et d'herbes hautes sous laquelle étaient enfouis (entre autres) une chaise de jardin, un clavier d'ordinateur et une carcasse de vélo. Depuis la fenêtre de la cuisine où elle s'installait pour fumer des cigarettes, les yeux fermés, elle laissait le vent, la pluie tiède ou le soleil lui laver la figure, après de longues heures passées à jouer aux jeux vidéo.

Cette vie n'était pas celle qu'elle avait imaginée, mais elle s'en accommodait. Elle gardait foi dans le destin, quoi qu'il arrive (et elle avait eu son lot de chagrin, de colère) dans la manière dont les événements pourraient soudain tourner en sa faveur. Parfois – pas toujours – l'espoir reposait sur l'impossibilité même d'agir : il suffisait d'attendre. Qui sait ce qui pouvait survenir ? Elle y croyait encore. Ses rêves étaient là, intacts.

En revenant de Paris où il n'y avait plus rien eu à espérer pour elle (sans emploi, sans argent, avec pour seule caution la signature de son père, un ivrogne interdit de chéquier) elle n'aurait de toutes manières pu prétendre à autre chose. Elle avait abandonné la chambre qu'elle occupait rue Saint-Maur dans la torpeur de la fin d'été, traînant une valise bourrée à craquer et portant un sac de camping dont les bretelles lui cisaillaient les épaules jusqu'à la station Oberkampf. De retour dans sa ville natale, sur le quai, après avoir traversé quatre cents kilomètres de champs, de forêts, de collines et d'agglomérations, elle avait téléphoné à son père. Il s'était endormi. Il avait bredouillé quelque chose, surgissant quinze minutes plus tard, les yeux injectés de sang, à la fois ému et méfiant, vêtu d'un jean froissé comme du papier journal et d'une veste en cuir à ferrures que la chaleur rendait superflue. L'odeur puissante de l'eau de toilette dont il s'était aspergé avant de partir, probablement pour masquer les relents de tabac et d'alcool, déplaçait en elle une foule de souvenirs de sa vie précédente.

— Elle n'est plus là, lui avait-il dit une fois dans la voiture. Tu peux rester autant que tu veux.

Clarisse était montée directement dans sa chambre qui, avec celle de sa sœur, avait miraculeusement été gardée intacte, réchappant à l'intrusion des poivrots et des radasses que son père ramenait à la maison les soirs de vague à l'âme, quand ses souvenirs devenaient trop douloureux. Elle s'était allongée sur son lit pour fermer les yeux, étrangement calme après tous les efforts fournis, revenue à son point de départ, dans la ville où elle était née trente ans plus tôt et qu'elle craignait de ne plus reconnaître.

Le père de Clarisse ne s'était pas toujours levé la nuit pour boire, seul dans la maison devenue trop grande. La longue parenthèse qu'avait constituée pour lui la vie de famille l'avait si parfaitement conditionné à un rôle qui n'était pourtant le sien, qu'au départ de sa femme et de ses filles, il s'était retrouvé comme un enfant jeté à la rue à qui l'on vient d'arracher son unique couverture. La vie aventureuse, libre et globalement irresponsable qu'il avait menée jusqu'à son mariage, les idéaux auxquels il avait cru, tout avait ressurgi pour mener son existence vers une sorte de chaos tranquille qui lui ressemblait plus.

La famille avait emménagé quartier Bailly en 1988. Dix ans plus tard, quelques jours avant la rentrée de Clarisse en 3e, Clarisse, Louise et leur mère étaient parties s'installer dans un logement social sur une commune située à l'intérieur des terres et juchée en aplomb d'une ria avec ses 6 000 habitants, menacée par la désertification, à trois quarts d'heure de la côte. Leur mère avait attendu longtemps pour partir. Aucun événement particulier n'avait semblé être à l'origine de sa décision, sinon l'usure de soutenir un époux aimant mais définitivement irresponsable. Une décision peut-être moins brusque que l'impression laissée dans les souvenirs de ses filles, plus réfléchie, pesée, résolue à quitter une vie de bohème aux perspectives de plus en plus réduites, faite de matins froids, de traites à payer et de disputes répétées pour des histoires d'argent. Elle rêvait à une existence plus paisible et plus douce qu'elle se devait de bâtir pour ses filles, afin de leur assurer un avenir où tout n'aurait pas déjà été compromis.

Ancien élève de l'École normale d'instituteurs, fils d'un métayer de Machecoul (44), Patrick Jouan (03/07/1953) avait été membre de la LCR à laquelle il adhéra en 1971 avec deux autres camarades. À eux trois, ils avaient mené leur promotion à une occupation des locaux qui dura jusqu'à la fin de l'année scolaire. Objecteur de conscience, il avait travaillé ensuite pendant dix-huit mois auprès de jeunes délinquants dans un centre spécialisé à Brest, institution qu'il quitta une fois son temps d'objection terminé, pour aller participer à une expérience communautaire dans le Maine-et-Loire. De retour en ville, six mois plus tard, il avait passé le plus clair de son temps à fumer de l'herbe, apprendre la guitare, et couvrir des cahiers entiers de vers influencés par les poètes *beat* et l'écriture automatique, occupant, pour vivre, différents emplois qu'un niveau d'instruction correct associé à quelques références bidonnées garantissait alors (pion au lycée, factotum…).

Il avait rencontré la mère de Clarisse et Louise au début des années 1980. Elle était étudiante en Lettres, issue d'une famille de médecins (son père, son grand-père, son oncle Jacques) très respectée dans quelque sous-préfecture de l'ouest de la France. Les conventions sociales l'ennuyaient. Leur histoire n'avait rien eu d'original : celle d'une jeune bourgeoise ne sachant pas quoi faire de sa vie et, pour cela, ayant jeté son dévolu sur le plus sauvage, le plus ténébreux et le plus charismatique de ceux qui fréquentaient, chaque vendredi soir, un café situé à l'entrée de la vieille ville. Sous les poutres enfumées, perchés sur un escabeau, des individus déclamaient dans le brouhaha des poèmes, des chansons et des passages de roman. En habitué des lieux, Patrick Jouan surgissait généralement vers 22 heures, un ou plusieurs cahiers fourrés dans ses poches, son grand sourire plaqué sur le visage, un sourire de conteur ou de faussaire que Clarisse et sa sœur lui connaissaient depuis toujours, et derrière lequel elles avaient appris à lire ses sentiments et l'amour qu'il leur portait.

Le fait est que durant ce bref intermède, au début de leur relation, où les aspects les plus sombres et tourmentés de sa personnalité passaient encore pour du romantisme, sa dépendance à l'alcool et aux stupéfiants pour de la rébellion et sa vie, menée au jour le jour, pour de l'anticonformisme, Patrick Jouan aurait pu avoir toutes les femmes qu'il voulait, mais que c'était elle qu'il avait choisie. Sa beauté le flattait, sa culture, son milieu. Sa famille avait de l'argent. Ce fut d'ailleurs son père à elle – pourtant assez mal disposé envers ce mariage – qui paya la maison de la rue Marat lorsqu'elle tomba enceinte.

Il fallut à Dominique Jouan attendre quelques années pour connaître le prix à payer pour vivre avec celui qu'elle avait soustrait à toutes les autres. Pour autant, elle n'avait jamais regretté d'avoir fait sa vie avec lui. Ni Clarisse, ni sa sœur n'entendirent jamais de sa bouche un mot de reproche envers leur père. Pas même en découvrant, un soir, une vague connaissance de son mari en pleine montée d'acide, fouillant les placards et réveillant toute la maison pour mettre la main sur une valise soi-disant déposée pour lui par des types du renseignement militaire (ou bien était-ce le renseignement militaire qui cherchait à se procurer cette valise ?).

Il y avait surtout (et c'était pour ça qu'elle était partie) ses brusques disparitions, lesquelles pouvaient durer plusieurs semaines sans qu'il faille s'attendre ne serait-ce qu'à un coup de téléphone de sa part, ou sinon lapidaire et vaguement agacé, avec en fond de la musique et des éclats de voix. Ses retours étaient aussi soudains que désarmants. Il surgissait, mal rasé, sa moustache non entretenue lui recouvrant la bouche ; il sentait fort. Il faisait la surprise aux filles en allant les chercher à l'école. Ou il lui arrivait de débarquer dans la boutique où sa femme travaillait comme vendeuse, insistant pour qu'elle prenne une pause et l'obligeant à regarder, dans la cour minuscule qui servait aux livraisons, les choses qu'il avait ramenées spécialement pour elle. Un livre tout écorné ; des coquillages ; une montre à gousset ; un collier à grosses pierres ; un disque qu'il avait dû voler dans un bac ; une fleur cueillie dans les champs, mise à sécher entre deux feuilles de journal. Il avait la gaieté immature de ceux qui croient que la vie tourne autour d'eux-mêmes, ou qu'en mettant suffisamment de distance entre soi et l'âge adulte celui-ci ne vous rattrape jamais.

Il ne se justifiait jamais de ses errances. En rentrant, il prenait un bain, mettait un disque, tisonnait le feu dans la vieille cheminée en brique, étonnamment apaisé. Les filles venaient se blottir contre lui sur le canapé. Il leur racontait alors des histoires qu'il inventait au fur et à mesure, de princesses, de lutins, de cyclopes et de brosses à dents magiques. Il était très fort pour ça. Dans ces moments, il savait se montrer tendre et attentif. Leur mère finissait par s'asseoir avec eux. Il les embrassait sur le front lorsqu'elles montaient dans leurs chambres, et elles s'endormaient en savourant par avance ces quelques semaines de répit. Ces souvenirs étaient les plus proches de la normalité que les filles conservaient de leur vie à quatre.

Clarisse ne se rappelait rien du déménagement, sinon des cahots du camion que leur mère conduisait, fumant à la chaîne, essuyant ses larmes du dos de la main et passant les vitesses avec brusquerie. Quitter la ville, pour Clarisse, cela signifiait surtout ne plus voir Charline, sa meilleure amie, du moins plus aussi souvent que leur relation neuve et dévorante le réclamait.

Charline habitait avec sa mère un pavillon près du canal. Elle s'était fait un tatouage avec une aiguille sur le poignet, avait des cheveux noirs et raides, portait des débardeurs profondément décolletés et des pantalons moulants à travers lesquels on devinait les coutures de ses culottes (quand elle en portait). Voilà comment Clarisse la voyait au début : une fille qui fumait, couchait avec des mecs majeurs, des pompiers de la caserne. Une fille incroyablement cool. Elle était déjà passée deux fois en conseil de discipline, faisait fantasmer l'intégralité les garçons du collège et exaspérait les filles dont certaines, parmi les plus intrépides, n'attendaient qu'une occasion pour lui tomber dessus dans un couloir désert ou à l'arrêt de bus. Charline ressemblait si peu à Clarisse que l'on se demandait ce qui pouvait bien les rattacher l'une à l'autre, la bonne élève vaguement timide dont les entreprises les plus délurées avaient consisté à graver son prénom au compas dans les toilettes des filles, et Charline que Clarisse attendait en se rongeant les ongles qu'elle finisse de remplir son soutien-gorge de tubes de rouge à lèvres et de paquets de chewing-gums.

Au début, Clarisse avait refusé de quitter la maison. Sa mère lui avait parlé longuement, toutes les deux assises sur le lit, dans la chambre pleine de cartons, comme on parle à une adulte, non par choix mais par nécessité : elle devait s'appuyer sur quelqu'un ; elle n'avait personne d'autre. Clarisse n'avait pas voulu rendre les choses encore plus difficiles pour elle. Le trajet lui avait paru interminable. Louise somnolait, sa tête contre la vitre. Le logement qu'on leur avait attribué était un peu excentré du bourg, dans un lotissement en bordure des champs et de la forêt. Une petite maison mitoyenne, aux murs trop fins mais baignée par la lumière du couchant. Clarisse passa les jours suivant leur arrivée pendue au téléphone, échafaudant avec Charline des projets de fugue qui ne se réalisèrent jamais.

Le jour de la rentrée, habillée d'un jean noir et d'un pull vert bouteille, elle avait remonté l'esplanade en gardant les yeux rivés sur le portail. Des filles fumaient le long des grilles, sac à main au bras. Un garçon l'avait bousculée en courant. Le collège Guy de Maupassant était un établissement en préfabriqué bâti sur une colline, flanqué d'un bois de hêtres, d'un gymnase et d'une piste d'athlétisme, accueillant des filles trop maquillées et des garçons en scooter qui passaient leur temps libre à jouer au foot ou à fumer des joints. Les garçons de sa classe lui parurent idiots, immatures et – à l'exception de Simon, un brun aux yeux noirs, au nez de statue et qui portait des pantalons de skate – globalement assez laids. Les filles, qui la toisaient dans les couloirs et ricanaient lorsqu'elle levait la main pour répondre, semblaient en majorité cruches et superficielles. Elle pensa très fort à Charline.

— C'est des pouffes, lui assura Marion Stéphan, au bout de deux jours, dans les vestiaires du gymnase. Elles n'ont rien dans le citron. Leur rêve, c'est de tomber en cloque et de se faire entretenir, ou d'épouser un militaire. Tu veux un choco ? avait-elle demandé en lui tendant un biscuit.

— Elles parlent toutes de cul, mais elles font rien, avait complété Sabrina en refermant son blouson.

— T'es nouvelle, tu t'y feras. Allez viens, on va fumer une clope derrière.

Elles se mirent à traîner ensemble, toutes les trois, naturellement et nonchalamment collées, comme si elles se fréquentaient depuis toujours. Sabrina avait six frères et sœurs, un père retourné au Maroc, et une mère qui faisait vivre le foyer en cumulant d'interminables heures de ménage. Elle rentrait chez elle à la nuit tombée, les mains couvertes d'ampoules, préparait le repas puis s'écroulait sur son lit. Les plus grands s'occupaient des plus jeunes. La famille vivait dans un appartement de trois pièces qui donnait sur une aire de jeux pelée où rouillaient un portique sans balançoires et une cage à poules. Sabrina rêvait de devenir danseuse. Elle prenait des cours de hip-hop et de modern jazz à la MJC, les mardis et jeudis soir, contre l'avis de son frère aîné. Elle guettait le moment où elle pourrait partir, à Paris ou à Londres, loin d'ici.

Marion, elle, avait une vie assez différente. Fille unique d'un ingénieur et d'une mère qui illustrait des livres pour enfants, elle habitait une maison bourgeoise à porte cochère. Son père l'avait inscrite dès l'âge de six ans à l'école de voile de Port-Crozet. Départ au petit matin dans la jeep encombrée de combinaisons, de cordages, de paniers, avant de pousser dans l'eau glacée un dériveur grand comme une coquille de noix, depuis la cale en béton tapissée de coquillages. Deux décennies plus tôt, Bruno Stéphan avait choisi de se lancer dans la construction de bateaux de course et de navires de plaisance, activité qui décolla timidement au début d'une période faste pour la navigation en solitaire (Peyron, Caradec…). Tous les matins, il montait dans son vieil utilitaire aux portes couvertes d'éraflures, et roulait jusqu'au chantier naval planté au bord de la ria. Là, il travaillait seize heures par jour dans le hangar à demi vide qui renvoyait l'écho des bruits multiples, martèlement, vibrations de scie électrique, feulements de perceuse, poursuivant coûte que coûte la construction d'un voilier pour lequel il avait fait un prêt personnel et hypothéqué la maison familiale.

— Si la boîte coule, c'est fini, assurait Marion aux deux filles qui l'écoutaient religieusement. Ma mère dit : « C'est le rêve de sa vie. » Alors on attend.

Habituée aux vacances à l'étranger, aux vêtements chers, Marion appréhendait la faillite hypothétique de son père uniquement sous cet angle : un danger pour sa vie préservée, pour son confort. À quatorze ans, elle avait déjà des goûts de luxe, des standards sur lesquels il lui était inenvisageable de revenir. C'était moche, mais c'était humain, pensait Clarisse, en avisant sans jalousie tout ce qu'elle-même avait quitté, et qui n'avait rien d'enviable, mais c'était pour mieux repartir de l'avant, se disait-elle.

Parfois, après les cours, elles descendaient à vélo le chemin bosselé qui conduisait au chantier naval pour regarder le père de Marion travailler, écouter ses blagues et ses histoires de régate. Ça les changeait du banc à l'entrée du bois qui jouxtait le collège où elles se retrouvaient matin et soir. Planté de hêtres et de fougères sur l'équivalent de quatre hectares, il servait de refuge aux amoureux, poètes, toxicos et petits délinquants. Ces derniers circulaient sur des mobylettes trafiquées qui faisaient un bruit de tronçonneuse et revendaient à leurs condisciples un épouvantable haschich dit *marocain*, coupé au henné, au cirage et à quantité d'autres saletés encore moins avouables, et ce autant de fois qu'il était passé de main en main pour arriver jusqu'ici, depuis une vague, lointaine et mythique banlieue HLM. On s'imaginait en frissonnant les petits dealers de 3e se fondre entre les tours, résonnant de bruits de portières, de cris en arabe et d'aboiements.

— Si ça arrive, tu viendras habiter chez moi, disait Clarisse. Tu verras, ma mère est cool.

Pour se rendre au collège, elle empruntait tous les matins les rues du lotissement aux noms d'oiseaux côtiers, puis la départementale à travers les restes d'une zone industrielle à l'abandon (un atelier de métallurgie, une entreprise de construction, une boulangerie au parking troué d'ornières). Elle fumait une cigarette le long d'une canalisation qui séparait la chaussée des terrains grillagés, encombrés de tout ce qui n'avait pas été vendu au cours des liquidations successives. Il y avait des palettes, des cuves et des machines-outils souillées de déjections de mouettes, du mobilier de bureau rouillé, aux planches éclatées par l'eau de pluie. On y trouvait même la carcasse d'un semi-remorque, auquel les salariés avaient mis le feu en apprenant la fermeture du site. N'en subsistaient que des hangars délabrés et des murs de briques couverts de graffitis.

C'était étrange et attirant, comme le décor d'un film après un tournage. Le regret d'avoir quitté une vraie ville, avec des boulevards, des parcs et des grands magasins, s'estompait lentement. Elle acceptait tout cela comme une étape, comme un nouveau tournant dans la vie promise par sa mère. Mais elle savait aussi avec une absolue certitude qu'elle saisirait la première occasion pour se tirer d'ici. Elle voulait vivre dans une grande ville, pas dans un trou où tout le monde se connaissait. Elle se voyait dans une capitale, où elle ne serait qu'une parmi des millions d'autres, un simple point dans les grandes perspectives éclairées.

L'esplanade du collège était noire de monde, alimentée par le ballet incessant des voitures et des bus scolaires, d'élèves occupés à s'échanger des magazines, s'embrassant, fumant en cachette, traînant jusqu'à la dernière sonnerie. Les filles l'attendaient devant les grilles du terrain de basket, d'où elles regardaient passer les garçons en écoutant Sabrina se plaindre de ses frères ou faire des assouplissements.

— T'as un ticket.

Clarisse rougit et regarda ailleurs.

— Simon.

— N'importe quoi.

Simon arrivait toujours pile à l'heure, en dévalant le terre-plein sur son skate en compagnie de deux garçons aux cheveux longs et aux pantalons XXL. Il suivait Clarisse des yeux, dérapant et projetant des gravillons sur son passage, puis rejoignait le flot des collégiens qui s'engouffraient par le portail. En classe, assis généralement un peu en retrait, sous une fenêtre, une force mystérieuse lui faisait détourner le regard à l'instant exact où Clarisse, intriguée par l'intérêt qu'il lui portait, posait ses yeux sur lui. C'était la première fois qu'elle sentait son cœur battre comme ça en regardant un garçon. C'était étrange et déroutant, loin de ses sentiments habituels. Il avait le menton large, des yeux noirs avec des cernes profonds, des cheveux bruns, bouclés, un corps singulier qui donnait l'impression de refuser d'achever sa mue (épaules fuyantes, jambes de héron, contrastant avec son beau visage d'homme et ses mains longues et osseuses). Marion lui avait confié que sa famille avait de l'argent, qu'ils habitaient une grande maison avec une piscine sur les hauteurs de la ria. Son père était médecin. L'hiver, ils partaient skier dans les Alpes où ils possédaient un chalet.

Il lui fit une cour discrète – on pourrait même dire secrète – qui s'éternisa jusqu'au mois de décembre, lorsqu'il s'afficha brutalement, du jour au lendemain, avec une blonde de 3e2, Magalie Drouard, qui portait des pantalons taille basse et des chaussures à plateau. Les deux mains posées bien en évidence sur ses fesses, il se mit à l'embrasser vigoureusement dans les couloirs, les toilettes et derrière le gymnase.

— Il cherche à te rendre jalouse.

— Ou à niquer un coup. Les mecs sont comme ça, expliquait Sabrina en haussant les épaules.

— Il a passé des mois à la mater.

— Ça veut rien dire.

Subitement indifférent à sa présence, sans lui donner le moindre indice sur la manière d'interpréter son revirement, il laissa Clarisse triste et stupéfaite, à se demander ce qu'elle avait fait pour mériter autant de dureté. Elle se sentait pourtant, au fond d'elle-même et malgré la cuirasse qu'elle portait, enfin prête à aimer un garçon – et prête à ce que ce soit lui. Elle pensait à Simon le soir avant de s'endormir. Dans la glace de la salle de bains, elle imaginait ses mains sur elle. C'est avec lui qu'elle voulait quitter cette ville pour toujours. Quant aux raisons qui l'auraient poussé à ne plus la regarder, elle les ressassait en permanence. Marion lui disait qu'elle était jolie, mais elle n'était ni grande, ni blonde. Elle avait moins de formes que la plupart des filles de 3e. Elle était un peu timide, facilement effarouchée. Ses vêtements n'étaient pas les bons. Et puis – elle ne savait pas exactement comment l'exprimer – la vie modeste qu'elle menait avec sa mère et Louise, n'avait rien d'attirant. Ce point n'était devenu sensible pour elle qu'en voyant la manière dont Marion ou Simon vivaient. Elle se disait « un garçon comme lui, il n'est pas pour moi ». Marion haussait les épaules lorsqu'elle évoquait le sujet. Elle aurait voulu en parler à sa mère, mais elle avait peur de la blesser, elle qui déployait tant d'énergie pour rendre leur vie meilleure, économisant chaque mois pour partir en vacances l'été suivant.

Lorsqu'il n'était pas avec la blonde, Simon traînait sur les marches du réfectoire en compagnie de ses copains skateurs, ou avec un garçon à moitié gitan qui s'appelait Franck Aubert. Amitié singulière entre un fils de médecin et un bagarreur aux vêtements déchirés, dont le frère était en maison de correction. Personne ne cherchait d'histoires à Franck. Le dernier à avoir essayé pesait 90 kilos et jouait dans l'équipe de rugby de l'USC. Franck lui avait asséné un coup de pichet en métal à la cantine qui lui valut deux semaines d'exclusion, et à l'autre six points de suture. Paradoxalement, il n'y avait pas réellement de violence en lui mais, par une sorte de fatalité commune à nombre de familles malheureuses, il se retrouvait toujours du mauvais côté de la barrière. Il parlait vite, d'une voix grave. Il excellait en maths, capable de faire de tête des multiplications à trois chiffres, et en sport courait le 1 500 mètres en 4'45". Pour autant, aucun prof n'aurait misé sur lui. Après le brevet, il irait au lycée professionnel, ou en apprentissage. Personne ne serait fâché de le voir partir.

Un jour – c'était au retour des vacances d'hiver, un vent de tempête soufflait en rafales depuis la mer d'Irlande, secouant au loin les arbres de la forêt et couchant l'herbe haute et les fougères – Franck vint s'asseoir à côté de Clarisse au réfectoire, en lui tendant un papier plié en quatre.

— Salut beauté.

— Salut.

— Prends-le.

— C'est quoi ?

— Un message. De Simon. Il veut larguer sa copine, il voudrait te parler, bla-bla-bla.

— Tu l'as lu ?

— Promis que non, jura Franck.

Puis il se leva et quitta la table.

— Fais attention à lui, ajouta Marion en se penchant sur son plateau.

Mais Clarisse n'écoutait plus. Elle garda le papier dans sa main jusqu'à la fin du déjeuner, sans oser l'ouvrir. *Je veux qu'on se voie pour parler. C'est fini avec Magalie. Tu me plais.*

Le vent faisait bouffer les branches, et cingler les stores des vieux bâtiments du collège. Marion la protégeait des rafales pendant qu'elle lisait et relisait ces quelques lignes, aussi lentement et calmement qu'une prière dans une explosion de joie.

3.

Clarisse s'empara de son téléphone, après avoir retiré son casque. Elle avait laissé la fenêtre entrebâillée à cause de la chaleur qui émanait des convecteurs, et de la fumée de cigarette qui envahissait la pièce. Elle repoussa le clavier de l'ordinateur, découvrit le numéro de Simon et pendant de longues secondes demeura immobile au centre de sa chambre, les yeux écarquillés, avant de décrocher.

— Franck est mort, avait dit Simon.

Clarisse avait senti comme un volume se déplacer dans sa poitrine et son cœur se serrer. Au bout d'un long moment, elle avait fini par répondre :

— Où es-tu ?

— À Paris. J'ai signé des papiers. Il faudrait aller voir sa mère et lui dire d'appeler l'hôpital. Elle sait qu'il est mort, mais je n'arrive pas à la joindre.

Après ça, elle avait raccroché et pleuré d'un coup, des années de larmes, sans trop savoir pourquoi. Parce que Franck était mort ? Parce que Simon était là à nouveau ? Parce qu'elle ne pensait plus jamais entendre sa voix ? Puis elle avait fumé une cigarette dans l'air glacé de la nuit.

Elle voulait appeler quelqu'un pour parler, mais elle ne voyait plus personne ou presque. Elle avait laissé un message sur le répondeur de sa sœur à l'autre bout du monde, sans lui révéler ce qu'elle venait d'apprendre, un monologue confus et inutilement alarmant qu'elle avait fini par effacer, en regagnant l'écran de son ordinateur. Tous les soirs, aux alentours de 22 heures, Clarisse s'enfonçait dans les forêts profondes, les vallées meurtrières et les pics enneigés de Lahnor, seulement armée d'un arc, de flèches et d'une paire de couteaux ; dense et regorgeant de détails, *C.O.L.* n'était pas – loin s'en faut – un jeu pour débutant, et seule une grande expérience alliée à une implication quasi quotidienne permettait d'en prendre la réelle mesure.

Un livret était proposé avec des cartes, de nombreuses illustrations, ainsi qu'un texte de présentation du monde de Lahnor, rédigé par un certain Tom Perlman (dessins de Chad Rodriguez). Bordé à l'est d'un océan, au sud d'une chaîne montagneuse et au nord de plaines enneigées minutieusement découpées par des fjords, Lahnor était vraisemblablement plus vaste que ce que l'on avait sous les yeux. Il fallait se résoudre à ce que le reste demeure inconnu, défiant à la fois la raison et l'imaginaire.

Elle joua pendant deux heures, s'efforçant de repousser dans les ténèbres les souvenirs de Franck, la découpe restée précise de son visage, ses mains sur elle, celui qu'il était avant, celui qu'il était devenu. Il était mort à présent, mais ce mot n'avait pas de sens pour elle, pas encore, une forme abstraite baignant dans la voix chaude de Simon. Elle vérifia son répondeur, il n'avait pas laissé de message. Lumières éteintes, elle aurait pu s'endormir en le réécoutant.

Comme elle ne travaillait pas le samedi matin, Clarisse passa la matinée à jouer, puis à regarder des vidéos de skate et de kung-fu. Plusieurs piles de livres encombraient son bureau, vestiges d'un mémoire commencé dix ans plus tôt et destiné à rester en plan, mais dont elle tenait à conserver certains documents comme preuves manifestes d'une existence qui, à un moment donné, aurait pu tourner d'une autre façon. Certains appartenaient à la bibliothèque de la Sorbonne. Elle était partie quatre ans auparavant sans laisser d'adresse. Elle s'imaginait des étudiants désemparés cherchant des ouvrages qui ne reviendraient pas. Pour eux comme pour le reste, elle avait purement et simplement disparu.

Paradoxalement, loin de dissiper les ombres, l'appel de Simon paraissait à la lumière du matin encore plus irréel. Elle vérifia à nouveau son téléphone. Assise dans la cuisine minuscule, fixant le jardin retourné à l'état sauvage, elle se surprit à pleurer. Elle se laissa aller à ses émotions. Elle aimait Simon. Franck était son ami. Elle lui devait au moins ça : ne pas oublier.

À onze heures, Louise la rappela au téléphone, et pendant vingt bonnes minutes lui raconta ses pérégrinations en Afrique du Sud – sillonnant avec une équipe de recherche la province du Cap, sa relation avec un anthropologue danois prénommé Thure, sans chercher à connaître les raisons de son propre appel. Comme si les rôles s'étaient inversés. Clarisse avait maintenant la sensation d'être la moins accomplie des deux, celle dont tous les éléments de la vie mis bout à bout restaient quantité négligeable. Louise avait construit quelque chose. Elle en était fière.

— Pas de soucis de ton côté ? Comment va papa ? finit-elle par demander d'une voix maladroite, faussée par l'attente et les silences à remplir.

— Très bien.

— Tu lui feras un bisou de ma part. Bon, je raccroche, j'ai un appel. Bisou, frangine.

— Bisou.

Clarisse raccrocha, consolée au moins de ne plus avoir à veiller sur sa sœur, qui chaque jour s'éloignait d'elle, de leur propre histoire, vers des horizons sacrés. Elle était seule face à elle-même. Elle dégringola sur trois étages la cage d'escalier, pénétrant avec sa cigarette dans le silence lumineux de la rue. Un léger bruit de circulation, la vibration d'un marteau-piqueur, les cris des mouettes et des cormorans, le ciel profondément bleu par-dessus les toits, portant les traces de nuages légers comme du coton et les interminables traînées laineuses des vols transatlantiques. Elle acheta du pain de mie, du beurre et du café à l'épicerie de la place Carnot, puis rentra chez elle en suivant les rues nettoyées par le vent. Elle grignota en écoutant la radio. Ensuite, étendue sur son lit, elle essaya de lire un roman de science-fiction au papier jaune et craquant que lui avait prêté Franck du temps où ils habitaient ensemble. Elle l'avait retrouvé parmi les affaires qu'elle avait laissées chez son père, rue Marat. Elle s'efforça malgré la chaleur et les palpitations de son cœur de se concentrer sur l'histoire, particulièrement confuse, se déroulant au XXIXe siècle dans un univers du nom de Solarius, système parallèle résultant d'une modification du cours des événements de l'année 1989. Clarisse s'imaginait Franck manipulant le livre, allongé sur le dos dans sa chambre, les jambes croisées, torse nu, fumant une cigarette, la cloison hachurée par le soleil qui filtrait à travers les persiennes.

Est-ce que les choses cessaient d'exister, si on n'y pensait plus ? Est-ce que tout finirait par disparaître ? Elle se trouvait là, sur son lit, à essayer d'échapper à la crue, au passé qu'elle croyait éteint et qui montait. Franck était mort. Simon était revenu vers elle. Le temps s'était accéléré de telle manière, que la perspective d'un simple changement l'angoissait après des années lisses comme la surface d'un miroir.

Comment Franck est-il mort ? M'aurait-il rappelée si Franck était encore vivant ? Pourquoi maintenant ? Où est Justine ? Est-ce que je vais le revoir ? Les questions crevaient en pluie les unes après les autres, et elle n'avait rien pour s'en protéger. Que pouvait-elle encore se permettre d'espérer et d'attendre ? Une chose paraissait claire néanmoins : Franck disparu, Simon n'avait plus aucune raison de revenir vers elle.

— Comment tu sais que sa mère est toujours là-bas ?

— C'est ce qu'on m'a dit à l'hôpital, avait répondu Simon.

À 14 heures, elle recommença à pleurer, longtemps, seule dans sa chambre. Puis elle passa un jean et un sweat par-dessus son T-shirt de pyjama, peigna rapidement ses cheveux noirs, raides et coupés au carré, et fila rue Marat. Le vent s'était levé dans le ciel obscurci, rabattant la capuche sur sa tête. Elle entra sans sonner et se mit à crier dans le vestibule :

— Papa ? C'est moi.

— Je suis à la cave !

Évidemment, se dit Clarisse, méchanceté qu'elle regretta aussitôt en découvrant son père allongé sur le dos, à même le sol en ciment poussiéreux et taché, occupé à démonter un segment de canalisation avec une clé anglaise.

— Y a une fuite. Ça va, toi ?

— Ça va. T'as besoin d'aide ? Tu veux que je tienne la lampe ?

— Nan, ça ira. C'est presque aussi vieux que la maison, pas étonnant que ça finisse par lâcher.

— J'ai besoin de la voiture.

— Ok je te passe les clés. Attends, j'en ai pour dix minutes, sauf si tout me pète à la gueule. Je te rejoins là-haut. Tu veux un café ?

— Pourquoi pas, répondit Clarisse avec tout ce qu'elle pouvait encore mobiliser d'enthousiasme.

La maison avait l'air propre. Correction : rangée. C'est-à-dire qu'on pouvait mettre un pied devant l'autre sans se cogner, et en même temps elle paraissait de plus en plus vide.

— Des nouvelles de ta sœur ? demanda-t-il en entrant dans la cuisine.

— Elle est encore au Cap. A priori.

Par la fenêtre de la cuisine, entre les branches mal entretenues du tilleul, se dressait la façade de la résidence Gaston Doumergue, avec ses volets mécaniques couleur abricot et ses balcons proéminents. Elle inspecta discrètement la cuisine. Aucune trace d'alcool, pas la moindre cannette de bière ou bouteille de whisky. S'il s'agissait d'une pause, elle ne serait pas la première à se terminer lamentablement au bout de quinze jours – elle s'en voulait de penser ça, incapable d'apprécier le chemin qu'il avait parcouru, son amour derrière les tentatives manquées. Elle aimait son père, et n'avait rien à lui faire payer (c'était trop tard pour ça). Il buvait moins. Il réparait les petites choses laissées à l'abandon. Il sortait, se promenait le long de la côte. Il prenait plusieurs fois par semaine des nouvelles de ses filles – Clarisse presque quotidiennement, Louise lorsqu'elle daignait répondre –, comme s'il s'acquittait, à dix ou quinze ans de distance, d'un devoir trop longtemps négligé.

— T'as fait le ménage ?

— T'as vu ça ? Je savais que t'allais venir, j'ai eu une prémonition, dit-il en souriant.

Ils écoutèrent le café couler en silence.

— Le travail, ça va ?

— Relou, mais ça va. Les collègues ça peut aller, c'est les clients. Et notre psychopathe de manager. Faire chier les caissières, on dirait que c'est devenu un sport.

— Et tes études ?

— Papa…

— C'est important. Passe au moins un concours, quelque chose. Une élève aussi brillante…

— J'ai tout arrêté, on en a déjà parlé. Il faut que j'y aille.

Le sujet de ses études, de sa situation personnelle revenait sans cesse. Elle était douée, sans doute plus que sa sœur au départ. Patrick Jouan avait accueilli un peu stupéfait le retour de sa fille aînée, dont il imaginait – sans rien pour l'attester, l'alcool émousse l'aptitude à saisir correctement les choses – qu'elle avait réussi à Paris. Depuis, à nouveau lucide et clairvoyant, il s'efforçait de la remettre sur les rails, dans une ville où il n'y avait pour elle – d'après lui – rien à gagner. Clarisse voyait les choses de manière différente. Elle avait quitté Paris en jurant de ne plus y remettre les pieds. Elle n'y avait jamais trouvé sa place. Sa vie était ici, et elle s'en satisfaisait. Elle ne trouvait pas réellement de quoi se plaindre. Elle n'avait pas besoin de beaucoup d'argent. La solitude ne lui pesait pas. Peut-être était-elle plus optimiste, ou moins exigeante que d'autres sur bien des plans. Tout était possible encore – la preuve : Simon était là. Le jeu restait ouvert jusqu'à la fin, elle en était persuadée.

— Tu reveux du café ?

— Non.

— T'es fâchée ?

— Non, papa.

— Tu fais attention à toi, hein.

— Très attention.

Elle l'embrassa en s'emparant des clés de la voiture, puis marcha dans les rues à angles droits du quartier Bailly où tenait, dans un vague quadrilatère, jusqu'aux boulevards éloignés, la partie la plus heureuse de son enfance, quand ils étaient ensemble, tous les quatre. L'école primaire plantée de marronniers, l'église victorienne, le square, le kiosque à musique, les commerces, les bistrots, le pressing, le garage, le restaurant marocain, la pizzeria, le marché du samedi, la brocante du dimanche, rien n'avait bougé. La voiture était garée le long du trottoir, à deux pâtés de maisons.

Elle démarra, prit la direction de l'estuaire et quitta l'agglomération, en suivant la route à travers les hameaux et les stations balnéaires, un œil sur l'océan démonté, une houle brodée d'écume blanchâtre qui frappait les plages désertes, entrecoupées d'épaulements rocheux. Elle longea le front de mer à 20 km/h, passant devant les portails des villas fermés à double tour, les maisons claquemurées, les restaurants et les boutiques ayant tiré le rideau depuis la mi-octobre. Elle était maintenant seule au monde. La lumière traversait parfois la bourre épaisse des nuages couleur de poudre. Elle se demanda si Franck avait souffert, au moment de mourir. S'il avait eu mal physiquement. Et ce qu'il avait regretté d'une vie qui l'avait laissé seul, le cœur fendu, à vagabonder. Avait-il ressenti du soulagement ? De la colère ?

Quatre Chouans avec leurs faux et leurs fusils occupaient le rond-point de Kerdual. Elle tourna à droite, entamant une longue traversée du bocage ponctuée de forêts sombres et de collines cabossées, sur une route tantôt encombrée de camions, tantôt déserte avec, pour unique point de mire, le clocher en granit d'un village où d'interminables générations de paysans illettrés et superstitieux avaient stocké leurs maigres récoltes. Descendant par les ruelles chicaneuses, elle retrouva sur quelques kilomètres la départementale à travers la plaine nervurée de sentiers et de chemins creux. Puis, fléchée en blanc, la route qui menait à la ria et à un trou perdu où depuis l'âge de quinze ans, elle n'avait jamais remis les pieds.

Les soirs de printemps et d'été 1999, il lui arrivait de faire le mur de chez sa mère, après avoir guetté de longues minutes les grincements du parquet et le rai de lumière qui filtrait sous la porte de sa chambre, lui indiquant l'heure où sa mère monterait se coucher. Elle ouvrait sa fenêtre et passait par le toit du garage. Elle traversait le quartier silencieux en fumant des cigarettes. Elle marchait un bon moment entre les jardins ouvriers, longeait les murs d'usine, tournait dans les ruelles biscornues creusées de niches, de renfoncements et de portes à clés de voûte, au centre d'un bourg devenu pour la nuit le royaume des ombres et des échos. Marion l'attendait sur les marches de l'église. S'échapper était pour elle un simple jeu, un frisson sans conséquence. Vivant dans un foyer solide et aimant, personne ne lui reprocherait bien longtemps d'avoir quitté quelques heures la maison. Clarisse n'était pas jalouse, simplement consciente de ce qui les séparait, et qui rendait plus rare leur amitié, forte parce qu'inattendue, avec des inconnues multiples. Elle s'efforçait de ne pas se plaindre. Sa mère ne se plaignait jamais (Clarisse l'admirait pour ça), mais elle lui rappelait sans cesse l'importance de bien travailler, de faire de bonnes études, la seule condition pour s'en sortir. Marion vivait dans un monde sans conditions.

Assises sur un banc, sous les tilleuls dont le vent gonflait les branchages, elles se racontaient pendant des heures des histoires secrètes, de garçons, d'orgasmes et de revenants. Clarisse lui parlait de Simon, de la douleur qu'elle ressentait depuis qu'il ne la regardait plus. Elle ne cessait de penser à lui. Marion écoutait tranquillement, lui conseillait de passer à autre chose, de faire du sport, de voir d'autres garçons (elle était jolie, avec ses cheveux elle ressemblait à la collégienne dans *Trainspotting*), conseils que Clarisse se sentait absolument incapable de mettre en application. C'était une question de sentiments. C'était lui qu'elle aimait. Lui ne voulait pas. Il s'était détourné d'elle, et elle en cherchait les causes. Le soupçon – vague d'abord, un poison lent – revenait sans cesse qu'il était parti pour des raisons d'argent, ou du moins de statut, parce qu'elle n'appartenait pas au même monde que lui. « Ouais, c'est pratique, disait Marion. Comme ça, c'est pas de ta faute. – C'est pas si facile que ça. – Il est bien pote avec Franck Aubert. » Clarisse n'était pas naïve : peut-être que son amour-propre refusait par dépit les autres options. Mais elle savait qu'elle avait raison, dans un sens. Marion aussi lui parlait de ses histoires, des garçons rencontrés en vacances ou au club de voile. Elles rentraient ensuite chez elles par des chemins séparés, aux petites heures du matin, avec une sensation de liberté euphorisante.

Une nuit, traversant le parvis frappé par une averse torrentielle, Clarisse découvrit sous un porche les silhouettes de Marion et de Franck, éclairées par la flamme d'un briquet. Elle les rejoignit. Ils tirèrent tous les trois sur le joint jusqu'à ce que la braise disparaisse, puis Franck les guida dans les rues pavées à hauteur d'une porte barricadée par des planches et fermée par un verrou moyenâgeux. Passant sa main entre la porte et le linteau, Franck récupéra une tige de fer avec laquelle il entreprit de forcer la serrure.

— On vient ici, des fois.

Clarisse ne le connaissait que vaguement, depuis qu'il était venu lui apporter le message de Simon à la cantine. Elle se sentait bizarrement en confiance avec lui, malgré (ou à cause de) la réputation épouvantable que lui et son frère entretenaient ; des récits extravagants de deal, de voitures volées, de bagarres. Râblé, la peau presque brune, Franck avait de grands yeux noirs et brillants au-dessus de ses pommettes saillantes, une cicatrice sur la lèvre, des avant-bras épais avec des traces de coupures et de cambouis. Il sentait la sueur avec une légère odeur de vanille.

Il tâtonna à la recherche de l'interrupteur. Une ampoule couverte de toiles d'araignée émit plusieurs spasmes de lumière avant de déposer autour d'eux une clarté jaune. Il y avait un canapé le long du mur où pendait par lambeaux un papier peint à motifs tropicaux, un fauteuil éventré, deux chaises, une table basse avec des cendriers et des boîtes de conserves vides. Des posters de joueurs NBA (Jordan, Barkley, Malone, Olajuwon) encadraient l'unique fenêtre condamnée par des panneaux.

— Je croyais que vous aviez un squat dans les bois, dit Marion en s'affalant sur le canapé.

— On en a plusieurs.

« On », c'est-à-dire son frère et lui, supposa Clarisse. Il fouilla dans un placard, sortit des bouteilles de bière et les ouvrit avec son briquet.

— T'as réfléchi pour Simon ?

Assise en tailleur, Clarisse regarda Franck mélanger de l'herbe et du tabac dans sa paume large et calleuse.

— Réfléchi à quoi ?

— Tu sais bien. Putain, les filles…

— Non, j'y ai pas réfléchi.

— Il te plaît ?

— C'est moi que ça regarde.

— Ça veut dire oui, fit Marion.

Franck passa le joint à Clarisse. Elle toussa. Ils emmenèrent les bières à l'étage, deux petites pièces mansardées desservies par un escalier aux marches gauchies et grinçantes. L'une était meublée d'une coiffeuse au miroir criblé de taches noires et d'un lit-cage à la courtepointe éventrée, l'autre d'une armoire trapue et profonde, aux étagères couvertes de poussière.

— Vous faites comment pour l'électricité ?

— On s'est branchés sur le compteur du voisin, expliqua Franck en observant les filles faire le tour des chambres.

Marion redescendit la première. Franck prit la main de Clarisse lorsqu'elle passa devant lui. Elle pivota, il enroula alors son bras autour de son cou et leurs lèvres se touchèrent le temps d'une respiration. Franck était brûlant. Clarisse sentait la chaleur de sa cuisse contre la sienne. Elle ferma les yeux, embrassée pour la première fois (les autres comptaient pour rien), les sensations tombant en cascade : la surprise, le danger, le plaisir et la honte. Puis il se recula, lui sourit et ils descendirent à leur tour les escaliers. Sur le chemin du retour, pointant sa langue entre ses lèvres, Clarisse y retrouvait en frissonnant le goût fauve et sucré de sa bouche à lui. Elle s'en voulait un peu, tout en s'imaginant aller plus loin, dans des circonstances différentes, un avenir fractionné entre ombre et lumière, incertain mais peut-être plus proche de ce qu'elle pouvait raisonnablement obtenir. Surtout, elle espérait que Simon ne l'apprendrait jamais. Et si Franck allait tout lui raconter ?

Coïncidence ou non, Simon se présenta à elle le lendemain à la récréation de 10 heures, les mains dans les poches. Ils arpentèrent de long en large la piste de terre qui conduisait à la cafétéria, et finirent par s'enlacer dans un couloir désert alors que la seconde sonnerie avait retenti depuis de longues minutes. C'est-à-dire que dans un élan dont elle n'était pas à l'initiative, mais qu'elle ne souhaitait pas rompre, elle laissa Simon se plaquer contre elle et l'embrasser jusqu'à entendre, dans le silence électrique, résonner les pas du surveillant qui faisait le tour des bâtiments avec un cahier format 24 × 32 sous le bras. C'était un baiser étrange, différent de ce qu'elle avait imaginé des centaines de fois. Un contact court, un peu désincarné. Elle aurait voulu l'embrasser encore.

— On se voit à midi ? lui glissa-t-elle en frappant à la porte de la classe.

— Carrément. Tu veux venir chez moi après les cours ?

La famille de Simon habitait une vaste maison avec deux garages, palmiers et vue sur la ria. À 17 heures, il se retrouvèrent dans le hall du collège. Ils traversèrent la ville, main dans la main, jusque dans les hauteurs, s'arrêtant au bout d'une allée qui sentait la résine et la prune écrasée devant un grand portail en fer. Ils remontèrent côte à côte l'allée de gravier, et tombèrent sur le papa de Simon qui replantait des fleurs, tendant à Clarisse son poignet pour lui dire bonjour, à cause de la terre qu'il avait sur les mains.

— Je vais te faire visiter, annonça Simon.

Il entraîna Clarisse à l'intérieur. Tout était grand, propre et visiblement coûteux. Clarisse avait le cœur qui battait, de faire son entrée dans une autre vie que la sienne. Elle était à la fois impressionnée et confusément mal à l'aise, comme si sa présence ici relevait d'un privilège qu'il lui faudrait régler plus tard, au moment où elle s'y attendrait le moins. Ils empruntèrent un vieil escalier de bois dont les marches cirées étaient si lisses qu'elle faillit glisser.

— C'est la chambre de David. Il est en prépa au lycée. Il prend le train et ma mère va le chercher à la gare. Là c'est la chambre d'Élisa, le club Barbie-poneys-dauphins. Et là c'est la mienne.

La chambre de Simon occupait la même surface que le premier étage du pavillon qu'elles habitaient avec sa mère et Louise. Il avait un lit double et des étagères pour ses bandes dessinées. Les murs étaient couverts de posters (skateboard, Nirvana, Red Hot Chili Peppers), et une série de planches de skate décorées au pochoir étaient entreposées contre le lambris. Ça sentait la lessive et le shit. Il fumait la nuit en entrebâillant les fenêtres, lui confia-t-il. Par les carreaux, on voyait les coteaux couverts de forêt. Ils s'allongèrent sur le lit. Clarisse enleva son sweat, son débardeur et son soutien-gorge et se laissa caresser l'entrejambe. À travers le pantalon, puis à l'intérieur de la culotte, la bouche toujours collée contre la sienne. Avec quelqu'un d'autre, elle aurait paniqué un peu. Mais c'était lui qu'elle voulait, elle le savait, quitte à se lancer dans des entreprises incertaines (où fallait-il s'arrêter ? Et si elle tombait enceinte ?). Elle déboutonna ensuite la braguette de Simon, retira son caleçon et le branla jusqu'à ce qu'il éjacule entre ses mains, les yeux clos et la bouche légèrement ouverte. Elle n'était jamais allée aussi loin avec un garçon. Il lui murmura des choses dans l'oreille. Elle se sentait bien, elle était heureuse. Le soir tombait, alors il la raccompagna chez elle. Elle le regarda disparaître au coin de la rue sur son skate, après lui avoir envoyé un baiser du bout des doigts.

— Tu aurais pu le faire entrer, lui dit sa mère en entendant le bruit de la porte, occupée à préparer le repas du soir.

Clarisse ne répondit pas, rougit et monta dans sa chambre. Elle laissa les lumières éteintes pour profiter du coucher de soleil, et resta étendue sur son lit jusqu'au dîner, perdue dans le bleu profond du ciel et les nuages effilochés. Elle se sentait plus légère. Cette nuit-là (du fait de l'intervention de sa mère, un peu trop enjouée pour être spontanée), le fantasme d'un avenir avec Simon prit réellement corps. Elle s'imaginait vivre avec lui, avec tout ce que cela comportait d'horizons nouveaux, de désirs, de statut, reprenant à son compte les espoirs de sa mère de la voir mise à l'abri du besoin, retrouver l'aisance et les réflexes d'une classe bourgeoise dont elle s'était elle-même déchue, pour un homme qu'elle aimait mais qui n'en valait pas la peine. Est-ce normal d'avoir ce genre de rêves à quinze ans ? Croyant jusqu'alors que l'amour n'obéissait à aucune loi, elle se surprenait à en attendre des avantages. Elle en avait bien conscience, mais n'avait pas pour autant l'impression de mentir, ni de tricher. Elle n'avait aucune revanche à prendre. Elle ne voulait rien posséder sinon les moyens de vivre la vie qu'elle souhaitait, protégée de l'échec, de la cruauté et de la déception. Et si sa chance passait, alors tant pis pour elle. Elle n'était ni sans force, ni sans courage. Elle recommencerait du début, intrépide dans le vaste monde, seule sur son lit, rêvant du ciel pur qui remplissait le châssis en bois.

Depuis la voiture de son père, elle contemplait à présent cette même fenêtre fatiguée, un peu noircie par le temps, comme un miroir vide, au milieu d'un quartier figé dans une épaisse léthargie. Si rien n'avait changé – puisque rien n'avait changé – la mère de Franck habitait à quelques rues de là, dans un taudis à la sortie de la ville, construit illégalement sur un terrain qui appartenait à la mairie. Personne n'avait eu le cran de contester (du temps où son père et ses oncles y résidaient encore), ni par la suite le cœur de mettre à la porte une femme sans ressources et prématurément vieillie. On attendait simplement le jour où elle serait retrouvée morte, par un postier suffisamment tenace, ou par un technicien venu couper l'électricité suite à des impayés remontant à la fin des années 1990. Rien n'avait changé.

— Bonjour. Je viens pour Franck. Vous vous souvenez de moi ?

Elle hocha la tête. Ses yeux bleus délavés lui donnaient une expression vaguement endormie, mais sa voix était claire et précise.

— Il est mort. Ils ont téléphoné. Comment tu t'appelles ?

— Clarisse.

— Approche-toi.

— Je suis désolée, dit Clarisse en baissant le regard.

Sa vieille main couverte de bijoux en argent maintenait la porte ouverte. Le vent faisait danser les lames du rideau. Clarisse entra. De la cuisine émanait une odeur de biscuit et les crachotements de la radio posée sur le réfrigérateur.

Qu'est-ce que je fais ici ? se demanda-t-elle. Elle lui proposa du thé, elles attendirent en silence que l'eau commence à bouillir. On accédait au salon – ou à ce qui en tenait lieu – par une cloison abattue. La forêt s'était avancée jusqu'aux portes vitrées. Assises sur le canapé, leurs tasses à thé à la main, une porcelaine fine, incongrue, elles échangèrent quelques mots avant de monter à l'étage.

La cage d'escalier grinçait. La chambre de Franck – son lit double, ses étagères à VHS, sa console de jeux, ses rollers, la poutre d'angle où il s'entraînait à lancer des couteaux – était restée intacte, immobile dans la courbe du temps. Sur une planche soutenue par deux tréteaux, se trouvaient une trousse McDonald's bleue, la boîte où il rangeait son shit et l'eau de toilette Calvin Klein qu'elle lui avait offerte pour ses seize ans. Elle toucha le flacon, puis respira sur ses doigts le parfum lointain et quasiment oublié. Elle revoyait son visage plus nettement, peu à peu dégagé de sa mémoire volontairement inondée et obscure. Elle le regardait, assis au pied de son lit. Elle entendait sa voix à nouveau. Plus il était là, et plus il lui manquait.

— Tiens. Prends.

La mère de Franck lui tendit deux enveloppes Kraft de format A5. L'une d'elles avait une tache d'encre sur le rabat. Sur la première, d'une écriture malhabile de gaucher, était écrit au stylo *Clarisse*, et sur la deuxième *Simon.* Il y avait des objets à l'intérieur.

— Des années que c'est ici.

La porte de la chambre de Tony était fermée. L'oncle paralysé avait disparu. La mère vivait seule, désormais. Clarisse accepta un morceau de gâteau qu'elle grignota en attendant la fin d'une averse, les enveloppes fourrées dans les poches de son manteau. Puis la mère de Franck coupa la radio, sans raison apparente, peut-être pour écouter la pluie traverser le couvert des branches et crépiter sur le tapis de feuilles du sous-bois.

— Pars avant la nuit, dit-elle à un moment. Après, il fera trop sombre.

4.

Simon ne se rappelait rien ou presque de sa première enfance. Il avait oublié les lieux où il avait vécu, la famille ayant passé son temps à déménager, par bonds successifs en direction de Paris, deuxième couronne (Longjumeau), puis première (Créteil, Malakoff) avant une installation définitive dans une ferme réaménagée de la côte atlantique, au bout d'une vallée forestière recouverte par la montée des eaux, le lendemain de la victoire de la *Dream Team* aux JO de Barcelone. Au gré de leurs diverses installations, son père, médecin généraliste à la recherche d'une clientèle paisible, avait peu à peu précisé ses aspirations. L'endroit correspondait, cette fois, à la juste compensation de ces années passées à faire des semaines de 60 heures. *Enseignant, enseignant*, lui répétait (calmement mais gravement) son père avec cette ombre d'accent pied-noir qu'il n'avait jamais perdu, *c'est pas une situation ça, regarde ton frère* (David, l'aîné, était gastroentérologue), *regarde ta sœur*.

Cadet de la fratrie, ce qui par nature ne supposait aucun surcroît d'ambition, Simon avait adopté dès le début une position d'attente. David dominait, parlait le premier, décidait des jeux, attribuant à son frère des rôles mineurs d'acolyte ou d'espion, d'abord endossés avec la joie fébrile d'avoir été choisi puis, au fil des années, avec une forme de résignation silencieuse. Une fois entré dans l'adolescence, pris dans ses histoires de tennis et de concours à préparer, David cessa tout bonnement de s'intéresser à lui. Sa sœur Élisa faisait ce qu'elle voulait ou presque. Ou plutôt (ce qui, par certains côtés, était encore plus injuste) aurait pu faire ce qu'elle voulait. Avec une sorte de facilité lumineuse qui stupéfiait tout le monde (ses parents, ses professeurs), elle semblait prendre plaisir à la perfection et à la rectitude : parlant à voix douce, toujours polie, prévenante, jamais moins de 16/20, aquarelliste et cavalière émérite, aucune mauvaise fréquentation – à la différence de son frère – et d'ailleurs, où les aurait-elle rencontrées ? Au collège, David s'était mis en tête de la protéger de manière démonstrative (il filtrait ses appels, et faisait la chasse aux éventuels soupirants), héritier d'une tradition familiale qu'il avait lui-même inventée. Simon ne s'en mêlait pas. Il s'entendait bien avec sa sœur, dont il était le contrepoint exact, ce qui paradoxalement faisait tomber les rivalités potentielles. Dans la famille, c'était lui le moins brillant. Enfant, lorsqu'on lui demandait ce qu'il souhaitait faire plus tard, il déclarait scientifique (il était nul en maths), astronaute, basketteur pro, n'importe quelle réponse qui, par sa naïveté, lui permettait de vider la question de sa substance. La réalité était qu'il n'en savait rien. Il aimait lire des livres, traîner à vélo ; plus tard : les filles, le skate, fumer des joints et discuter pendant des heures. Jusqu'à l'âge de vingt ans, il n'avait eu d'autre ambition que de se laisser porter par la vie immédiate, spécialement lorsqu'elle était source de plaisir. Cela n'empêchait pas ses parents de suivre avec acharnement sa scolarité. Avec de la chance et un bon coup de collier, pensaient-ils, il pourrait au moins reprendre la pharmacie de sa mère, à défaut du cabinet médical.

Situé dans une rue piétonne, encadré par la vitrine d'un assureur et le salon Joub'Hair Coiffure d'où filtraient des odeurs de laque, de shampoing et de kératine brûlée, celui-ci consistait en deux pièces dont une salle d'attente meublée de quelques chaises, d'une table basse et d'une pile de numéros périmés du *Point.* En entrant, on sentait le cuir, l'acier, le vieux plancher, la pharmacie et l'eau de toilette d'après guerre, puissante et surannée dont Maurice Taïeb s'aspergeait tous les matins en écoutant France Info. Trois fois par an, assis sur le papier froissé de la table d'examen, Simon s'efforçait de respirer le plus largement possible afin de laisser son père l'ausculter, rituel immuable dont celui-ci tenait à s'acquitter comme d'un devoir à la fois moral et professionnel. Puis il se levait pour reboutonner sa chemise. Alors son père l'interrogeait. Tu dors assez ? Tu manges assez ? Je vais te faire une ordonnance de vitamines (sans doute le remède le plus puissant qu'il ait jamais prescrit à un membre de sa famille).

La salle d'attente était généralement vide, le minuscule cabinet n'attirant plus depuis quelques années qu'une clientèle habituée aux manières d'ours et à la moue faussement désabusée du père de Simon. Depuis maintenant quatre décennies, ce dernier écoutait en croisant les bras de sempiternelles histoires de toux, de cors aux pieds, de fièvre et d'hémorroïdes, clignant simplement des yeux pour approuver, désapprouver, mettre en doute. Il continuait de cligner des yeux longtemps après que le patient eut achevé son interminable récit. Avec son fils, il se montrait moins empathique. *Enseignant*, dans son échelle de valeurs et sa géographie toute personnelle de l'existence (qui comprenait également les vieilles voitures, un certain refus des conventions sociales, le vote à droite et la moussaka), ce n'était donc pas grand-chose. Au mieux un aimable passe-temps. Au pire un alibi pour ne pas se confronter au réel et patauger encore un peu dans cette flaque où les enfants disparaissaient dès l'âge de douze ans, quand on commençait à les perdre de vue (d'y penser, cela lui faisait monter les larmes, lui si peu démonstratif, refermé sur son intimité et sur ses sentiments les plus profonds).

Si ses propres souvenirs d'enfance demeuraient vagues (allongé dans le canapé, disons un samedi après-midi, un meuble au tissu râpé et aux accoudoirs avachis rescapé de plusieurs déménagements, des heures à se perdre dans la contemplation des nuages), concernant la jeunesse de ses parents, Simon en était réduit à des suppositions. Personne dans la famille n'aimait creuser des trous, exhumer le passé. Et son père moins que quiconque. De sa vie avant son mariage, Simon n'avait pu scruter que quelques photos craquelées et jaunies : la petite main de Maurice cramponnée à celle de sa mère ; une séance de pause chez un photographe de la rue Feydeau à Alger, son père comprimé comme un bouchon dans son costume de bar-mitsva ; un vélo de course appuyé contre une publicité pour une marque d'apéritif sur le mur frappé par le soleil de midi ; les cadavres dans les rues qu'ils devaient enjamber pour se rendre à l'école. Un épisode raconté, une fois n'est pas coutume, à de nombreuses reprises, mais à chaque fois d'une manière rigoureusement identique, jusque dans les détails : les cadavres, enjamber, le chemin de l'école.

La mère de Simon avait un caractère foncièrement terre à terre et joyeux, contrastant avec celui d'un mari plus âgé. Pour elle, la vie était un jeu, et la moindre péripétie source d'amusement et de distraction. Elle tenait, en face de la mairie, une minuscule officine où l'on devait se contorsionner pour atteindre la caisse, sans flanquer par terre des lots entiers de bas de contention, pommade anti-moustiques et sachets de pastilles contre la toux. Elle aimait son métier avec un optimisme parfait, comme elle aimait ses enfants, son mari, leur existence solide, lisible et régulière. Elle partageait avec lui la quête d'un avenir stable, protégé, libéré de tout de ce qu'eux-mêmes avaient vécu pour en arriver là. Elle avait fait et défait les cartons une douzaine de fois depuis son mariage sans se plaindre. Ils n'avaient pas d'amis proches, peu de famille, quelques collègues ou voisins. Le bonheur était une illusion. La joie seule éclairait tout.

Elle-même avait réussi à garder ses enfants à distance d'une histoire qu'à ses yeux, même devenus adultes, ils n'étaient toujours pas en mesure d'entendre. Du moins jusqu'au décès de sa propre mère en février 2011, dans une maison de retraite médicalisée à Rueil-Malmaison. Après des années à délirer sous Alzheimer et à se perdre dans les couloirs, leur grand-mère était morte dans son sommeil une nuit d'octobre, libérant un récit jamais évoqué. Alors qu'ils patientaient tous les cinq dans une chambre funéraire parquetée, la mère de Simon leur raconta l'histoire de leur grand-mère défunte, née à Cracovie, deuxième fille et troisième enfant d'une famille polonaise émigrée en 1934. Elle leur expliqua comment on les avait cachées avec leur grand-tante Anna dans une pension catholique en Charente, alors que leur père et leur frère aîné Samuel étaient morts à Birkenau – c'est-à-dire qu'ils y étaient partis et qu'ils n'en étaient jamais revenus. Puis dans quelles conditions de désarroi et de précarité la famille s'était installée, après guerre, dans un logement sans eau courante, boulevard Ney, à cinq cents mètres des fortifications.

L'histoire ne suscita chez Simon, sur le moment, aucune réaction bien tranchée. Sa grand-mère était morte, âgée et perdant la boule. Du temps où elle vivait seule, rue Caulaincourt, ils ne s'y rendaient en famille qu'une ou deux fois par an. De retour à Paris pour ses études, il ne lui serait jamais venu à l'idée d'aller sonner chez elle. Elle ne les avait jamais gardés, lui et ses frère et sœur, ni fait goûter, bordés dans un lit, emmenés au parc. Mais alors qu'il pensait que sa disparition allait l'éloigner définitivement, c'est l'inverse qui se produisit, déclenchant en lui une émotion qu'il mit du temps à comprendre. Rien ne le rattachait jusqu'alors à un passé qu'il n'avait jamais remis en question. Son père venait d'Algérie, ils avaient tout perdu. Les ancêtres de sa mère étaient polonais. Lui-même avait toujours trouvé grisant d'avancer sur de la neige vierge. Il était juif parce que ses parents l'étaient, là où personne ne l'était, et c'était au final plutôt cool. Et voilà qu'à présent, approchant de la trentaine, il prenait conscience qu'il n'était pas seul, au bout d'un couloir où des gens étaient assis, des hommes, des femmes, des vieillards et des petits enfants, qui le regardaient. Il rêvait de sa grand-mère, du garçon disparu ; une simple phase de deuil, d'après Justine, qui s'estomperait, comme s'il culpabilisait de n'avoir jamais pensé à eux (à ses parents – s'étaient-ils jamais demandé ce qu'ils éprouvaient ? –, à tous les autres), et qu'il envisageait pour la première fois sa propre disparition.

Les parents de Simon ne se plaignaient jamais. Les catastrophes lointaines avaient été réduites au silence, d'un commun accord, dans une sorte de fatalisme muet. Au bout du compte, la vie ayant repris son cours, ce n'était pas vraiment la misère qu'ils avaient connue, plutôt une forme lancinante de pauvreté, faite de produits génériques, toujours les mêmes, de vacances trop courtes, de vêtements rapiécés et d'économies. Situation dont ils avaient l'un et l'autre triomphé par les études. Ils étaient désormais propriétaires d'un appartement dans le 18e arrondissement, hérité de la famille de leur mère, d'un studio à Megève et d'une maison où couler leurs vieux jours, et s'adonner à leur passion commune et récente pour l'observation des oiseaux. Au printemps, ils s'équipaient de jumelles et d'un manuel d'ornithologie corné, pour gagner la boue profonde d'un pré à vaches ou de la berge d'un étang, le passé loin derrière eux.

Ils en étaient arrivés à un point où les événements du monde s'émoussaient, où rien ne semblait pouvoir les atteindre, et Simon en était curieusement tranquillisé, comme libéré d'une responsabilité que son frère et sa sœur lui avaient abandonnée en quittant le pays. Pour la première fois, il occupait au sein de la famille une place bien définie. Il s'efforçait de revenir plus souvent, maintenant que Justine n'était plus là. Il avait même fini par trouver à la vie de ses parents certains attraits : le calme, la nature, la tendresse et l'infinie répétition des jours. Il se voyait, plus tard, occuper la maison, protégé des brusques mouvements de balancier, des crises et des épidémies, avec celle qui partagerait sa vie jusqu'au bout. Il avait longtemps cru que Justine était celle-là. Il s'était trompé. Exclusive, Clarisse ne laissait place à aucune autre, quand bien même il s'était appliqué à la rendre inaccessible, pour tout un tas de raisons : trop étrange et brûlante, trop facilement dévorée par ses sentiments ; elle fréquentait des paumés, n'avait aucune ambition, et l'entraînerait vers le bas ; sans doute, de son côté, le méprisait-elle pour ses petits rêves de gosse de riche qui avait tout foiré, à qui il ne reste que ce qu'on lui a donné à la naissance. Mais au final, il s'était trompé là encore : c'était elle ou rien. Après quinze ans à essayer de croire à ses propres mensonges, il était bien forcé de se rendre compte qu'il l'aimait toujours.

En 1993, sur une photo que sa mère conservait sous un cadre posé sur la télévision, Franck était un enfant de neuf ans édenté mais souriant. L'œil espiègle et largement ouvert, surmonté d'une coupe de cheveux hémisphérique, il ressemblait au gamin des paquets de bonbons Haribo. Il portait un pull en grosse laine, avec un col camionneur et sur le devant, réalisé par sa grand-mère dans un style proche de l'abstraction, un Sangoku majestueux. Derrière lui, les murs de la classe étaient tapissés de dessins, poneys boiteux et maisons asymétriques, de panneaux de conjugaisons, de tables de multiplication, de fiches de lecture. C'était l'époque où ils étaient heureux, d'une manière maladroite, incertaine, malgré les portes qui claquaient et les fils électriques qui pendaient du plafond. Il ne se battait pas encore à chaque récréation. Son frère était là. Son père était avec eux, massif, bruyant, tour à tour joyeux et taciturne, absent puis chargé de cadeaux dont on ignorait la provenance. Sa mère les embrassait dans leurs lits le soir, au moment de s'endormir jusqu'à l'accident.

Le 21 décembre de la même année, à quatre jours de Noël, au sortir d'un virage, la CX que conduisait son père Eddy Aubert et qui transportait également ses oncles Mike et Joey, quitta la petite route mal goudronnée, pour déchirer un décor de bocage, de collines boisées et de fermes vides dans le nord du département. Les deux premiers furent tués sur le coup ; le dernier resta les jambes brisées et la moelle épinière sectionnée au niveau de la deuxième lombaire. À l'enterrement, lorsqu'ils virent leur mère et leur grand-mère pleurer, Tony et Franck surent que ces larmes concernaient autant la mémoire du défunt, que la situation dangereusement précaire dans laquelle la famille se trouvait désormais. Une maison de bric et de broc, des traites à payer, pas d'argent, deux garçons en âge d'aller à l'école, et un oncle invalide qui jouait aux courses l'argent de sa pension, l'éternel numéro de *Paris Turf* passé à la ceinture.

Très tôt, vers onze ou douze ans, lorsqu'il se posait des questions sur son propre destin, Franck se demandait s'il allait devoir suivre la voie tracée par son père ou s'il pouvait y échapper d'une manière ou d'une autre. Un père dont l'existence débutait en 1963 dans une caravane, quelque part sur la côte atlantique, au sein d'un clan de gitans sédentarisés qui avaient fait l'acquisition, après la guerre, d'un terrain à la sortie d'un hameau. Une histoire à dormir debout obligea la famille à partir, le père emmenant avec lui sa femme et ses trois fils dont l'aîné, Eddy – le père de Franck –, avait sept ans. Ils allèrent ainsi de foyers d'hébergement en bidonvilles jusqu'à obtenir, par les bonnes grâces d'une travailleuse sociale que leur situation alarmait, un logement HLM dans le quartier Voltaire, au nord de la cité des Sables. Ils emménagèrent au neuvième étage, dans l'une des barres d'immeubles transformées au milieu des années 1970 en ville fantôme où les enfants traînaient dans la rue à 11 heures du soir, résultat d'une politique consistant à regrouper, délibérément ou par négligence, tous les cas sociaux au même endroit.

Plus tard, leur mère était partie – peut-être morte comme l'affirmait leur père. Les garçons furent séparés et placés dans des familles d'accueil à trois cents kilomètres de distance. Âgé de dix ans, Eddy débarqua dans la Vienne, près de Châtellerault, chez un couple de fermiers qui l'attendaient en souriant maladroitement sur le pas de la porte. Sa chambre était petite et propre, les placards et les étagères garnis de draps, de jouets et de bandes dessinées, attestant la présence d'un enfant qui n'était plus là. Aux questions qu'il posa, on lui répondit qu'il était parti faire ses études à Bordeaux, qu'il était architecte et qu'il avait beaucoup de travail. Eddy se sentait bien chez eux, aimé et protégé. La femme s'occupait de lui comme de son propre fils, lui rappelant qu'il pouvait simplement être un enfant. L'homme lui apprit à démonter et remonter un moteur de tondeuse, à réparer un tracteur. Ils passaient des heures penchés au-dessus du capot ouvert de la Renault 12, dans les bonnes odeurs d'huile et de métal chaud. « Celui qui sait réparer une voiture sait tout faire, lui disait-il. Regarde bien, et t'auras du travail chaque jour de ta vie. » Il envisageait pour la première fois la possibilité de devenir quelqu'un. Il allait à l'école du village, à trois kilomètres, d'abord en voiture, puis sur un vélo Peugeot dont l'homme lui avait réglé les freins et la selle. Ensuite ce fut le collège, à Châtellerault. Deux ans plus tard, l'homme tomba malade, et la femme lui annonça qu'elle ne pouvait plus s'occuper de lui. On le renvoya alors en foyer. Il s'échappa à plusieurs reprises pour rejoindre la ferme puis, faute de mieux, se mit à vivre dans la rue, déclenchant des bagarres au moindre prétexte, saccageant poubelles et rétroviseurs et buvant de la bière en cannette qu'il mélangeait à du speed. Une nuit, un coup de couteau bien placé l'envoya à l'hôpital. En ressortant, après s'être lavé et rasé, il poussa la porte d'un bureau de recrutement de l'Armée de terre.

Il passa son temps d'instruction dans les Ardennes. C'était l'hiver, la nuit tombait à 16 heures, on leur faisait traverser des rivières avec de l'eau jusqu'à la ceinture et des blocs de glace transportés par le courant, le fusil en l'air et le sac au dos, puis remonter les rives durcies en s'agrippant aux fougères. Le deuxième soir, dans la chambrée, un type s'approcha de lui et lui demanda du feu. Il s'appelait Manu. Il venait de la banlieue parisienne, et dissimulait sous son lit toute une provision de cigarettes, ainsi qu'une impressionnante collection de magazines porno qu'il parvint à embarquer à bord du transport de troupes qui, six mois plus tard, en avril 1980, les emmena au Liban. Lunettes de soleil sur le nez, au milieu d'une guerre civile à laquelle personne ne comprenait rien, ils se retrouvèrent à patrouiller entre les immeubles ouverts en deux, les voitures carbonisées, les corps, les rafales de kalachnikov et les tirs de roquette. Ce n'était pas la vie dont Eddy avait rêvée, coulé dans les draps épais, de la vieille ferme paisible et craquante. Mais c'était mieux que le foyer, ou que la rue. Chacun était à sa place. Et il s'était trouvé un ami sur qui compter. Un soir, après dîner, Manu lui montra une liasse de billets américains, un peu moins de 2 000 dollars qu'il avait soi-disant ramassés dans les décombres d'une maison bombardée le matin même.

— J'ai besoin de quelqu'un de sûr pour fouiller. Je sais qu'il y en a beaucoup plus. Et j'ai confiance en toi.

Cette nuit-là, ils parvinrent, avec la complicité d'un planton, à sortir du camp. Dans les ruines de la maison, silencieuses et éclairées par un unique lampadaire, ils mirent la main sur un coffre-fort de petites dimensions. Le souffle de l'explosion l'avait arraché du mur. Le papier peint fleuri les entourait comme un champ de plâtre et de coquelicots.

— Tu peux ouvrir ce truc ? demanda Eddy sur le chemin du retour.

— Bien sûr que je peux.

À l'aube, le coffre finit par céder. Il contenait un peu plus de 40 000 dollars, ainsi que quelques milliers de francs et de livres turques. Manu confectionna un double fond dans deux sacs pour cacher l'argent jusqu'à leur départ de Beyrouth. De retour au bercail, où personne ne les attendait, ils décidèrent de se séparer avec chacun sa part du magot. Ils se firent leurs adieux sur le parking d'un centre commercial de Verdun.

— Jette pas le fric par les fenêtres, lui conseilla Manu. Bonne perm'.

— T'inquiète. Encore six mois à tirer et ciao tout le monde.

Ils avaient prévu de se revoir bientôt. Eddy roula jusqu'à Nevers, où il s'arrêta pour passer la nuit dans un hôtel. Après avoir pris une douche, il se fit monter une bouteille par le service d'étage, puis posa le sac sur le lit afin d'extraire les billets de la doublure. Il fourra une liasse dans la poche intérieure de son blouson, cacha le sac dans la penderie et quitta l'hôtel pour faire la tournée des bars. Il paya à boire à tout le monde. Il se retrouva le pantalon baissé dans les toilettes d'un karaoké, avec une fille dont il ignorait le prénom. Deux types rencontrés dans la soirée le ramenèrent dans sa chambre à 3 heures du matin. Le lendemain, en découvrant que le sac avec l'argent avait disparu de la penderie, il eut du mal à respirer, puis envoya valdinguer le reste de ses affaires, le téléphone et une bonne partie du mobilier à travers la chambre, obligeant le directeur de l'hôtel à appeler la gendarmerie. Il continua de décompenser en cellule. On l'envoya à l'hôpital, qui le libéra au bout d'une semaine. Furieux, ruiné, il regagna son régiment avant de retraverser la France d'est en ouest, six mois plus tard, pour retrouver ses frères qui s'entassaient avec leurs copines respectives dans une caravane arrimée par des cordes à un terrain pentu, dans un bourg de la côte atlantique assoupi au fond d'une ria.

Assagi (ou résigné), il décida d'y bâtir de ses mains une maison destinée à abriter sa famille, seul rêve désormais accessible. Hasard du destin, dans une ferme où il était venu pour les travaux saisonniers, il rencontra une adolescente de dix-sept ans dont il tomba aussitôt amoureux, et qu'il épousa rapidement. Suivirent deux fils arrivés coup sur coup, Tony à l'été 1982 et Franck le 1er mars 1984 à 2 heures du matin, dans une maternité de campagne dont Eddy arpentait le couloir pendant que sa femme perdait anormalement du sang. On leur annonça après la naissance de Franck qu'ils ne pourraient plus avoir d'enfant. Les garçons grandirent. Eddy les aima du mieux qu'il put, leur montrant tout ce dont ils avaient besoin pour s'en sortir seuls dans la vie, selon ses propres standards – bricoler un moteur, démarrer une voiture sans la clé de contact, chaparder, s'en tirer par tous les moyens et, si on doit se battre, frapper le premier et le plus fort possible –, usant de la force si nécessaire, de la tendresse lorsqu'il le pouvait, en proportions à peu près égales. Les garçons lui obéissaient avec dévotion. Moins d'une décennie plus tard, jalonnée de séjours en prison, de petits trafics et de bagarres dans des fêtes de village, dans la CX renversée, au terme d'une boucle de trente ans, c'était là tout ce qu'il restait de sa vie : sa femme et ses fils à qui il n'avait jamais pu dire combien il les aimait, faute de l'avoir lui-même appris.

5.

Tony ne ressemblait pas à son frère. Franck était brun et ramassé. Tony était blond, avec des taches de rousseur sur le nez, et la peau blanche comme du lait dans un bol. En 1998, le tribunal pour enfants ordonna son placement en centre éducatif. Il passa huit mois dans un manoir au cœur de la forêt d'Orléans, avec des éducateurs moustachus qui sentaient la Gitane et pratiquaient les arts martiaux, évoluant parmi la vingtaine d'adolescents qui tournaient en rond dans le parc, jaugeant la hauteur des murs de pierre. Un nabot avec un cheveu sur la langue, prénommé Driss, lui proposa de s'évader en passant par les cuisines, au moment des livraisons. Ils s'enfuirent tous les deux en emportant du pain et des fruits dans des sacs plastique. Ils traversèrent la forêt, puis les champs de betteraves, deux jours durant, sous une pluie de printemps qui collait leurs vêtements à leur peau et inondait les fossés de drainage. La gendarmerie les récupéra à la gare de Montargis, alors qu'ils patientaient, affamés et grelottants, pour resquiller le train de Paris. On les ramena au château sous les cris et les applaudissements.

Surveillé de près, Tony décida que le jeu n'en valait pas la chandelle, et choisit de patienter jusqu'à la fin de sa peine en fomentant diverses combines pour gagner de l'argent, une fois dehors. Le petit magot laissé par leur père n'était plus qu'un souvenir. Il était l'aîné. La charge de faire vivre la famille pesait sur ses épaules. Il n'avait plus le luxe de pouvoir fantasmer. Il fallait gagner de l'argent et vite, par tous les moyens, et il en connaissait un bien meilleur que les autres.

À la fin octobre, deux éducateurs, un homme et une femme, le raccompagnèrent chez lui dans une R5 blanche, jusqu'au seuil de la maison de guingois. Étaient là pour les accueillir : la mère en talons qui fumait sur le pas de la porte, la grand-mère avec son tablier, et l'oncle en chaise roulante, lanternant sur le seuil avec son journal et son paquet de brunes sans filtre qui lui jaunissaient les phalanges. Franck les observait d'un œil noir depuis les portes disjointes du salon, en caressant la grosse tête conique de Vinny, le berger allemand ramené par leur père quand il tenait encore dans la poche de sa veste de chantier.

— C'était comment ?

Tony et lui fumaient en regardant le chien se rouler dans le sous-bois.

— Chiant comme la mort.

— Qu'est-ce que tu vas faire ? Tu vas retourner au bahut ?

— Jamais de la vie, affirma Tony en arrachant des crocs du chien un bâton couvert de bave. Plutôt crever, et plutôt crever que de retourner dans leur tôle de merde. J'ai des idées. J'ai un plan. Tu verras. Une fois riches, on se tire de là avec maman. On lui paie une vraie baraque, elle le mérite. Et on refait notre vie au soleil.

Franck hocha la tête, avec un enthousiasme un peu forcé. Il aimait et admirait son frère, mais il avait appris, à quatorze ans, à faire la part de la réalité et du rêve. Pour les rêves, Franck s'imaginait vivre loin, en Californie, remontant l'autoroute au volant d'une grosse décapotable dans les odeurs d'essence et d'embruns ; l'argent du shit sur un compte bancaire numéroté, dix heures dans un avion, de grosses sacoches en cuir, le tout réinvesti dans une boîte de nuit ou un label de musique ; il pouvait admirer dans un seul mouvement pivotant les rouleaux gris du Pacifique qui déferlaient en contrebas, les bras fins et bronzés de Clarisse assise à ses côtés, et sur les hauteurs de Santa Monica les palmiers tordus par le vent. Une vie à jouer au basket et à fumer de l'herbe, la morsure du soleil, les filles en bikini et les garçons en short de bain fluo, à se traîner dans des maisons de douze pièces ou dans des chambres immenses balayées par la brise, où tout conservait le parfum crépusculaire d'une saison infinie. La réalité maintenant : Tony parlait beaucoup, mais il savait agir.

Le plan de Tony consistait à prendre une part dans un trafic de shit qu'organisait, à l'échelle de la commune et de trois patelins qui la touchaient, un type de trente ans maigre comme un clou du nom d'Arnaud Le Bras, dit « le Poulpe ». Il habitait chez sa mère une chambre donnant sur la rue. On pouvait frapper à toute heure pour le trouver, sempiternellement vêtu d'un pantalon de jogging et d'un sweat à capuche élimé et sale. Entre les persiennes, on découvrait un lit défait, la télé et la console allumées, une odeur de beuh et des boîtes vides de Bolino. La maison se trouvait au croisement de deux rues étroites où ne passait jamais personne, et où les flics ne pouvaient pas entrer à moins de descendre de voiture, ce qui laissait amplement le temps de détaler, et de camoufler autant que possible un deal de faible envergure.

— Ce mec, c'est un charlot, expliqua Tony à Franck, les poches lestées de barrettes de 10 grammes. C'est juste pour me lancer. Je vais pas passer ma vie à bosser pour ce trou de balle, t'inquiète.

La suite prouva qu'il disait la vérité. Dans les bois, à 500 mètres de chez eux, Tony et Franck avaient découvert en promenant le chien une ancienne cabane de chasseur dont ils avaient forcé la porte. Ils y traînèrent un canapé défoncé, une table basse, un carton de bandes dessinées et un poste de radio, la cabane offrant un refuge pour les jours noirs, dans la lumière des torches électriques et les odeurs des végétaux décomposés. Rapidement, Tony parvint à convaincre le Poulpe que la cabane constituait un endroit bien plus discret et sécurisé que la maison de sa mère pour stocker ses pains de shit. Il proposa de lui laisser poser un nouveau cadenas dont il serait le seul à posséder la clé. L'affaire conclue, ils délattèrent une partie du plancher à l'aide d'un pied-de-biche, pour que le Poulpe puisse y entreposer son shit enfermé dans des tupperwares.

Une semaine plus tard, revenant d'une cité avec 3 kilos de résine dissimulés dans la roue de secours, le Poulpe fut intercepté par la gendarmerie sur la départementale. Fouillé, menotté et emmené à la caserne, il s'empressa de balancer ses complices et le lieu où ils gardaient la marchandise, dans l'espoir d'une inculpation plus légère. On fit amener Tony, accompagné, en tant que mineur, par sa mère, son frère et son oncle paralytique. Puis tout le monde se déplaça dans les bois pour examiner la cabane. La porte ouverte, celle-ci s'avéra ne pas contenir autre chose que des illustrés, des mégots de cigarettes, et un poste de radio posé sur une étagère.

— Il y a un trou, sous le plancher, dit le Poulpe.

Tony lui lança un regard furieux. Les gendarmes soulevèrent les lattes à l'endroit indiqué, avant de ricaner en découvrant des cannettes de bière et des numéros de *Newlook.* Ils tendirent les magazines à Mme Aubert et ramenèrent le Poulpe au fourgon, laissant Tony – quinze ans – en possession de plusieurs kilos de résine à revendre au détail. « C'est le jeu », expliqua-t-il ensuite à son frère pour le tranquilliser. Ils avaient de quoi vivre à présent, et de quoi voir venir. L'argent allait rentrer. La possibilité d'une autre existence, au loin, prenait forme, alors qu'ils se retrouvaient sans aucun concurrent, avec une clientèle de collégiens, chômeurs, glandeurs et alcooliques d'une ville perdue dont on mettait dix minutes à faire le tour, et une vie entière à en sortir.

— Y en a au moins pour 10 000 balles. Prends-le dans ta main.

Tony occupait la plus grande des chambres à l'étage. L'humidité décollait des angles le papier peint à rayures, et une large auréole s'était formée en haut d'une cloison, sur laquelle Tony avait punaisé un poster du Wu-Tang Clan. Sur une étagère, on pouvait admirer ses médailles de judo, ses classeurs Panini et le coffret en marqueterie où il gardait sa liste de contacts et un peu d'argent liquide. Assis en tailleur sur la moquette, Simon soupesa le morceau de shit de la taille d'une cassette vidéo.

— Et à la revente on multiplie par quatre ou cinq. Sans trop forcer. Compte dans ta tête, tu verras où on arrive au bout d'un an.

Adossé au lit, Franck emballait les morceaux que son frère lui tendait dans du film alimentaire, une cigarette plantée au coin de la bouche. De temps en temps, il jetait des coups d'œil au visage de Simon, pâle et tendu, assis contre la porte, puis revenait aux séries du week-end sur la télé miniature. Le son était coupé. Ils écoutaient NTM et Cypress Hill sur la chaîne hi-fi.

— Tu serais intéressé ? Y a du fric à se faire, lança Tony.

— Pour faire quoi ?

— Un peu de business. Tranquille.

Simon haussa les épaules. Il sentait son cœur lui monter dans la gorge, gros comme une balle de tennis, les effets du shit associés à l'appréhension de s'enfoncer sur un sentier escarpé et piégeux. Franck écrasa sa cigarette dans le cendrier, attentif à ce qui était en train de se jouer. Il leva les yeux vers son frère qui passait à la flamme d'un zippo un couteau de cuisine.

— Qu'est-ce que t'en penses, Francky ?

L'air soucieux, Franck jeta à nouveau un regard en direction de son ami. Simon était blafard. Il avait peur, ne sachant pas la manière dont les choses allaient tourner, comme s'il n'était pas à sa place, et qu'il s'en était soudainement rendu compte. Il n'avait jamais envisagé que suivre

Franck pouvait être dangereux, notamment car ce dernier le tenait plus ou moins à l'écart de ce qu'il faisait avec Tony. Simon détestait lorsque les deux frères se parlaient à mi-voix. Il avait l'impression d'être un enfant qu'on écarte du feu. Il aurait voulu s'approcher de plus près. Mais à présent qu'il sentait les flammes, il désirait se trouver ailleurs. S'il avait peur de passer pour le petit-bourgeois craintif qu'il était au fond de lui, il avait surtout peur, en s'engageant avec eux d'une manière même symbolique, de ne plus pouvoir retrouver son chemin. C'était compter sans la lucidité de Franck. Il avait tout vu. Il savait depuis longtemps dans quelle direction le vent allait tourner.

— Je crois qu'on n'a besoin de personne pour l'instant.

Tony renifla en guise d'assentiment, et demanda à Simon de baisser la musique afin de pouvoir se concentrer en découpant la résine. Franck posa sa main sur l'épaule de Simon et lui proposa d'aller faire un tour. Ils descendirent les escaliers plongés dans la pénombre. La mère de Franck regardait des jeux sur la vieille télé à boutons, la galette en osier du plafonnier éventrant l'épais nuage de fumée de cigarette.

— Tu sors ?

— On bouge, ouais.

— Faudrait faire des courses.

— Demande à Tony.

— Il est occupé.

Elle se retourna dans un mouvement qui fit tinter ses bracelets. Deux verres et une bouteille de whisky traînaient sur la table basse. Les yeux bleus un peu gonflés, elle examina Simon des pieds à la tête, un regard plein de fatigue.

Elle avait été belle, cela se voyait, en chemisier, la taille fine et de longues jambes sur lesquelles louchaient les copains de ses fils. Elle aimait bien Simon. Mais elle avait aussi conscience de tout ce qui le séparait de Franck. Une famille riche, bourgeoise. Sa mère, la pharmacienne, était toujours douce et aimable. Le médecin, elle s'y rendait le moins possible. Quant à l'avenir, elle ne se faisait aucune illusion. Une fois le petit entré au lycée, ce n'était qu'une question de temps avant que leur amitié s'éteigne tout à fait. Mais elle préférait encore voir Franck avec lui qu'à traîner avec les copains de son frère.

— Il est occupé, reprit-elle.

— Plus c'est grand, moins ça bosse.

Simon remarqua pour la première fois l'oncle assis dans sa chaise roulante, masqué par le relief du canapé en velours.

— Préfère rien foutre.

— Ferme-la.

— Prends du pain, si tu vas en ville.

Ses yeux quittèrent son fils pour se concentrer sur la télévision. Ils traversèrent le jardin en sautant par-dessus la ferraille et les flaques d'eau, et se dirigèrent vers la remise. La poignée, mal serrée, tremblait un peu, la porte bâillant largement dans l'obscurité. Du sol en terre battue montait une odeur de vieux journaux, d'huile et de rouille. Les murs abritaient une quantité d'objets à la variété hypnotisante : outils, sacoches en cuir, chiffons graisseux, boîtes en plastique, collections de magazines auto, pièces détachées, coupe-vent, chaussures, ballons crevés, casiers et cannes à pêche. Franck prit la douille posée sur l'établi, la remplit d'eau au robinet et tira une longue bouffée qu'il recracha lentement, en formant un ruban gris-bleu. Simon prit le briquet et tira à son tour. Carrés dans de vieux sièges de pique-nique, ils attendirent que le shit leur monte complètement au cerveau.

— Il était sérieux, tout à l'heure ? demanda Simon.

— Qui ?

— Tony.

— On peut jamais savoir.

— Et toi, t'en penses quoi ? Je pourrais me faire du fric.

Franck pencha la tête sur le côté, agacé. Il voulait le protéger, mais Simon paraissait s'en foutre, attiré par ce que lui-même cherchait à fuir. C'était désespérant.

— C'est pas aussi simple que ça. Y a des risques. C'est pas une blague.

— Je sais, répondit Simon en s'emparant d'un numéro de *Moto Magazine* de 1986 avec lequel il se fabriqua une longue-vue.

— Les fournisseurs, eux ils rigolent pas. Puis y a ceux qui cherchent à te carotter. Tes parents ont ce qu'il faut. T'as pas besoin de faire ça, toi. Tu crois que ça me plaît ?

Simon baissa involontairement la tête. Franck ne s'adressait jamais à lui de cette manière. L'ascendant qu'il avait pris dans leur relation depuis le début du trafic, même s'il ne cherchait pas à en tirer avantage, le dérangeait. Il trouvait son quotidien trop terne. Il voulait se montrer à la hauteur de quelque chose, pour une fois.

— C'est juste du business. Dehors, c'est comme ça. Quand t'as rien, faut te débrouiller (il faillit ajouter « toi, tu saurais pas », mais s'arrêta à temps). Moi, je pourrai toujours m'en sortir. Je vais pas crever comme un chien à la rue.

Simon préféra ne rien répondre, à mi-chemin d'une humiliation personnelle et d'un coup de colère de Franck, aussi rare qu'imprévisible. Leur amitié n'avait jamais souffert de leurs différences, à condition de les laisser cachées. Il y avait certains sujets à ne pas aborder. Mieux valait garder les choses en l'état. Une fois convenablement défoncés, ils s'élancèrent le long de la route crevassée, à l'abri de l'épaisse marquise de chênes plantés au bord du talus. Ils coupèrent ensuite par la forêt pour rejoindre les vieux bâtiments d'usine.

— Et avec Clarisse ?

— Quoi ?

— Ça avance ? Viens, on s'en fume une, ajouta Franck en s'appuyant au grillage.

— Ça avance de quoi ?

— T'as couché avec elle ?

— Bah oui.

— Menteur.

Simon ouvrit les mains comme pour dire « Je peux rien prouver ». Il aurait pu lui parler de Clarisse longtemps. Son visage qui ne le quittait plus, un peu trop en angles pour être parfaitement joli, un nez légèrement trop long, mais ses lèvres parfaites, ses yeux immenses d'un noir profond à l'excès, l'odeur de sa peau, un peu forte mais pas du tout déplaisante. Ses petits seins aux pointes brunes, sa façon de passer sa main dans ses cheveux. Il aurait pu parler de Clarisse pendant des heures, mais quelque chose le retenait de se confier ainsi à Franck, dépassant la simple pudeur :

il voyait bien comment Franck la regardait. Pas besoin de remuer le couteau dans la plaie.

Ils se mirent à jouer au foot avec une boîte de conserve vide, et se séparèrent une heure plus tard, au bas du coteau, en se forçant à faire des blagues pour détendre l'atmosphère.

Rentré chez lui, Simon s'enferma dans sa chambre avec un sandwich pour écouter les Stone Roses.

— Il est à moi ce disque.

Allongé sur son lit, il n'avait pas entendu David entrer.

— Maman veut te voir. Attends un peu – son frère fit un mouvement de la main. Avec ta tronche, elle va te griller tout de suite. Je vais lui dire que t'es en train de bosser.

— Merci.

— Tête de nœud.

David claqua la porte. Il détestait la famille Aubert. La présence de Franck à la maison, pourtant rare et délibérément courtoise (poli, serviable, il enlevait ses chaussures avant de monter à l'étage, parlait bas pour ne pas déranger), l'ulcérait. Simon non plus n'aimait pas trop que Franck vienne ici, même si c'était pour d'autres raisons. L'argent, qui n'avait jamais été un problème, devenait un sujet sensible. Il avait un peu honte d'avoir été autant favorisé par le sort comme si, dans la partie d'échecs qu'ils se livraient, Franck reprenait là aussi, paradoxalement, l'avantage. « T'as pas besoin de faire ça. » Non, il n'en avait pas besoin. En tout cas, pas pour vivre. Une part de lui-même aurait souhaité une vie plus excitante, qu'il se savait pourtant incapable d'assumer. Franck le voyait. Il voyait tout. Il laissait faire et ne lui en tenait pas rigueur. Leur amitié ne lui coûtait rien, ne lui rapportait rien non plus, sinon de pouvoir jeter par moments un coup d'œil aux jardins, aux draps, aux îles qu'il ne pourrait jamais atteindre, dût-il vendre du shit jusqu'à sa mort. Ni jaloux, ni envieux de ce que possédait Simon et dont il était exclu, Franck aurait pourtant donné vingt ans de sa vie pour en avoir une autre. Ils trichaient tous les deux. Quelque part, les comptes devaient bien s'annuler.

Clarisse et Simon sortirent ensemble jusqu'aux vacances de Pâques. C'est-à-dire qu'ils s'affichaient tous les deux dans les couloirs du collège, sur les gradins et l'esplanade, s'échangeaient des messages dans leurs agendas et avaient des rapports sans pénétration dans la chambre de Simon. Ils descendaient ensuite pour manger, boire du Coca et regarder la télévision, enlacés, le sourire aux lèvres, respirant l'odeur de sexe et de sueur qui les accompagnait, devant *Hartley* ou *Beverly Hills*, avec la confiance fragile des premiers émois. Clarisse aurait voulu aller plus loin, comme pour sceller leur relation de manière définitive. Simon n'était pas prêt. Mais il sentait, en parallèle, son attachement grandir (pas encore de l'amour à proprement parler), sans raison et sans contrôle. Plus il passait du temps avec Clarisse, moins il maîtrisait ses sentiments. Et ça lui faisait peur, plus peur que Tony, son trafic et ses copains cinglés.

Pour leur premier mois ensemble, Simon offrit à Clarisse une bague avec des runes et des éclairs mêlés (dans une boîte en forme de cœur qu'elle possédait encore, la bague ayant depuis longtemps disparu). Clarisse profita d'un week-end chez son père pour acheter, dans une boutique située rue des Carmes dans la vieille ville, un T-shirt *Rage Against the*

Machine rouge vif, trop grand de deux tailles avec un portrait du Che, que Simon ne quittait que lorsque sa mère parvenait à le lui arracher pour le passer à la machine. Puis Clarisse se coupa une mèche de cheveux, l'enroula autour d'une fleur séchée et la colla sur du papier à lettres, avec ces mots tracés de sa plus belle écriture : *à mon amour*. Une relique d'un temps désormais clos, que Simon conservait lui aussi précieusement, dans son appartement de Pantin, avec ses archives. Il vérifiait régulièrement si elle bien là. Il dépliait la lettre. C'était étrange et douloureux, un peu irréel aussi, chargé de souvenirs contre lesquels il faisait ensuite des efforts violents pour les rejeter à la mer.

Ils traînaient dans les rues après la fin des cours. L'air devenait plus doux, le souffle du printemps descendait les ruelles brunies et tortueuses. Elle regardait Simon faire des figures par-dessus les trottoirs et les bancs, sur les marches de l'église, sur le parvis de la mairie, la pluie formant des miroirs géants où se reflétaient le ciel pâle et les façades de pierres. Il s'arrêtait au bout d'un moment, prenait le visage de Clarisse entre ses mains, comme on porte de l'eau ou un oiseau fragile, et l'embrassait. Elle retenait sa respiration. Parfois, ils quittaient la ville pour aller dans les chemins où personne ne pouvait les voir. Elle lui baissait le pantalon, après s'être assurés qu'ils étaient bien seuls. Ils fumaient le reste d'un joint que Franck lui avait laissé, puis Simon la raccompagnait à travers le lotissement, un peu après six heures du soir. Tout était nouveau en apparence. L'amour recommençait à chaque rencontre. Pourtant, ce qu'ils partageaient tous les deux et ce que chacun ressentait dans son cœur demeuraient deux choses distinctes, qui ne se superposaient qu'en partie. Ils désiraient la même chose, mais pas de la même manière.

Chez Clarisse, les rêves prenaient une forme précise. Elle était capable de les analyser et de se projeter à travers eux. Elle voulait vivre avec Simon, parce qu'elle l'aimait, et parce qu'il aurait les moyens de l'épauler pour quitter son propre milieu. Loin d'être incompatibles, ces deux aspects se nourrissaient l'un l'autre. Elle en connaissait aussi les limites : Simon pourrait finir par se lasser d'elle ou lui préférer une autre fille, lorsqu'il ouvrirait subitement les yeux, un jour prochain, mettant fin à son imposture. Simon, lui, ne parvenait pas à aller aussi loin dans le temps. Les engagements décidés à l'avance l'angoissaient. L'intensité de ce qu'il éprouvait pour Clarisse, alors qu'il lui restait tant de choses à vivre, à voir, à expérimenter, lui semblait anormale.

Le mercredi, quand il ne pleuvait pas, ils se rendaient au cimetière de bateaux, à deux kilomètres en amont, dissimulé par un éperon rocheux, dans une anse peu profonde qu'une puissance inconnue avait pratiquée dans le rivage. Des carcasses en bois reposaient dans le sable par dizaines, dans la vase et dans les hautes herbes, de la simple barque jusqu'aux thoniers ventrus qui partaient à la poursuite des bancs de poissons des semaines durant. Ils posaient les vélos, s'asseyaient dans le sable et restaient à parler jusqu'à entendre l'écho des cloches se répercuter dans le berceau de la rivière.

— Je t'aime. Je t'aimerai toujours.

Un soir, profitant de l'absence des parents de Simon partis à l'Opéra, ils se déshabillèrent et s'allongèrent sur son lit, où Clarisse essaya à plusieurs reprises de lui enfiler un préservatif. Le premier se déchira. Pour le second c'était trop tard. Ce qui devait être leur première fois à tous les deux s'acheva par une fellation rapide, suivie d'une longue bouderie – de la part de Simon – et d'un monologue réconfortant – de la part de Clarisse. À 22 h 30 elle fut obligée de rentrer chez elle dans le soir d'avril qui sentait la glycine et le lilas. Étendue seule sur son lit, elle passa des heures à ressasser et à réfléchir en écoutant son walkman. Elle s'obligea à prendre de longues inspirations, renouant avec les différentes étapes de leur vie prochaine, loin d'ici, à s'aimer (un appartement dans une grande ville, de l'argent pour sortir, faire vaguement des études – de quoi, elle n'en avait pas la moindre idée), quand une partie d'elle craignait les suites de ce qui n'était, à ses yeux, qu'une péripétie insignifiante. Pour lui, les choses étaient différentes, elle s'en rendait compte à présent. Il attendait moins de leur relation. Il différait les obligations, repoussait les serments. Il voulait rester libre, avoir jusqu'au bout tous les choix en main : partir, rester, changer. Jusqu'à quel point, c'était la vraie question qu'elle n'osait pas se poser encore.

Le lendemain elle téléphona chez lui, mais sa mère lui annonça qu'il était parti faire du skate avec des copains. À son retour, il commença par lui répondre d'une voix mécanique et sans timbre, avant de lui proposer, sans prendre de gants, d'arrêter tout bonnement de se voir.

— Je pense qu'on devrait s'arrêter là.

Clarisse ne put opposer à ses mots qu'un silence de dévastation, un silence qui dura mille ans et durant lequel son cœur lui parut se briser, éclater, et battre si fort qu'elle crut mourir. Après avoir bredouillé et dégluti, elle demanda :

— Tu es sûr ?, car il fallait bien dire quelque chose.

Il raccrocha après avoir dit oui, pas un mot de plus. Elle pleura la tête dans son oreiller, malgré les câlins de Louise qu'elle n'avait pas la force de mettre à la porte de sa chambre, puis de sa mère rentrée du travail qui s'accroupit au pied de son lit pour lui passer, un long moment, la main dans les cheveux. Les doutes qu'elle éprouvait depuis le départ ne l'avaient pas préparée à la rupture. Entre le vide qu'elle ressentait maintenant, et tout l'amour qu'ils avaient vécu, la disproportion était trop grande. Ses espoirs étaient en morceaux. Pendant tout ce temps, elle n'avait compté que sur lui. La porte s'était refermée. À la douleur de ne plus être aimée, s'ajoutait l'impression de dégringoler plus bas qu'à son arrivée ici. Les jours suivants, au collège, elle dut encore assumer toute l'histoire auprès de Marion, de Sabrina, de ceux et celles qui les avaient vus collés l'un à l'autre durant des semaines. Simon, lui, s'efforçait de l'éviter. Le surlendemain de leur séparation, il s'afficha de nouveau avec Magalie. Surprise de ce revirement mais visiblement pas rancunière, deux mois tout juste après avoir été évincée, elle lui laissait dans le cou des suçons de la taille d'une pièce de monnaie.

— Quel connard, lança Marion.

— Regarde comme il la pelote, ça me dégoûte (pour Sabrina, la moindre manifestation sensuelle prenait un caractère à la fois séduisant et dégradant, comme une réunion secrète à laquelle tout le monde, sauf elle, aurait été invité).

De son côté, Simon avait du mal à donner les vraies raisons de leur rupture, y compris à lui-même. Officiellement, il s'était lassé d'elle. En appui, il fit à ses copains une description bien différente de leur dernière soirée, en inversant les rôles. Il restait vague, ayant un peu honte, malgré tout, du prix à payer pour sauver les apparences. En réalité, son amour-propre blessé n'avait été qu'un déclencheur, voire un prétexte. C'était l'amour grandissant qu'il portait à Clarisse qui en était la cause. C'était trop. Il en était gêné, ce côté inexorable, et la perspective de s'enfermer trop tôt avec la mauvaise personne, sans savoir ce que l'avenir lui réservait. Ce n'était pas parce qu'il l'aimait qu'elle était faite pour lui, se répétait-il pour justifier son choix. Il avait quinze ans, et encore plein d'autres choses à vivre. Ce soir-là, tout était allé trop vite. Il explosait d'avoir paru si faible. Il avait eu peur de la mettre enceinte, ou qu'en allant jusqu'au bout fût scellé un pacte dont il ne pourrait plus se défaire. Alors, il aurait tout perdu : sa jeunesse, sa liberté, l'estime des siens aussi peut-être. Clarisse n'avait rien, ni ambition, ni moyens personnels. Il faudrait la prendre en charge, empêtrée dans des rêves trop étroits, impossible à assouvir sans renoncer lui-même aux siens. Tout était imbriqué. Et il l'aimait pourtant.

L'année scolaire tirait à sa fin. Les journées étaient longues, passées en partie à traîner en ville ou au centre commercial, à nager dans la ria et à prendre le soleil sur les quais tapissés de serviettes de bain. Au collège, une fois le brevet terminé, les surveillants fermaient les yeux sur qui était encore présent et qui séchait les cours. Simon et Clarisse restaient à distance l'un de l'autre, s'obligeant à ne pas se croiser.

— Je savais que vous seriez dans le coin, leur lança Franck. Il portait un slip de bain orné d'un palmier bleu électrique, semblable à un néon de motel clignotant dans la banlieue de Miami. Il avait le corps noir et musclé. Marion et Clarisse observaient, pâles comme des cachets d'aspirine, les garçons sauter dans la rivière depuis le ponton, assises sur un banc à fumer et à manger des rouleaux de réglisse.

— Vous avez peur de l'eau ?

— J'ai fait les championnats régionaux sur 1 500 mètres. Et elle aussi, elle nage mieux que toi, lui répondit Marion.

— Jamais dit le contraire. Je peux m'asseoir deux secondes ?

Clarisse sentit sans voir (sans chercher à regarder) l'épaule ronde et osseuse de Franck toucher la sienne, ainsi que le renflement de sa cuisse sombre couverte de poils.

— Je voudrais lui parler, dit Franck à Marion, laquelle haussa les épaules, jeta un coup d'œil à Clarisse et s'éloigna.

— Je suis pas d'accord avec ce qu'a fait Simon.

— C'est ton pote.

— Mais je suis pas d'accord quand même. Je lui ai dit. Je voulais aussi savoir si t'accepterais d'aller au cinéma avec moi.

— T'es rapide.

— On s'est déjà embrassés, je te rappelle. Alors, le ciné ?

— En ville ?

— Mon frère a une caisse.

— Il a seize ans.

— Personne ne le sait, ajouta Franck en souriant, dévoilant une canine ébréchée sous la petite cicatrice en forme de hameçon qu'il avait sur la lèvre.

Le mercredi, Franck passa la chercher dans une vieille Saab repeinte en bleu. Tony était au volant. Il lui adressa un vague signe de tête lorsqu'elle s'installa sur la banquette arrière. Ils écoutèrent Prodigy en roulant à tombeau ouvert sur les routes de campagne, ne ralentissant qu'une fois sur le périphérique, et à la sortie qui donnait sur une rue située en contrebas d'une voie ferrée, avec des maisons de cheminots tapissées d'avis de démolition. La voiture remonta la voie rapide qui arrivait jusque dans le quartier de la gare, où Tony les déposa.

— *Matrix* ou *Blair Witch* ?

Il garda ses mains au fond de ses poches pendant la séance, lui lançant des regards où l'on devinait (lorsque par miracle ou accident ils venaient à croiser les siens dans la lumière de l'écran et des sorties de secours) un mélange d'admiration et de perplexité. Il était étonné de se trouver en compagnie d'une fille aussi jolie et mystérieuse, ignorant comment cette histoire allait finir, et se demandait quelle place il pouvait envisager de tenir dans sa vie, et si elle-même envisageait quoi que ce soit avec lui hormis rendre Simon jaloux. Clarisse lui plaisait. Elle était proche de lui, plus proche que de Simon par de nombreux aspects. Ils venaient du même milieu ou presque, en tout cas d'une famille où l'on comptait l'argent après le 15 du mois. Lui, il savait comment en gagner, ce n'était pas un problème. Et puis, elle avait quelque chose que les autres filles du collège ne possédaient pas. Elle était plus compliquée, plus dense. Pour lui, ce n'était pas un défaut.

Ils sortirent du cinéma vers 16 heures, s'allongèrent dans un parc au pied d'un séquoia vertigineux, en regardant le bleu du ciel percer les branchages. Puis ils mangèrent des beignets dans les rues envahies par la foule et, pour tuer le temps jusqu'à 18 heures, volèrent dans les magasins. Clarisse avait le cœur qui palpitait. Franck, sifflotant et crâneur, la rassurait. Il émanait de lui une force, une volonté dont Simon n'avait jamais fait preuve. Franck attendait d'avoir tourné le coin de la rue pour sortir le butin de ses poches : une paire de boucles d'oreilles, un briquet, des collants, un flacon de parfum Lolita Lempicka et un stylo-plume. Il les lui offrit sans rien dire, gardant ses distances. Clarisse s'approcha pour lui déposer un baiser sur la joue.

À 18 heures, ils retrouvèrent Tony qui garda entre ses jambes, pendant tout le trajet, un paquet aux dimensions d'un dictionnaire. Il déposa Clarisse devant chez elle, sous le regard indéchiffrable de sa mère qui étendait le linge, observant sa fille accoudée à la portière.

— Comment s'appelle ton nouveau soupirant ?

La question était posée sur un ton le plus neutre possible.

— Franck.

— Vous êtes ensemble ?

— On dirait.

Clarisse prit un jean humide dans la panière à linge. Sa mère regardait volontairement ailleurs. Elle n'approuvait pas, Clarisse le voyait bien. Elle appréciait Simon, ses parents à qui elle n'avait jamais adressé la parole, pour lui-même et pour tout ce qu'il représentait tacitement. Elle ne l'aurait pas formulé ainsi, ni osé le formuler sans doute, croyant toujours dans une liberté qu'elle avait payée assez cher. Mais c'était bien ce qu'elle pensait au fond d'elle.

Les jours suivants, Clarisse sécha les cours et se laissa entraîner par Franck dans les endroits secrets où il aimait habituellement se retrouver seul : la cabane dans la forêt, la maison abandonnée rue de l'Oratoire ou le cimetière de bateaux où ils se rendaient au coucher du soleil. Ils s'asseyaient sous un arbre qui marquait l'extrémité de la crique, l'eau clapotant dans les charpentes décharnées.

— T'es déjà venue ici ?

Clarisse secoua la tête. Franck passa son bras autour de son cou, faisant semblant de croire au mensonge qu'il avait lui-même convoqué. L'arbre qui les abritait était un squelette bruissant. Le soleil plongeait dans l'eau, l'inondant d'une clarté rouge, derrière les pinceaux des hautes herbes. Franck pouvait rester ici pendant des heures. Il avait la sensation d'échapper au destin, à Tony qui l'envoyait sans arrêt à droite et à gauche avec des barrettes de shit et des sachets de beuh dans les poches. Personne ne savait où il était. Il s'effaçait du réel.

— On va chez moi, demain ? Ma mère bosse, proposa Clarisse.

— Ça roule, répondit-il en se levant.

La présence de Franck devenait à Clarisse de plus en plus douce et sécurisante. Elle se sentait protégée par son côté mauvais garçon, comme si elle savait qu'il ne ferait jamais rien contre elle. Rien à voir avec l'amour, c'était un simple besoin de réconfort. Depuis leur rupture, elle pensait à Simon non-stop. Elle prétendait l'oublier, Marion lui donnait des conseils, mais même avec Franck, c'était avec Simon qu'elle était. Elle s'en voulait un peu de lui laisser croire autre chose, mais elle savait aussi que sortir avec Franck était le meilleur moyen de tenir Simon à distance, au propre et au figuré. Clarisse n'avait aucune disposition pour le martyre. Pas plus qu'une autre.

Franck frotta le sable de ses genoux. Après dîner, comme il faisait encore jour, elle demanda l'autorisation d'aller se promener. Elle en profita pour acheter des préservatifs au distributeur installé à côté de la pharmacie (elle ne tenait pas à croiser la mère de Simon en y allant directement) qu'elle cacha dans le tiroir de son bureau. Puis elle regarda *X-Files* en douce avec Louise pendant que sa mère repassait du linge à l'étage.

Franck arriva le lendemain, en début d'après-midi. Ils montèrent dans sa chambre. À la fois excitée et anxieuse, elle dut malgré tout serrer les dents, saigna un peu. Au lit, Franck la prit dans ses bras et l'embrassa dans le cou. Il n'en revenait pas. Elle ne l'avait jamais vu sourire aussi largement. Ils fumèrent de l'herbe en regardant le plafond, puis il rentra chez lui. Le soir, Clarisse téléphona à Marion.

— C'est fait.

— C'était comment ?

— Ça va.

— T'as crié ?

— T'es conne, dit Clarisse avant de raccrocher.

L'été commença vraiment. Simon s'éloignait de plus en plus de son esprit, comme un reflet au loin, une onde déformée par les premières chaleurs. Sa mère la laissait sortir avec Franck, redoublant malgré tout d'attention envers ce qu'elle avait peine à admettre. La vie semblait reprendre, s'éclairer de nouveau, mais c'était juste avant l'orage.

Quelques jours plus tard, un garçon de dix ans qui pêchait de l'autre côté de la ria fit une découverte particulièrement macabre. En contrebas d'un talus, couché dans les roseaux et maladroitement dissimulé sous une bâche en plastique, se trouvait le corps d'une jeune fille. Ses cheveux longs et l'une de ses mains dépassaient. Accouru depuis la rive où il s'était installé avec pliant, glacière et canne à pêche, son grand-père souleva les plis de la bâche avant de renvoyer le garçon à la maison.

Debout sur le talus, il considéra le visage blanc et sans expression de la jeune fille qu'il connaissait depuis qu'elle allait à l'école. Elle avait quinze ans. Son père dirigeait une entreprise de construction située à moins de 300 mètres de là. Elle était morte, et il n'y avait pas à réfléchir longtemps pour comprendre qu'il ne s'agissait pas d'un accident.

Quand la gendarmerie arriva sur les lieux avec sirène et gyrophare, deux témoins supplémentaires assistaient à la scène. Alertés par les cris du garçon à travers le hameau, une femme qui gardait maintenant les bras serrés sur sa poitrine, et un retraité en chemisette qui promenait son labrador, étaient venus voir ce qu'il se passait. Le chien tirait sur sa laisse pour s'approcher du talus. Parmi les personnes présentes, toutes étaient en mesure d'identifier la jeune fille, mais seule la femme accepta d'accompagner les gendarmes jusqu'au chantier naval pour prévenir son père. Elle leur désigna l'endroit depuis le chemin hérissé de pierres, de fleurs et recouvert par endroits d'éclats de briques, de carrelage et de coquilles d'huîtres qui y descendait.

Les trois bâtiments en préfabriqué occupaient une vaste place herbeuse, arrondie et entourée de pins, de frênes et de cyprès. À cinquante mètres en aval, un embarcadère en béton plongeait dans les eaux troubles de la ria. Les années passant, le même chemin se transformerait en une piste en friche, après qu'à l'automne 1999, le dernier véhicule viendrait à quitter les lieux (la voiture de la compagnie d'assurances, le jour de la liquidation). Ne resteraient plus, à la limite du terre-plein herbeux, que les traces de vélo dans les aiguilles de pin, et les photos, couronnes et bougies fondues, déposées par les ados du collège Guy de Maupassant, des mois durant après la mort de Marion.

— Restez ici, dit l'un des gendarmes.

Ils s'avancèrent sur le terre-plein en direction de la porte que venait d'ouvrir Bruno Stéphan, assis un instant auparavant à son bureau, à éplucher son courrier constitué de factures et de prospectus. À présent, debout dans l'encadrement, les mâchoires tendues, il les regardait s'approcher, comme s'il pressentait la catastrophe.

Clarisse aidait sa mère à éplucher des légumes dans la cuisine quand le téléphone sonna. Louise alla décrocher et appela sa sœur depuis le couloir encombré de cartons et de paires de chaussures. Clarisse prit le combiné. Elle aimait regarder son visage, enfoui dans les fleurs peintes du miroir. Elle écouta mais sans y prêter, tout d'abord, énormément d'attention, une fille de 3^{e}4 qui s'appelait Lucie Legendre, lui parler de Marion d'une voix surexcitée, s'embrouillant dans les détails sanglants et invérifiables, si bien qu'au début, Clarisse pensa simplement que Marion avait eu un accident ou s'était blessée.

Sa mère ouvrit et referma le tiroir à couverts. Lucie pleurait à présent et Clarisse commençait à comprendre ce que l'autre essayait de lui dire : Marion était morte. C'était sa meilleure amie. La réalité de ce qui était survenu ne lui apparaîtrait que plus tard, au long des heures qui suivraient, à mesure que la ville plongerait dans une sorte de cauchemar éveillé. Un mélange d'indiscrétions, de rumeurs et de sous-entendus remonterait peu à peu à la surface, l'enquête parlant d'une mort par strangulation au moyen vraisemblablement d'une sangle ou d'une ceinture, avec des traces de violences sexuelles. Le téléphona sonna encore de nombreuses fois ce soir-là, et jusque tard dans la nuit. Clarisse n'avait pas le droit de sortir de la maison. Au crépuscule, Franck passa dans la rue et l'appela, assis sur son scooter. Elle ouvrit la fenêtre de sa chambre en même temps que sa mère la porte de la cuisine.

— Il est tard, il faut rentrer chez toi.

— C'est toujours occupé quand j'appelle, madame.

Clarisse eut le droit de sortir dix minutes, à condition de rester au portail. Elle posa sa tête contre la poitrine de Franck et y demeura un long moment, cachée par la haie du jardin, tandis qu'il passait sa main dans ses cheveux. Il sentait le tabac et l'essence.

— Je te protège moi.

— Je sais.

C'était vrai. Ce soir-là, elle se dit qu'elle avait fait le bon choix. Franck était présent, il la défendrait. Il savait faire. Simon n'était qu'une pure illusion. Un rêve apaisant, mais qui ne la protégeait de rien, au contraire. L'amour de Franck était concret. Il ne se contentait pas de parler, il pouvait en donner des preuves. C'était peut-être ça, l'amour, finalement.

Le lundi matin, les gendarmes investirent le collège. Il y avait beaucoup d'absents, les élèves pleurant ou s'agitant sans raison. Ils avaient déjà interrogé la famille, les voisins et amies de Marion, dont Clarisse, assise sur le canapé du salon, en face de sa mère qui fumait cigarette sur cigarette. Clarisse mentionna l'existence d'un garçon qu'elle-même n'avait jamais vu et que Marion fréquentait depuis quelque temps, mais dont elle parlait peu.

— Tu ne l'as jamais vu ? Elle n'a jamais dit son prénom ?

Ils reprirent les listes et le trombinoscope de toutes les classes, interrogèrent des dizaines d'autres élèves et finirent par obtenir d'un redoublant de 3e1 – un ado assez fort, le visage ravagé par l'acné, les cheveux teints en noir, du nom d'Antoine (Anton) Volochenko – un renseignement qui, une fois déplacé et ajusté dans le fleuve de témoignages dont la seule transcription occupait trois gendarmes à temps plein, donna aux recherches une nouvelle direction. Marion et lui faisaient partie du club de théâtre. Ils se voyaient parfois après les cours (« en amis »). Le garçon expliqua aux gendarmes qu'il y avait un squat au bord de la ria, où Marion se rendait, la nuit, en cachette de ses parents. Un squat, une maison, quelque chose comme ça ? demandèrent-ils. Il n'en savait rien, il n'y était jamais allé et elle ne lui avait pas donné d'autres précisions. Elle y allait seule ? Non, avec d'autres personnes. Des élèves du collège ? Non. Un mec. Le mec avec qui elle sortait ? Elle t'a dit son nom ? Il haussa les épaules. Clarisse passa des heures au téléphone pour obtenir d'autres informations de son côté, jusqu'à ce que sa mère l'oblige à raccrocher en menaçant de couper le fil.

L'après-midi même, des renforts se mirent à parcourir les chemins enroulés, impasses et ruelles en bordure de la ria, depuis l'extrémité de la commune jusqu'au pont de chemin de fer, sous le regard des habitants postés devant chez eux ou le long des barrières de sécurité. Ils fouillèrent les maisons délabrées, les cabanons de jardin et les chantiers à l'abandon jusqu'à la tombée de la nuit, et toute la matinée du lendemain.

Depuis la découverte du corps, la mère de Clarisse s'était arrangée pour aller chercher ses filles au collège. Franck et Clarisse ne se voyaient qu'aux récréations. Elle repensait à Simon en attendant de rentrer en classe. Elle le cherchait des yeux, puis les fermait lorsqu'il traversait la cour. Elle était en train de l'épier lorsque Franck lui annonça :

— Ils l'ont trouvé.

— Hein ?

— Le squat.

— Comment tu sais ça ?

— Hier soir, on était du côté de la passerelle avec Tony. Pour dealer un peu, sauf que c'était plein de keufs. Tony est rentré avec le matos. Moi je suis resté pour voir.

Un maraîcher, dont l'exploitation se trouvait sur une zone inondable légèrement à l'écart de la ville, avait téléphoné à la gendarmerie. Des marginaux s'étaient installés dans la cabane qu'il possédait, au-dessus du vieux chemin de halage. Il les avait chassés en les menaçant d'appeler la police. Cela faisait plusieurs jours qu'ils dormaient là, laissant traîner cannettes vides, matelas, sacs de couchage et provisions. Un panneau publicitaire et des branches enchevêtrées masquaient le cabanon depuis le haut de la berge. Les gendarmes restèrent un long moment sur place, entrant et sortant par les broussailles. D'autres véhicules se garèrent au bord de la route en surplomb, tandis que des policiers se déployaient avec des chiens et du matériel.

— On aurait dit un film.

— Sauf qu'elle est morte. On l'a violée et elle est morte.

Clarisse se sentait devenir folle. À cet instant précis, elle aurait voulu traverser la cour et se blottir dans les bras de Simon qui, de loin, à son tour, la regardait. Des sentiments contraires montaient en elle, sans lui laisser un chemin pour s'en sortir. Marion aurait su quoi faire. Mais Marion n'était plus qu'un souvenir qui peu à peu se détacherait.

La nuit, les yeux écarquillés, au fond de son lit à observer la chambre silhouettée par le clair de lune, elle entendait des craquements, très légers, comme un biscuit brisé en deux, derrière la porte de sa chambre. Trois fois rien, peut-être le bois qui jouait, mais elle se recouvrait la tête avec les draps, et terminait la nuit à sentir sa respiration chaude lui baigner le visage. Elle repensait à Marion, dont elle avait été plus proche que n'importe qui. Elle se demandait ce qu'elle avait ressenti lorsqu'elle était morte. Si elle avait pensé à ses parents. À la peine et la souffrance, à tout ce qu'elle allait perdre, à tout ce qu'elle ne connaîtrait jamais.

Clarisse resta couchée le lendemain, avec de la fièvre. Sa mère lui apporta un cachet, referma la porte en sortant, et le bruit de ses pas diminua jusqu'à se confondre avec le ronronnement des canalisations. À 23 heures, elle fit l'effort de se redresser pour éplucher une clémentine qu'elle mangea lentement. Les questions ployaient autour d'elle. Par la fenêtre, dans le demi-jour qui ne permettait pas de distinguer entre elles les maisons du lotissement, une ombre épaisse, velue, marchant sur deux pattes, lui sembla escalader le talus menant à leur cabanon de jardin. Ses yeux brillants et froids traversaient la pénombre. Elle sursauta lorsque l'ombre lui parut venir vers elle, peut-être attirée par la lumière de sa chambre. Elle se baissa en retenant son souffle, et garda la tête sous ses draps, le temps pour son cœur de se desserrer un peu, et pour sa raison de revenir. Elle sentait la sueur lui couler le long du dos et des aisselles, incapable de bouger. Peut-être allait-il monter jusqu'ici, maintenant qu'il l'avait vue ? Elle se recroquevilla, guettant l'arrivée de quelqu'un dans le couloir, et se mit à hurler.

— Je suis là. Je suis là, répétait sa mère en plaquant sur son front ses mèches trempées de sueur. Calme-toi.

On fit venir un médecin. Il lui prit le pouls, posa quelques questions qui s'adressaient aussi bien à elle qu'à sa mère et sa sœur, debout au pied de son lit. Il inspecta ses yeux, lui fit tirer la langue, l'écouta respirer profondément, son dos nu barré par les bretelles de son soutien-gorge.

La fièvre mit deux jours à tomber, cédant la place à une sensation d'épuisement. Elle faisait des sommes de trente ou quarante minutes, buvait de l'eau qui lui paraissait soudain avoir un goût de métal et qu'elle renversait sur sa couverture. Sa mère lui parlait, et elle lui répondait, jusqu'à tomber de nouveau dans un sommeil agité et bref, retrouvant à chacun de ses réveils la bouche pâteuse, la couverture rejetée au pied du lit, l'eau renversée. Le vendredi matin, elle put se mettre debout lentement, fit une toilette de chat puis descendit les escaliers jusqu'à la cuisine. Sa mère s'apprêtait à partir au travail. Il y avait du jus d'orange et des céréales sur la table.

— Je serai là pour dîner. J'ai appelé le collège. Les cours terminent la semaine prochaine, tu peux rester à la maison sans moi. Je dois retourner au travail. Ça va aller.

Elle prit les clés de la voiture et ouvrit la porte, inondant la cuisine de la chaude lumière de juillet. Paniquée, Clarisse regarda sa mère. Celle-ci voulait ajouter quelque chose.

— Ils les ont attrapés. La voisine est venue me prévenir.

Clarisse resta un instant dans l'encadrement, à la fois gênée et soulagée de le lui dire.

— Ça veut dire que je peux sortir ?

— On verra.

Le soulagement la laissa muette. À contrejour, le visage de sa mère était cerclé d'or. Le vent colportait dans l'embrasure des senteurs de silex, de fruits mûrs, d'herbe fauchée. Elle n'était pas prête pour autant à sortir, à retrouver le monde. La terreur allait mettre du temps à s'écouler, elle en avait conscience, effrayée aussi par ce qu'elle allait découvrir au fond, une fois le reflet de Marion disparu.

Le lendemain, une foule compacte et recueillie attendait de part et d'autre de la grille, à l'entrée du vieux cimetière, tassé entre quatre murs à l'effondrement contenu par des chaînes et des tenons. Il faisait chaud, l'air était gonflé d'odeurs qui venaient contredire la tristesse et l'accablement, les vêtements sombres, les murmures et les déplacements feutrés.

Les parents et le frère de Marion se tenaient en retrait d'un break aux vitres fumées, composant et recomposant les différentes stations de la famille en deuil : le père, raide comme un pieu, au pied du hayon d'où le cercueil allait être sorti, regardait un point fixe dans le ciel bleu que rien n'écornait, ses grandes mains le long des cuisses ; la mère échangeait à voix basse avec ceux qui s'étaient approchés, formant un cercle autour d'elle ; Pierre-Louis, âgé de treize ans, le seul dont on pouvait voir les yeux, était adossé au mur sous le lierre ébouriffé. Il jouait avec son porte-clés, en attendant que le cortège s'engage dans les allées tapissées de gravillons, suivi par les voisins, les amis et les élèves du collège qui tenaient à la main des roses blanches.

Clarisse opéra un tri dans le gravier du bout de sa chaussure tout le temps que dura la cérémonie, ne redressant la tête que pour chercher le visage de Franck qui ne s'y trouvait pas. Simon non plus n'était pas là. Lucie Legendre passa près d'elle sans lui dire bonjour, escortée par trois ou quatre garçons du collège venus sans leurs parents. Sabrina entra parmi les derniers, avec sa mère et son frère plus âgé. Elle portait un pantalon noir et une veste de tailleur que sa mère lui avait cousue. Elle s'approcha de Clarisse et la serra dans ses bras.

Après avoir déposé sa rose sur le cercueil elle aperçut, au moment de partir, Simon, entouré de ses parents et de ses frère et sœur. Il lui adressa un sourire en la voyant pleurer. Elle détourna la tête et marcha droit devant elle, en cherchant à éviter tous ceux qui s'attardaient et venaient à sa rencontre, mus par une sincère sollicitude, le simple besoin de communier ou une envie de réconfort. Elle entendit Simon l'appeler, deux fois, mais ne répondit pas. Au lieu de quoi, elle rejoignit la voiture de sa mère, garée un peu plus bas, et fouilla dans la boîte à gants pour ne pas relever les yeux pendant qu'elles repassaient devant les grilles. Simon était là, quelque part, avec les autres. Elle ne pouvait pas vivre sans lui, mais ne parvenait pas non plus à lui pardonner. La mort de Marion l'avait changée. Elle n'était plus la même.

L'après-midi, elle retrouva Franck sur le port, et ils marchèrent jusqu'au cimetière de bateaux avec la gravité silencieuse de deux naufragés faisant le tour d'une île déserte. Elle commença par se laisser embrasser, mais le désir n'y était plus. Alors elle finit par le repousser et le laissa devant chez elle, sur le trottoir.

— Tu veux plus me voir ? lui demanda Franck, de l'autre côté du portail.

Elle haussa les épaules.

— Si c'est ça, je veux que tu me le dises.

— Je suis pas sûre. On devrait faire une pause.

Il souffla sa fumée de cigarette, frappa deux coups de la paume de la main contre le portail, répéta plusieurs fois « Ok » puis rebroussa chemin. Elle avait de la peine pour lui, mais elle ne ressentait rien d'autre en elle que cette pitié. Une fois rentrée, elle fit couler un bain, fuma dans la vapeur d'eau ce qu'il lui restait d'une boulette confiée par Franck, puis alla s'asseoir devant la télé avec un pot de glace à la vanille et deux paquets de gâteaux.

— Je ne veux pas que tu fumes dans la maison.

— Je m'en fous.

— Viens manger.

— Pas encore.

Sa mère vint se blottir contre elle sur le canapé. Louise apparut en bas des escaliers, tenant un livre et son vieil éléphant en peluche. Elle avait passé la journée chez une copine.

— J'ai un rendez-vous demain matin. Il faudrait que tu gardes ta sœur.

— T'as rendez-vous où ?

— À l'hôpital. C'est juste un examen. Je vais te laisser de l'argent pour les courses. J'ai aussi du courrier à poster, ajouta-t-elle avant d'embrasser ses filles sur le front.

Clarisse fit plusieurs parties de Uno avec Louise, qu'elle laissa gagner deux fois sur trois. Louise ressemblait à leur mère, grande, le front haut, les yeux bleus et les longs cheveux châtains électrisés. Clarisse (brune et pâle comme son père) n'avait hérité de ce côté-là qu'une réserve facilement prise pour de la froideur, voire de la dureté lorsqu'on cherchait à la blesser. Ça et les bonnes notes à l'école. Louise ne savait pas se défendre. Les émotions la submergeaient et la quittaient aussi vite, les siennes et celles des autres, la tristesse et la joie, lui donnant ce côté aisément influençable, presque malléable. Ses amies (elle en avait beaucoup, moins sélective que Clarisse, ou plus liante) pouvaient faire de Louise ce qu'elles désiraient, et il suffirait de peu de temps encore pour qu'un garçon mal intentionné lui brise le cœur. Un accord silencieux poussait Clarisse et sa mère à tenir Louise à l'écart de tout ce que la vie pouvait recéler de mauvaises surprises. Les conversations s'arrondissaient en sa présence. Leur vie se résumait à peu, calme dans ses répétitions : les courses le samedi matin, les devoirs, les films le dimanche après-midi, toutes les trois dans le vieux canapé en cuir, sous les plaids à carreaux. On jouait, on lisait, on cuisinait pour plusieurs jours. Il n'y avait plus de problèmes d'argent. Clarisse allait chercher sa sœur au basket et elles rentraient toutes les deux, en se racontant des épisodes de *Buffy*, par le sentier ocre le long des terrains de tennis.

Quand Louise se fiait au destin, aveuglément confiante dans sa nature, Clarisse le redoutait, en proie à ces rêves incertains, qui épousaient les deuils, les accidents. Elle avait fait une croix sur Simon, à son grand regret, comme si la mort de Marion, en mettant ses sentiments à nu, avait agrandi la distance qui les séparait. Elle n'avait plus rien dans le cœur à offrir. C'était valable pour Franck aussi. Tout ce qu'elle désirait semblait porter la marque d'une disparition. Clarisse ne voulait plus aimer. Elle avait le sentiment de ne rien comprendre à ce qui lui arrivait. Qui avait décrété que Marion devait mourir ? Et qu'est-ce qui la rattachait encore à Simon, lui qui occupait ses pensées au lieu de la laisser tout entière à son chagrin ? Liés jusqu'à quand, alors qu'il n'y avait d'évidence plus rien à attendre ? se demanda-t-elle, redoutant les années de solitude à venir, auprès de Louise et de sa mère, seules sur le sentier enténébré comme trois petites lanternes dans la jungle.

6.

Il faisait 3 °C à Paris ce lundi matin, quand Simon se rendit au lycée pour donner quatre heures de cours avec les restes d'une gueule de bois, les cheveux encore humides durcis par le vent glacé, sa serviette en cuir éraillée et son adolescence qui, depuis quarante-huit heures, lui revenait à la figure comme des paquets de mer. Il descendit du bus à la mairie d'Aubervilliers et marcha jusqu'au lycée en traînant, les doigts douloureux (il avait de nouveau oublié ses gants).

Comme à chaque fois, il sentit son cœur se contracter en longeant le bâtiment en brique de quatre étages qui résonnait des cris des élèves s'engouffrant dans la cour. À l'intérieur, la même odeur de produit d'entretien et de ragoût lui rappelait toutes les écoles qu'il avait fréquentées depuis l'âge de quatre ans. Une odeur qui, depuis quelques années, lui donnait envie de rebrousser chemin et de s'installer confortablement dans un fauteuil afin d'étudier avec lucidité et courage l'arbre des solutions qui s'offraient à lui pour se sortir de là. Il envisageait régulièrement de tout abandonner, son métier, son salaire, sa mutuelle, ses points d'ancienneté et ses bonifications qui devaient lui permettre, à terme, de quitter le 93. Mais pour aller où ? Un lycée intra-muros ? Rentrer chez lui, s'occuper de ses parents ? Ramper aux pieds de Justine ? Retrouver Clarisse, qu'il n'avait pas vue depuis dix ans ? C'était sans issue. Il n'avait jamais su faire un choix.

Il accéléra, monta les marches quatre à quatre et déboucha dans la salle des profs qui sentait le café et le désinfectant. Des casiers cubiques et des petites tables rectangulaires étaient disposés en T, séparées par des cloisons mobiles qui retenaient la modeste lumière du jour. Simon jeta son cartable devant son collègue Frédéric Melikian, occupé à corriger des copies.

— Week-end difficile ?

— Un décès.

Frédéric et lui se connaissaient depuis l'université, nommés dans le même établissement après un concours passé à un an d'écart, il était la plus ancienne connaissance que les hasards de la vie n'avaient pas chassée au loin. À cet instant, et sans lui en vouloir pour autant, il trouva ce constat d'une tristesse inconsolable.

— Quelqu'un de proche ?

— Un ami. On était à l'école ensemble, au collège. Je l'ai hébergé en arrivant à Paris, puis on s'est perdus de vue.

Peut-être aurait-il pu préciser « mon meilleur ami », même si ce n'était plus tout à fait juste ; « mon plus vieil ami » aurait mieux convenu. La sonnerie retentit, frappant de consternation les enseignants qui faisaient la queue à la photocopieuse ou qui profitaient des derniers instants d'isolement à l'abri des cloisons mobiles. On pouvait voir des élèves se bousculer, rire, s'insulter ou faire semblant de se battre dans les couloirs qui renvoyaient l'écho de leurs cris ventilés par les portes à double battant. Un jour, un élève était venu au lycée armé d'un katana – le genre d'histoire qui faisait toujours son effet lorsqu'on la racontait. L'affaire s'était soldée par une entaille de quinze centimètres dans la cuisse d'un garçon de Terminale. En vérité, les ados du quartier que le système n'avait pas encore définitivement perdus (environ 60 %) s'ennuyaient trop pour se battre. On pouvait même en retrancher encore 10 % qui semblaient s'intéresser, de manière plus ou moins démonstrative, à ce qu'on leur racontait.

— Tu bois un verre ce soir ?

— On est lundi, répondit Frédéric en rassemblant ses feuilles.

— Demain ?

— Je vais au ciné avec Claire. On va être en retard. Bonne journée, ajouta-t-il en lui posant la main sur l'épaule, puis en s'éloignant dans le couloir encombré et bruyant, rétréci par la foule des élèves comme un goulet.

Simon avait appris la mort de Franck deux jours plus tôt. Il ne réalisait toujours pas exactement ce que cela signifiait. Il ressentait bien une sorte de tristesse et un fond de mélancolie, mais la seule personne à laquelle il pensait, égoïstement, était Clarisse. Comme si sa fin était dans l'ordre des choses, prévue des années auparavant, et qu'elle n'avait été que différée jusque-là.

À midi, Simon essaya de joindre la mère de Franck, qui finit par décrocher. Il reconnut immédiatement sa voix de fumeuse, mais eut du mal à comprendre ce qu'elle disait tant elle articulait difficilement, peut-être avait-elle avait bu ou pris des cachets. Franck serait inhumé jeudi, avait-il compris, au cimetière municipal, après une messe donnée à 10 heures. « Des fleurs, pas de plaque », précisa-t-elle.

Le soir, il téléphona de nouveau à Clarisse.

— Je te dérange ?

— Je me fais à manger.

Il hésita à lui demander ce qu'elle se préparait, hésita trop longtemps pour jouer au vieux copain désintéressé et cool qu'il ne serait jamais à ses yeux. La voix de Clarisse lui donnait des frissons dont il dissociait mal les motifs. Ils avaient été ensemble pendant deux mois, puis amis pendant deux ans, quelques années plus tard (ou peut-être les deux, la seconde fois, de manière simultanée, contribuant à faire de ses sentiments pour elle le bordel sans nom dans lequel il pataugeait à présent).

— J'ai eu la mère de Franck au téléphone. Il est (hésita encore, quel mot choisir ?)... la cérémonie est jeudi à 10 heures. Je viendrai en voiture, tu veux que je passe te prendre ?

— Tu viens de Paris en voiture ?

— Oui, je vais prendre un jour de congé.

— Je dois être au boulot à 16 h 30. Ma cheffe est du genre strict.

— Pas de problème, je passe te prendre vers 9 heures si ça te va. Tu m'envoies ton adresse ? Et pour les fleurs ?

— Je m'en occupe.

Comme il n'avait pas cours le mercredi après-midi, Simon se rendit avec un petit bagage dans une agence de location de voitures porte de la Villette, remplit des papiers et quitta Paris au volant d'une Peugeot 308 dont il dut reprogrammer, en prévision d'un trajet de plusieurs heures, toutes les stations de radio. Sur les coups de 15 heures, il s'arrêta pour boire un café dans une station-service, en regardant les arbres et les buissons que le vent qui soufflait derrière la vitrine tordait et aplatissait, au beau milieu d'une plaine agricole de l'ouest de la France. Il en profita pour appeler ses parents afin de leur donner une heure d'arrivée même approximative. Comme toujours lorsqu'il téléphonait chez eux, il était grave et concentré. Son frère et sa sœur étaient toujours absents. David était médecin, il vivait à Londres avec sa femme, et Élisa ne rentrait qu'une fois par an, pour Noël, délaissant à regret son bureau d'architecture et sa vie berlinoise. Il raccrocha avec la même gravité qu'il conserva dans la voiture tandis que l'autoroute se dépliait, couvrant les champs de terre cassée et brune, crevant les collines et les vallons, doublant des bois éparpillés de plus en plus sombres.

Il n'avait pas de plan à proprement parler. Revoir Clarisse, à qui il n'avait jamais cessé de penser depuis dix ans, lui procurait un sentiment étrange, une frayeur un peu dérisoire, celle d'être incapable de se montrer à la hauteur d'événements qui n'avaient, de toute façon, aucune chance d'arriver. Comme s'il allait s'arranger pour saboter au dernier moment les retrouvailles qu'il attendait depuis toujours. Il n'était sûr de rien, à commencer par sa volonté à elle, ses désirs. Il avait appris à se méfier de lui-même, de la manière dont il percevait les choses, ses propres pensées se déployant alors dans les recoins les plus étranges, et formant un récit qui n'avait – d'expérience – plus grand-chose à voir avec la réalité passé une certaine limite. Tantôt il se persuadait qu'elle l'aimait encore, tantôt il se demandait si tout cela avait déjà existé. Il ne savait rien des dix années qu'elle venait de vivre. Il se doutait que tout n'avait pas dû être facile. Là encore, il l'avait abandonnée, selon son réflexe d'enfant gâté qui aurait nécessité une bonne psychanalyse : il désirait quelque chose plus que tout, et lorsqu'on le lui donnait, il n'en voulait plus. Plus il convoitait Clarisse, et plus tout cela lui paraissait sale. Au volant de sa voiture, il s'interrogeait en boucle sur la nature réelle de ses sentiments : l'aimait-il réellement ? Et qui aimait-il en réalité, la véritable Clarisse ou le souvenir qu'il conservait d'elle ?

À son arrivée, ses parents sortirent ensemble sur le pas de la porte en entendant le gravier craquer sous les pneus. Il les serra dans ses bras l'un après l'autre, vit que tout allait bien, remarqua le dallage fendillé autour de la piscine et les mauvaises herbes qui jaillissaient dans l'allée parmi les cailloux. Après un dîner trop long, au cours duquel ses parents parlèrent beaucoup de Franck, il monta dans sa chambre demeurée à l'identique depuis le jour où il avait quitté la maison, à dix-neuf ans, pour s'installer au rez-de-chaussée d'un immeuble à pans de bois, rue des Carmes, à cinq minutes de l'université.

Le soir, incapable de trouver le sommeil, il feuilleta ses vieilles bandes dessinées jusqu'à 2 heures du matin. Ses albums favoris présentaient tous la même cassure au niveau de la tranche, détail qui permettait de les différencier des autres moins fréquemment manipulés. Il relut *La Chute de Brek Zarith* de Thorgal, avec ses courtisanes aux corps dénudés, et le parfum délétère de fin du monde qui se dégageait de ces corps flasques et osseux à têtes d'animaux, hôtes et prisonniers d'une forteresse perchée entre les nuages.

La sonnerie de son téléphone le réveilla à 7 heures du matin. L'album posé sur son front y avait laissé une marque en forme de V. Il eut du mal à reconnaître les lieux, se trompa de porte en voulant aller dans la salle de bains et descendit en trombe.

— Tu reveux du café ? Une tartine ?

— Je dois passer prendre quelqu'un. Je suis pressé.

Sa mère lui appliqua une grosse bise sur la joue, tandis que son père piétinait dans le vestibule, comme soulagé de le voir partir. Il monta dans la 308, quitta le jardin, traversa le bourg à petite vitesse, en jetant un coup d'œil à la ria et ses eaux grises sous le ciel d'hiver, puis les collines, les bois, les champs. Il passa devant une station-service désaffectée, semblable à une ruine hellénistique ouverte aux quatre vents et plantée au milieu du bocage. Une potence rouillée portait des prix en francs. Au siècle dernier, un portique aux couleurs fondues abritait encore plusieurs pompes à essence.

Les banlieues résidentielles et les zones commerciales devenaient de plus en plus denses à mesure que l'on approchait de l'estuaire. Une fois sur le périphérique, il prit la sortie CHU/Palais des sports, et entra dans les rues à angles droits du quartier Bailly. Il se gara devant l'immeuble de Clarisse, qu'il découvrait court et miteux. Il n'en était pas étonné ; la vraie question était : est-ce que cela lui faisait plaisir ? Elle n'avait réussi dans la vie par aucune de ses faces connues : pas de mari, pas de maison, pas d'emploi stable, pas qu'il sache du moins. En y repensant, il avait parfois le sentiment que tout était de sa faute, parce qu'elle l'avait attendu, reportant sur lui une responsabilité qui l'angoissait et lui donnait envie de fuir. Ou alors, il culpabilisait de ne pas avoir vraiment cessé tout contact. Elle aurait pu passer à autre chose, se construire. Il chassa ses pensées en sonnant à l'interphone.

— J'arrive !

— Ça va, on a le temps, commença-t-il avant de s'apercevoir qu'elle avait raccroché.

Elle dévala la cage d'escalier avec un gros bouquet de roses blanches et de marguerites, pour se retrouver nez à nez avec lui. Elle n'avait pas changé : ses grands yeux charbonneux et ses cheveux noirs coupés au carré, la même bouche charnue, la peau un peu plus marquée peut-être. Et soudain, toutes les questions qu'il s'était posées n'existaient plus. La réponse était là, devant lui, dans les décombres de son égoïsme étroit. Il avait vu juste, à quatorze ans – reconnaître s'être trompé sur un temps aussi long ne diminuait en rien cette sensation de gâchis. Il n'avait rien écouté alors. Il ressentait en la voyant une joie intense, brûlante, couplée à une lourde nostalgie qui lui faisait contrepoids et l'empêchait d'agir. Il sentit son cœur battre alors qu'elle s'approchait, 30 cm, 20 cm, 10 cm, sa joue contre la sienne, son parfum, le même, sa voix, un coup de vent balayant la rue. Le contact de sa peau avait une fraîcheur électrique. Une mèche de ses cheveux lui passa sur les lèvres.

— T'es garé où ?

— Derrière. La 308.
— On dirait une voiture de VRP.
— En vrai, je travaille pour une PME dans le Val-d'Oise. On est leader français sur les sondes urinaires.
— Il faut que j'achète des clopes, dit-elle en souriant.
Ils roulèrent sur 500 mètres, puis Simon se gara en double file boulevard de Verdun, devant un bureau de tabac. Elle quitta la voiture. Il vérifia l'heure sur son téléphone, et l'observa revenir vers lui, ouvrir la portière.
— Et toi ? Je sais même pas ce que tu fais.
— Je bosse dans un supermarché.
Il hocha la tête. Il se sentait à la fois coupable, satisfait de son propre sort et désespérément amoureux.
— Et le reste du temps ?
— Je glande. Je lis. Je joue aux jeux vidéo. Je me balade. Incroyable hein ?
— Tu revois du monde ?
— Pas vraiment.
Elle alluma une cigarette, fumant avec la vitre entrouverte.
— Comment il est mort ?
— C'est pas très clair. On l'a retrouvé dans une cage d'escalier rue Marx Dormoy. Il vivait à la rue, il fumait du crack. J'en sais pas beaucoup plus.
— Putain c'est horrible. Mourir comme ça.
— Il serait revenu, je l'aurais pris à la maison.
On peut mentir de différentes manières. Ils roulèrent sans rien dire pendant le reste du trajet, se rapprochant des souvenirs qu'ils avaient abandonnés derrière eux. La ville n'était – comme le reste – jamais ce qu'elle semblait

être. Elle évoquait de loin une citadelle en surplomb d'une rivière saumâtre, large au mieux d'une dizaine de brasses et aux coteaux couverts de chênes, d'érables, de fougères et de genévriers. Son donjon de granit était fermé de septembre à juin par des grilles. Pendant l'été, les remparts en ruine servaient de plongeoir aux casse-cou, et de poste d'observation aux randonneurs pressés d'admirer le paysage. En contrebas, circulait une eau froide dans laquelle les ados nageaient depuis le ponton et que les pêcheurs du cru sillonnaient dans des barques à fond plat, les sportifs dans des kayaks loués pour la journée.

Clarisse avait la tête penchée contre la portière, surveillant les alentours, les façades des maisons ouvrières basses et sombres, bâties par rangées du temps où les conserveries de poisson faisaient vivre la ville ; les pavillons cubiques datant des années 1960 avec leurs sous-sols qui sentaient le moisi, leurs cuisines carrelées identiques et des chambres vides tapissées de moquette ; les lotissements aux murs épais comme du papier à cigarette, maisons de tailles diverses éparpillées sur des pelouses diversement entretenues, avec les mêmes voitures plus ou moins neuves, les mêmes portiques, les mêmes panneaux de basket.

Elle s'obligeait à regarder dehors, contenant la charge des émotions violentes qui s'abattaient sur elle à un rythme plein et régulier. Elle remontait le temps. C'était la ville où Marion était morte et où sa propre famille avait fini par se disloquer, les belles années cédant à la nuit, la fatalité soulevant l'équilibre fragile que leur mère avait construit autour d'elles. C'était la ville des rêves endormis, un conte de fées où la vie n'avait pas eu le temps de pousser avant de flétrir – la sienne en tout cas, même si tout n'était pas éteint ; la preuve : Simon était là, revenu la chercher parmi les ombres parmi lesquelles elle se débattait.

L'église était située à l'intérieur des remparts. L'intérieur avait été décoré avec des restes de peinture à bateaux. Lorsqu'ils arrivèrent, la mère de Franck attendait sous le porche. Elle portait une robe à fleurs violettes et des chaussures à talons dont elle avait tranché les brides, une pelisse couleur crème lustrée par l'usure et aux mains, une vieille paire de gants. Le prêtre et trois employés des pompes funèbres formaient un quadrilatère sur le parvis, positionnés de manière à éviter la pluie qui giclait des gargouilles et des gouttières.

Ils laissèrent les fleurs dans la voiture, embrassèrent la mère de Franck, serrèrent les mains des autres, y compris des croque-morts, puis allèrent s'installer sur un banc, dans l'église frigorifiée où flottait une clarté diaphane. La mère de Franck parla de ses deux fils, de feu son mari, et du moment où il se retrouveraient tous. Elle avait emmené la médaille de baptême de Franck qu'elle portait autour du poignet. Simon chercha dans ses poches le papier qu'il avait préparé, se leva, prononça quelques phrases qui lui semblaient insignifiantes. Il avait l'impression d'assister à l'enterrement d'un étranger. Clarisse n'avait pas prévu de parler. Elle toucha plusieurs fois le bois du cercueil, repensant aux enveloppes que la mère de Franck lui avait confiées. Elle pleura sans se cacher.

Après la messe, se mit à résonner la *Sonate au clair de lune*, accompagnant la sortie du cercueil et son installation dans une camionnette noire. Le cimetière se trouvait à la sortie de la ville, à flanc de coteau – le mur d'enceinte était neuf, le béton déjà lézardé par endroits et couvert de mousse, totalement désert en ce jeudi matin. Ils s'acheminèrent jusqu'à un trou délimité par un cordon. La stèle indiquait : *Tony Aubert 1982-1999*. On avait simplement agrandi l'emplacement et ajouté le nom de Franck à celui de son frère. Ils restèrent à distance de quelques pas. Simon était impressionné, lui qui n'avait enterré que des grands-mères âgées ou de vagues cousins. Pour Clarisse, dont les souvenirs étaient plus chargés, c'était comme revenir en arrière. Franck disparaissait, comme son frère avant lui, comme Marion. Elle chercha des yeux l'emplacement où sa propre mère reposait. Elle n'avait jamais cru en Dieu. Elle n'avait pas la consolation de penser que tout reviendrait un jour, les âmes et les corps, sous les frondaisons d'un paisible jardin. Les morts disparaissaient lorsqu'il n'y avait plus personne pour penser à eux. La cérémonie terminée, la mère de Franck s'approcha de Clarisse et la tint contre elle un instant. Puis elle posa sa main sur le bras de Simon.

— Elle t'a donné l'enveloppe ?

— Une enveloppe ?

— J'ai oublié, dit Clarisse en détournant les yeux. Je te la donnerai en rentrant.

Mme Aubert eut un sourire, dévoilant les dents qu'il lui restait, puis s'adressa de nouveau à Clarisse :

— Merci à tous les deux.

— On vous raccompagne.

Elle secoua la tête. À travers les quelques vieux mausolées de famille, on pouvait voir les agents municipaux attendre pour fossoyer que la vieille femme ait quitté le cimetière.

— Il y a au moins un kilomètre jusqu'à chez elle, dit Simon.

— Elle préfère rester seule. Attends-moi dans la voiture, je reviens.

Simon obéit et retourna s'abriter dans la 308. Clarisse regarda autour d'elle, un peu perdue, puis elle fit demi-tour, longea une série de tombes inconnues, et s'arrêta finalement devant la dalle de marbre fanée qui portait le nom de sa mère. Personne n'en assurait plus l'entretien depuis des années. Aucune fleur, mais la plaque que Louise et Clarisse avaient choisie était encore là : *à notre maman*, avec un portait gravé d'elle, les cheveux défaits, tiré d'une vieille photo.

Elle resta un moment à se recueillir, ne relevant la tête que pour vérifier que Simon l'attendait toujours dans la voiture. La tombe de Marion était située à l'opposé, dans un angle, près d'une porte métallique qui menait au bord de la ria. Elle la reconnut en regagnant l'entrée du cimetière, en se remémorant la suite des événements qui, à partir de sa mort, avaient conduit à faire de sa vie un désert.

Les gendarmes avaient fini par arrêter deux garçons d'une vingtaine d'années, qui logeaient dans un studio pouilleux rue Gustave Eiffel, derrière l'ancienne gare de triage. Pablo Chevet et Dimitri Barrot. Ils avaient rencontré Marion à la fête foraine. Ils connaissaient la cabane le long du chemin de halage. Des objets leur appartenant avaient été retrouvés un peu partout. C'est aussi là qu'ils avaient découvert le corps de Marion, en fin de matinée. Ils l'avaient roulé dans une bâche et abandonné dans les hautes herbes plus loin sur la rivière, laissant dans la 205 blanche de Pablo Chevet des preuves accablantes (traces de cheveux et fluides). Ils ne l'avaient pas tuée, mais ils avaient caché le corps. C'était pareil. Pour protéger qui ? Thierry. Thierry comment ? Loiseau. Il a un tatouage sur le bras. Un aigle.

Condamné pour agression sexuelle, coups et blessures, en liberté conditionnelle depuis septembre 1998, Thierry Loiseau habitait chez son frère, dans un village situé à une demi-heure de route. Orphelin de mère, un père violent, un visage couleur de planche, le regard vide de toute expression, il ne travaillait pas et squattait de temps en temps le cabanon. Quittant la maison familiale ce matin-là, Marion sèche les cours, s'attendant à retrouver Pablo dans la cabane de pêche. Elle tombe sur Thierry Loiseau qui vient d'y passer la nuit. Elle est seule et l'endroit est trop isolé, impossible de fuir. Il referme aussitôt la porte. Il n'avouera jamais, mais entre les témoignages des deux garçons et les preuves matérielles (l'ADN de Marion, présent notamment sur la ceinture qui lui avait servi à l'étrangler, et qu'il portait sur lui le jour de son arrestation ; son propre ADN retrouvé sur le corps), une confession n'était pas vraiment nécessaire. On parle de « faire son deuil ». En réalité, connaître les détails n'atténue par la souffrance. Des fois, on préférerait ne pas savoir. Pour Franck c'était différent : il y avait trop de zones d'ombres.

— On y va ?

Elle releva les yeux. Simon se tenait de l'autre côté de la tombe. Il marcha avec elle jusqu'à la voiture.

Peut-être qu'elle méritait tout ce qui lui était arrivé. Peut-être que si elle avait été franche dès le début avec Simon, ou plus courageuse, ou si elle avait simplement renoncé à le revoir, elle aurait trouvé la force de passer à autre chose. Mais elle ne l'avait pas fait. S'il était un secret qu'elle était certaine de ne jamais révéler à Simon, c'était ce qu'elle avait commis à la place. Pour l'imaginer, il fallait remonter à un jour de septembre où, quelques années plus tôt, elle l'avait vu descendre les marches du métro Bastille, en tenant par la taille une fille brune, grande et élancée, coiffée d'un foulard turquoise. De retour d'une de ses longues errances dans les rues de Paris, Clarisse les avait aperçus à quelques mètres devant elle, et les avait suivis jusqu'à la station. Là, par-dessus la rambarde, elle avait hésité à appeler, puis avait descendu à son tour les marches du métro. Elle avait remonté le couloir à temps pour les voir s'engouffrer sur le quai, tout en veillant à maintenir entre eux suffisamment de distance pour pouvoir, en cas de nécessité, jouer l'étonnement. La rame était arrivée. Elle était montée au fond d'une voiture, cachée par la superposition des têtes et des barres de métal. Elle était restée un moment à les observer, son trouble augmentant lorsque la fille s'approcha de Simon, sa main posée sur son torse pour l'embrasser. C'était un vrai baiser, abandonné et sensuel. Justine s'était mise à rire, comme si elle était saoule. Clarisse l'observait avec l'envie et la fascination qu'elle avait nourrie, depuis des mois, pour cette fille qu'elle n'avait vue qu'en photo mais qu'elle avait tant de fois imaginée. Gonflée de tout ce qu'elle-même n'avait pas su accomplir, Justine lui avait paru extrêmement belle.

Elle avait les yeux bleus, le nez légèrement évasé, le visage d'un ovale parfait et dépassait Simon d'une demi-tête. Ses cheveux étaient noués avec un foulard, une cascade de cheveux châtains qui tombaient sur son chemisier trop lâche laissant voir alternativement une épaule dorée ou la naissance de ses seins. Clarisse les avait suivis jusque dans le 15e arrondissement, à l'opposé de l'appartement où elle habitait seule désormais, ou presque, et pour peu de temps encore. Soudain, du trottoir d'en face, elle vit Simon se retourner brusquement, comme s'il avait senti sa présence, et se jeta dans une entrée d'immeuble en comptant jusqu'à vingt avant de risquer un œil le long de l'arête en béton. Personne. Elle remonta alors la rue en forçant l'allure, finit par se mettre à courir et, à l'angle de la rue Fourcade et de la rue Victor Duruy, les retrouva qui marchaient au loin. Justine avait maintenant la main dans la poche de pantalon de Simon, tenant de l'autre son sac en tissu bourré d'objets anguleux. Ils entrèrent sous un porche. Clarisse s'arrêta, puis se mit à refaire son lacet lentement, le cœur battant un peu plus fort. Elle s'approcha enfin, parcourut la liste des noms collés en série faiblement éclairée de chaque côté de l'interphone. *Michaud / Taïeb*. Elle passa son doigt sur le bouton, et fit demi-tour en direction du métro.

Les jours suivants, partant tôt de chez elle ou quittant son travail en avance, elle continua son manège. Elle se sentait comme possédée. Le pire était qu'elle en avait pleinement conscience et que, interrogée sur son comportement, elle n'aurait pu que confirmer l'évidence : le suivre ainsi était glauque et sinistre. Le matin, dès 7 h 30, elle était en bas de chez eux à attendre, embusquée derrière un camion de livraison ou au croisement de la rue de Vaugirard. Elle suivait ensuite Simon jusqu'à la fac, entrait derrière lui dans les bibliothèques avec sa carte qu'elle croyait périmée. Puis elle s'installait avec son ordinateur et l'épiait jusqu'à la pause de midi. Les précautions qu'elle prenait étaient rudimentaires, consistant surtout à se trouver dans son dos, et à ne pas se laisser surprendre lorsqu'il allait chercher les livres qu'il avait commandés. En cas de difficulté, son excuse était toute prête, le mémoire inachevé, les livres dans son sac, ce mensonge qui fonctionnait avec les inconnus, ce que Simon avait fini par devenir pour elle.

Parfois, elle le suivait une journée entière. L'après-midi, entre deux cours, Simon traînait dans des librairies, achetait des journaux et buvait des bières rue Monsieur le Prince, avec trois ou quatre autres étudiants. Elle s'imaginait parfois croiser son regard et demeurer foudroyée, dans le clair-obscur qui sentait la sueur et la bière tiède. Alors elle le voyait se détacher pour venir vers elle et la prendre dans ses bras. Elle n'osait jamais. Il traînait certains soirs jusqu'à 21 heures avant de retourner rue Victor Duruy. Elle fixait sa silhouette au loin, dans la lumière des phares et des vitrines et l'observait qui rentrait chez eux. Leur appartement était situé au troisième étage. Du trottoir d'en face, il lui arrivait de surprendre des mouvements, des ombres découpées derrière les rideaux. Au printemps, comme lui et Justine dînaient sur le balcon, Clarisse se positionna un peu plus loin, par précaution, à l'abri d'un renflement dans les murs jaunes. La lumière filtrait entre les rideaux puis s'éteignait vers 23 heures, laissant Clarisse regagner seule son appartement, se répétant pour la énième fois qu'elle devenait complètement folle.

C'était bien le constat le plus proche de la vérité qu'elle pouvait faire, car elle savait pertinemment que jamais elle n'oserait sonner à sa porte, ni l'aborder dans la rue, même à cette époque où elle aurait tellement eu besoin de lui. Seule et désarmée, elle assistait à un lent décalque d'une vie qu'elle avait échoué à conquérir – si elle n'avait pas manqué à ce point de courage – mais elle n'en éprouvait singulièrement aucune jalousie. Ce n'était pas ça. Elle avait désespérément besoin de lui, de sa présence, sous une forme ou sous une autre. Elle n'avait rien à gagner à agir de la sorte, mais elle s'en moquait pas mal.

L'été arriva. Justine travailla tout le mois de juillet, puis ils quittèrent Paris pour deux semaines de vacances dans le Finistère. Clarisse regarda les photos en ligne qui les montraient sur une plage minuscule et ensoleillée, couronnée d'une chaussée en granit, dans de jolies petites rues ou au restaurant. Il lui fallut une demi-heure pour trouver un logement et, avec ses dernières économies, réserver un billet pour un train qui partait le lendemain à 7 h 30. Elle descendit à Quimper après quatre heures de voyage, et prit un bus jusqu'à Douarnenez qui l'arrêta devant une supérette où elle se ravitailla en bières et sachets de nouilles asiatiques. L'appartement était un deux pièces, dans un immeuble des années 1970 rue Henri Barbusse. La clé se trouvait sous le paillasson, elle avait réglé pour cinq jours. Une entrée avec un grand miroir, des galets blancs ; une cuisine en formica, un séjour avec un canapé, un bar à alcools, un vieux téléphone en bois, une photo du phare de Men Ruz par grand vent, un balcon étroit avec vue partielle sur la baie et au-delà, les toits de la conserverie. La chambre était meublée d'un lit double, d'un lit superposé pour enfant et d'une lampe en plastique.

Elle laissa ses affaires dans la valise, s'escrima sur le chauffe-eau qui refusait de démarrer, pour finalement réussir à prendre un bain dans la salle de bains incommode et trempée de vapeur d'eau, durant lequel elle imagina une scène où elle retrouverait Simon pour lui dire tout ce qu'elle avait sur le cœur. Les cheveux enroulés dans une serviette, elle but les bières qu'elle avait achetées en faisant le tour de l'appartement. Elle entama le bar vers 18 heures, après avoir lorgné un long moment les bouteilles aux étiquettes de couleur. À 20 heures, elle était complètement saoule et s'endormit sur le canapé, le vent du soir faisant pivoter les grands volets en fer.

C'est la lumière qui la tira du sommeil le lendemain matin. Elle but deux verres d'eau à la cuisine. Son maillot de bain était roulé au fond de la valise, avec ses serviettes hygiéniques et une boîte de Lexomil dont elle comptait précieusement les derniers comprimés. Sous un soleil pâle, elle descendit la rue, retrouva le bord de mer couronné par des immeubles pareils au sien, puis la plage de la photo sur laquelle elle ne vit ni Simon, ni Justine. L'eau était claire, le sable couleur de safran. Une femme aux cheveux blancs s'essuyait en regardant, au large, les lignes vertes et noires de la presqu'île de Crozon. Clarisse posa ses affaires, marcha jusqu'au rivage, se mouilla rapidement et plongea en laissant l'eau froide s'ouvrir autour d'elle. Bonne nageuse, elle se retrouva bientôt à flotter au-dessus des profondeurs, à mi-distance d'une île boisée qui signalait l'entrée du port. Elle fit encore quelques brasses en prenant garde à ne pas regarder en dessous, par peur de découvrir une ombre démesurée à l'œil fixe et vitreux.

Elle regagna la plage pour se sécher, et resta étendue sous les rayons du soleil que les nuages farineux avaient fini par découvrir. Elle agissait comme en dehors de sa volonté, de son propre corps. Elle se sentait fragile, fatiguée à l'extrême, cheminant vers une ligne derrière laquelle elle pourrait se laisser tomber et fermer les yeux. Simon – ne pas se retourner – viens avec moi, je ne te quitterai plus – ne pas se retourner de peur qu'il disparaisse – l'embrasser. L'embrasser pour toujours.

À midi, elle mangea un sandwich sur le port, cherchant Simon parmi les touristes, comme s'il allait lui apparaître dans les reflets d'une ville inconnue. La folie, l'ampleur absurde de ce qu'elle avait entrepris lui apparurent progressivement, en même temps que la dangereuse précarité de sa situation. Sa carte bancaire avait été refusé deux fois alors qu'elle tentait d'acheter de l'alcool. À découvert de 600 euros, elle parvint à retirer de l'argent à un guichet automatique et le dépensa dans les bars encombrés de vacanciers, glissant doucement dans l'ivresse, se livrant sans lutter aux inconnus qui s'approchaient d'elle.

Les heures, les lumières changeaient, elle parlait toujours. Elle rentra, peu après la fermeture, seule dans les rues, se perdit, s'arrêta pour vomir et reprit son chemin. Sa peau avait le goût du sel, une pluie fine lui mouillait les joues. Elle retrouva l'immeuble par hasard, à force de tourner autour. Elle eut encore la force de monter au troisième étage pour s'effondrer sur le lit, tout habillée, pleurant à moitié et hoquetant de la bière et de la vodka. Les comprimés restants de Lexomil étaient dans la valise, mais elle était trop saoule pour aller les chercher. Sa vie tournait autour de la même obsession, ou de quelques obsessions se relayant dans une interminable ronde funeste. La mort de Marion hantait de nouveau ses rêves. Sa mère lui parlait, la nuit, alors qu'elle se trouvait, bien éveillée, assise dans la cuisine éclairée par les lampadaires. Elle ne savait pas ce qu'elle était venue chercher ici, ni ce qu'elle comptait y trouver. Elle était au bord du vide, et il n'y avait personne pour lui tendre la main.

7.

Une nouvelle existence avait commencé après la mort de Marion, retranchée du monde, avec sa mère et Louise dans la maison silencieuse. Cette vie ne dura que le temps d'un souffle : en novembre 1999, leur mère succombait à un cancer du sein avec métastases, diagnostiqué six mois plus tôt. Patrick Jouan vint récupérer ses filles à l'hôpital, pleura en les serrant dans ses bras. Il était pâle, amaigri et s'était rasé la moustache. Il s'occupa des obsèques et supervisa à sa manière, brusque et désordonnée, le déménagement de leurs affaires du pavillon HLM jusqu'à l'ancien domicile familial, chassant pour l'occasion les types à qui il avait sous-loué une partie de la maison. À leur arrivée, il ne restait qu'un individu prénommé Chérif avec qui Clarisse et Louise durent cohabiter pendant plusieurs mois, un pauvre hère qui ne tirait jamais la chasse et que leur père réussit à convaincre de partir en lui donnant de l'argent.

Les premiers jours, pour éloigner la détresse infinie qu'elle traînait avec elle, Clarisse fit le ménage en grand, dans sa chambre et celle de Louise, lança plusieurs machines, nettoya les vitres, jeta les aliments périmés et les bouteilles vides, passa l'aspirateur et fit les courses avec le carnet de chèques de son père. Celui-ci observa les opérations avec le même air à la fois emprunté et reconnaissant qu'il conserverait lors des visites de l'assistante sociale, prévues quarante-huit heures à l'avance et qui faisaient l'objet, de la part des filles, d'une préparation attentive.

Clarisse s'occupa de Louise du mieux qu'elle put. À onze ans et demi, sa sœur était à la fois une joie et un fardeau. Elle ressemblait de plus en plus à leur mère. Leurs chambres étaient côte à côte. Clarisse lui préparait son petit déjeuner et l'accompagnait au collège, avant de se rendre en cours.

— Tu es l'aînée. Il va falloir que tu t'occupes de ta sœur. Elle va avoir besoin de toi, lui avait annoncé avec gravité la psychologue de l'hôpital.

Ce qu'elle s'épuisa à faire dans les premiers temps : elle l'aida pour ses devoirs, prépara les repas, fit le ménage, les courses, signa les papiers et les factures qui s'accumulaient sur la table du salon. Elle faisait la queue pour les allocations, stockait les coupons promotionnels. Elle prit l'habitude de répondre avec morgue aux regards vitreux et aux blagues graveleuses des copains de bistrot de son père, et s'efforça de donner à Louise toute l'affection dont elle avait besoin. Elle était là lorsque Louise apparut perplexe et fâchée sur le palier, pour lui annoncer ses premières règles. Et aussi les soirs de cafard où elle l'entendait pleurer derrière la cloison, pour la prendre dans ses bras.

Elle fit sa rentrée en janvier au lycée Anatole France, établissement bicentenaire avec ses grilles surmontées de fers de hallebardes, ses hautes fenêtres à croisées et ses couloirs interminables. Des fils et des filles de médecins, de cadres et d'avocats constituaient les deux tiers des classes, contrairement au collège de Clins où la moitié des parents touchaient les Assedic. Dès le premier jour, en passant sous le porche à caissons, elle éprouva une sensation de liberté et de plénitude qu'elle n'avait jamais ressentie. Perchée sur un promontoire, sous la brume des vallées et des feuillages, un continent sans limites semblait s'étendre à ses pieds. Tout était possible, la vie n'avait plus cet aspect sec et brutal qu'elle avait connu ces derniers mois. Elle était partie sans rien regretter ou presque : ni le lycée du secteur, regroupant les élèves de quatorze communes en fond d'une cuvette assombrie – avec la maladie de sa mère, elle ne se rendait en cours qu'un jour sur deux ; ni la petite maison où on entendait les pas des voisins, devenu un mausolée. Simon était à Albert Camus, à trois quarts d'heure de route. Franck sonnait régulièrement au portail, mais entre Louise, les courses et l'hôpital, elle n'avait que peu de temps à lui consacrer. Ils avaient réussi à s'éviter une partie de l'été. Elle s'était rapprochée de lui à la mort de son frère, alors qu'il dormait seul dans la cabane de chasse, en état de choc, avec le chien et un sac de sport rempli de shit et de CD. Ayant appris pour sa mère, il lui rendait la pareille. Elle n'avait pas la force de repousser sa protection, même si elle aurait aimé que Simon soit avec elle, trouver une aide, un appui. Elle avait converti ses rêves de confort en prières muettes, envers un Dieu à la bonté diffuse qui semblait-il n'avait rien à lui répondre.

À Anatole France, elle évoluait dans un monde nouveau dont elle ne tarda pas à maîtriser les codes, conservant cette ombre de mystère passablement scandaleux qui la suivait partout. Une fille qui n'avait de comptes à rendre à personne, qui pouvait rentrer chez elle au milieu de la nuit, chez qui on pouvait squatter pour boire, fumer des joints et coucher. À l'âge de quinze ans, chacun souhaitait avoir sa vie. Elle se sentait parfois obligée d'expliquer à des amies que vivre avec un père qui cuvait jusqu'à midi, et que Louise et elle devaient traîner jusqu'à sa chambre les vendredis et samedis soir, n'avait rien de romanesque.

Jusqu'au bout, elle conserva une aura et une profondeur dont ne disposaient pas les adolescents minces, beaux, riches et perpétuellement amusés qu'elle côtoyait tous les jours. Elle avait une idée très claire de la distance qui les séparait. Elle n'était avec eux qu'à la faveur d'un redécoupage de la carte scolaire. Ils avaient fréquenté les mêmes écoles, les mêmes clubs de tennis, de danse, d'équitation. Leurs familles se connaissaient toutes de réputation, sinon intimement. L'existence ressemblait à un jeu dont les règles tournaient toujours en leur faveur. Une minorité d'entre eux en devenait parfois désabusée et cruelle : des petits trafics, des vidéos à moitié floues de fellation, des bouteilles de vodka vidées entre deux cours sous les porches de la rue Condé. Clarisse les comprenait. L'argent, la dérision en moins, elle avait le même besoin d'échapper à l'emprise d'un passé glaçant. Auprès d'eux, elle repartait de zéro.

Stéphanie Blanville, une grande brune à queue-de-cheval, dont le père était dentiste et la mère une sorte de rentière semi-hippie qui a-do-rait Clarisse. Hughes Godin-Millet, 16 de moyenne en maths, qui pratiquait l'aviron, le tennis et le violoncelle, de la taille d'un ukulélé entre ses mains immenses (il mesurait 1,93 mètre et avait des épaules de déménageur). Margot Schneider, les cheveux d'un blond vénitien ramenés en un chignon défait, qui s'habillait dans les fripes et les surplus militaires, et passait son temps libre à côtoyer marginaux, rastas et punks à chien qui traînaient sur les quais au bord de l'estuaire. Ses parents habitaient une rue bordée de maisons opulentes, aux murs immaculés, 4 × 4 et voitures de sport garés le long du trottoir, saturée, selon la saison, d'odeurs de feu de cheminée, de pins, de glycines et de chèvrefeuille et accompagnée du chant des oiseaux, d'un morceau de piano échappé d'une fenêtre ouverte, ou des rires d'enfants courant dans un jardin grand comme un parc public.

— Mon père est un putain de facho, et ma mère ne pense qu'à la thune. À dix-huit ans, je me casse de là, je prends la route, annonça-t-elle un jour, allongée sur le lit de Clarisse dans la petite chambre mansardée.

Clarisse la regarda avec un sourire amusé. Elle était avec eux, mais ils étaient loin d'elle. Ils désiraient sans profiter de rien, avec une joie sans innocence. Ils tenaient pour acquis des choses qu'elle n'aurait jamais eu l'idée de réclamer.

Très bonne élève, vive et singulière, Clarisse se distinguait également de la masse de ses camarades par un sens esthétique et une maturité de jugement qui faisaient le bonheur de son professeur de français. Mme Werner était une vieille fille qui portait des saris et des bijoux éthiopiens. Identifiée comme lesbienne par d'incessants bruits de couloir, elle consacrait un temps, chaque jeudi matin, à la lecture des meilleurs devoirs, commentaires de texte ou compositions, parmi lesquels Clarisse figurait systématiquement.

À aucun moment – et de manière tout à fait injuste – la popularité de Clarisse n'eut à souffrir de ses bons résultats. Ceux-ci participaient plutôt à la construction d'un personnage que chacun semblait vouloir s'approprier : l'orpheline cool et un peu solitaire, l'amie absolue, la fille célibataire que tous les garçons rêvaient de protéger et – pour les plus aventureux – de conquérir. En vain : depuis Simon et Franck, elle n'était plus ressortie avec un garçon.

On l'invitait à toutes les fêtes, les week-ends dans les stations proches de Port-Crozet ou de Saint-Gildas-sur-Mer, dans des copies de villas basques ou de manoirs écossais où ils dansaient jusqu'à 3 heures du matin, avant de courir se rouler dans le sable, leurs cris couverts par le bruit du ressac. Un soir, à l'occasion d'une partie de cache-cache dans une maison plongée dans l'obscurité, Clarisse s'engouffra dans une penderie. Cherchant à se frayer un chemin parmi les cirés, parkas, vareuses et paires de bottes, elle tomba sur Stéphanie plaquée contre la cloison.

— C'est la pire cachette du monde.

— Chut, tais-toi.

Elles écoutèrent un moment le bruit des pas qui cavalaient sur le parquet grinçant, des portes qui s'ouvraient, puis Clarisse sentit la main de Stéphanie recouvrir la sienne, et son visage, dont elle ne distinguait rien, s'approcher pour l'embrasser. Elle se laissa faire, rendit le baiser et se contenta de repousser doucement les mains qui lui touchaient la cuisse et la poitrine, jusqu'à ce que, dans un souffle parfumé à la vodka, Stéphanie lui glisse :

— Je crois que j'ai trop bu. Je suis pas comme ça.

— Moi non plus, répondit-elle avant d'ajouter : il y a quelqu'un qui arrive, deux secondes avant que la lueur du clair de lune ne vienne inonder la penderie et leurs corps, figés entre les vêtements hors-saison et poussiéreux.

Plus tard et par deux fois – l'une en classe de première, l'autre en terminale – Clarisse se réveilla dans le lit de Hughes, au deuxième étage de la grande maison à bow-windows où il habitait seul avec sa mère. Celle-ci était généralement occupée à lire ou à tailler ses hydrangeas lorsque Clarisse descendait pour prendre un petit déjeuner tardif. La première fois, il ne s'était rien passé du tout – elle avait encore sa culotte et son sweat en se réveillant. La seconde fois, ils avaient regardé des films la moitié de la nuit (*Arizona Dream*, *Fenêtre sur cour* et les trente premières minutes de *Full Metal Jacket*) en mangeant des pizzas. Elle se rappelait très nettement de tout, le coït long comme une houle légère, et les marques sur les épaules de Hughes lorsqu'il enfila son T-shirt le lendemain matin.

— Je suis amoureux.

Elle avait secoué la tête.

— Je m'habille. J'arrive.

— Je vais faire du café, avait-il dit en refermant la porte.

Cette année-là, Franck venait encore en ville plusieurs fois par semaine. Il l'attendait devant les grilles du lycée en fumant des Lucky Strike dont il arrachait le filtre, toisant d'un regard moqueur et plein de défi les amis qu'il insistait à se faire présenter. Endurci par la mort de son frère quelques mois plus tôt, il avait l'air d'un adulte au milieu d'écoliers. La nature équivoque de sa présence au portail, ses mains abîmées et la lèvre coupée par sa cicatrice, permettait surtout à Clarisse de se faire remarquer auprès de ses nouveaux camarades en affichant ses mauvaises fréquentations.

— C'est qui ?

— Un pote.

— Il deale ?

— Hmm.

— Il pourrait nous avoir des trucs ?

— Demande-lui.

C'est de cette manière que Franck commença à vendre à la sortie. Il arrivait en fin d'après-midi, vers 17 heures, se plantait les mains dans les poches et reniflait lorsqu'il annonçait les tarifs d'une voix sans réplique, caché de la rue par la végétation ou sous les arcades de la galerie marchande. L'affaire ne rapportait pas vraiment. Clarisse se laissait parfois embrasser et lui prenait la main, fumant ce qu'il lui tendait dans le cercle formé par les autres élèves. Elle n'était pas naïve. Elle savait que s'il était là, c'est qu'il y avait autre chose.

Ils se revirent de plus en plus souvent. Ils traînaient tous les deux dans le jardin du Belvédère, contemplant les pièces d'eau remplies de cygnes et de nénuphars. Armée de patience, après de longs détours pour ne pas risquer de tout mettre par terre, elle lui posait parfois des questions sur Simon. Il était au lycée Albert Camus. Franck et lui n'avaient plus le droit de se voir à cause de l'accident, mais Franck s'en foutait. Il allait le rejoindre après les cours, ou la nuit, lorsque Simon faisait le mur et qu'ils se retrouvaient dans le bourg désert. Il sortait vaguement avec une fille de sa classe, une babos quelconque dont Franck ne se souvenait jamais du prénom. Il faisait du skate avec Adrien Chabot, sur la rampe que la mairie avait installée en face du bowling. Elle n'osait pas lui poser de questions supplémentaires. Franck n'était pas idiot.

Elle recommença à coucher avec Franck, dans sa chambre rue Marat. Pas systématiquement mais à fréquence suffisamment rapprochée pour prendre rendez-vous au planning familial. Précédé par sa réputation, Franck fut invité à quelques soirées, débarquant généralement vers 22 heures dans une improbable Ford verte avec des coulures de rouille. Il se faisait payer à boire, touchait les bibelots, vendait une ou deux barrettes, fouinant dans les pièces de vastes demeures bourgeoises où il n'aurait jamais dû mettre les pieds. Rarement menaçant sauf lorsqu'il était ivre, il faisait un peu de tapage puis repartait en voiture, enlaçant Clarisse à la portière.

Elle s'était attachée à lui, le poids des drames qu'ils avaient partagés, très rarement évoqués, donnait à leur relation une sorte d'épaisseur. Son corps aussi lui plaisait, brun et dense. Et puis, c'était le seul lien qui la reliait à celui qu'elle voulait encore. Elle vivait désormais avec Simon une histoire strictement imaginaire qui conservait la pureté du cristal. Loin de l'avoir oublié, elle le parait dans son esprit de toutes les vertus. Elle ne voyait aucun inconvénient à rester allongée sur son lit, des heures durant, vivre avec une intensité qui lui soulevait le ventre le miracle de leurs retrouvailles, les premiers actes de leur amour renaissant. Elle ne savait plus rien de lui, de celui qu'il était devenu, ce qui lui permettait de broder à loisir sur une réalité par trop froide et scrupuleuse. C'était futile – elle n'était plus une gamine, elle allait avoir dix-sept ans, elle avait des projets – mais elle n'arrivait pas à se détacher de la fiction qu'elle avait conçue, ou à se résoudre à l'abandonner pour Franck, qui pourtant était là, solide, fidèle, et qui l'aimait.

Clarisse ne sut jamais s'il avait été dénoncé ou si, à force d'observer le flux et le reflux des élèves à travers les grilles, quelqu'un avait remarqué ce garçon qui ne semblait en aucune façon, par ses habits, ses manières, fréquenter le lycée. Les surveillants commencèrent à se poster à l'entrée. Un groupe de garçons de Terminale se forma du jour au lendemain, s'attribuant pour mission de « protéger les filles ». Arriva l'inévitable : Franck se battit, le même soir et à quelques minutes d'intervalle, d'abord avec deux garçons de TS2, les frappant au visage avec un trousseau de clés. Puis avec un pion apeuré, envoyé pour mettre fin à la rixe, lequel s'en tira avec le nez cassé et laissa Franck détaler avant l'arrivée de la police.

Le lendemain, Clarisse fut convoquée dans le bureau du proviseur avec son père. Sobre depuis dix jours, ce dernier s'était rasé et avait revêtu sa plus belle chemise. Il tenait à la main la sacoche en polyester qu'il emmenait aux entretiens d'embauche. La pièce était vaste, avec des fenêtres donnant sur les toits, les balcons ouvragés et les jardins enclos du quartier du Belvédère. Une maquette de navire côtoyait les œuvres complètes de Virgile dans une vitrine coulissante. Le bureau du proviseur – un homme chauve, avec des lunettes carrées en corne et une cravate à motifs compliqués de portées et de clés de sol – avait les dimensions d'une table de billard.

— Ma fille…

— Monsieur Jouan.

Le proviseur fit un geste d'apaisement avec les mains. Il portait une alliance à la main gauche, et avait les ongles de la main droite curieusement longs.

— Il s'agit simplement de tirer au clair deux ou trois choses. Clarisse ?

Elle releva la tête. Ses ongles lisses et ronds comme des pastilles d'ivoire l'obnubilaient.

— Avant de commencer, je propose que nous te laissions la parole. Aurais-tu quelque chose à dire ?

— Non. Je crois pas.

— Ma puce.

— Sais-tu pourquoi nous sommes ici ?

— À cause de la bagarre.

— Elle ne reverra plus ce garçon.

Nouveau geste de la main. L'ongle du pouce dépassait bien d'un demi-centimètre. Guitare ou un truc sexuel, genre Kamasutra. Ou une revue dans un cabaret de travestis. Ils restèrent dans le bureau une vingtaine de minutes. Clarisse opina, promit, baissa la tête, et tout rentra dans l'ordre.

— Fini les conneries. Et maintenant retourne en cours.

Elle n'eut aucun mal à tenir sa promesse : Franck s'était quasiment volatilisé. Il ne répondait plus à ses coups de fil, y compris sur son téléphone portable dont il lui avait donné le numéro. Il ne voulait pas qu'elle appelle chez lui. Elle essaya pourtant, après des semaines sans réponse, tomba sur sa mère, puis un homme s'empara du combiné et raccrocha. Elle aurait pu insister, mais elle se rendit compte qu'elle n'avait ni la distance, ni l'aplomb nécessaire pour gérer les sentiments pour le moins ambigus qu'elle éprouvait pour lui et qu'elle croyait correctement enfouis. Alors elle cessa de laisser des messages. Il valait mieux passer à autre chose, s'efforcer de l'oublier, ou faire semblant, ou tenter de s'en convaincre.

Elle fut rattrapée de justesse quelques semaines plus tard – la vie comporte bien des mystères. Habituée à avoir ses règles au début de chaque mois, elle les attendit fébrilement toute la première quinzaine d'avril, jusqu'à se rendre à l'évidence. Au début elle paniqua, s'enferma dans la salle de bains puis fit une longue marche désordonnée à travers la ville, aussi terrifiée par la perspective d'avoir un enfant que par la réaction de Simon s'il l'apprenait (et s'il apprenait qu'il était de Franck). De retour dans sa chambre, elle respira longuement. Sans rien dire à personne, elle prit rendez-vous chez un médecin trouvé dans l'annuaire. Dans la salle d'attente, elle feuilleta des vieux numéros de *Elle* et de *Marie Claire* avec l'impression que tout le monde la regardait.

— Tu es enceinte, lui confirma le médecin.

Elle rentra chez elle. Son père était absent, et Louise préparait une interro de SVT. Elle alla s'asseoir sur le lit de sa sœur, les mains entre les cuisses.

— Je suis enceinte. C'est la merde.

Louise referma son classeur.

— Qu'est-ce que tu vas faire ?

— À ton avis ? J'ai pas vraiment le choix.

— Tu vas le dire à papa ?

— Non, il va vouloir m'accompagner, ça va être horrible. Je te le dis à toi, si ça se passe mal. Voilà l'adresse.

Elle tendit un bout de papier à Louise, laquelle se mit à pleurer en le glissant dans son agenda.

— Viens sur le lit. Viens. Tu pleures tout le temps, une vraie fontaine, t'es chiante à la fin. Ça serait plutôt à toi de me consoler, ajouta Clarisse en passant son bras autour des épaules de sa sœur.

Elles entendirent une clé fouiller dans la serrure deux étages plus bas, pendant une bonne minute, la porte d'entrée s'ouvrir en deux temps et des pas mal assurés résonner sur le carrelage.

— 19 h 30. Tu vois qu'il fait des efforts. Je vais aller préparer le repas, ajouta Clarisse en embrassant Louise sur la joue.

8.

Simon n'avait pas conservé du lycée beaucoup plus de souvenirs que de son enfance : des pelouses mitées, trois bâtiments en U, une impression d'ennui et d'enfermement qui s'étirait depuis l'automne jusqu'aux grandes vacances. Demeurait cette sensation d'avoir passé une éternité au pied des mêmes murs dont la peinture lisse reflétait l'éclairage au néon, avec les mêmes personnes dont il avait oublié les noms et les visages une fois entré à la fac. L'établissement était morne et sans attrait, coincé entre un bois, une étendue pavillonnaire, une petite rivière et une zone industrielle de 200 hectares. Une herbe blonde poussait au pied des poteaux, des trottoirs, le long des usines abandonnées depuis le début des années 1990.

Le ramassage scolaire ne couvrant pas le secteur, sa mère le déposait chaque matin au lycée, et son père le récupérait le soir, à 18 heures, après l'étude. Cette brèche dans son agenda surchargé l'obligeait à reprendre ses consultations une fois rentré, et jusqu'à 20 h 30. La seule consolation de Simon était d'avoir échappé à la pension catholique où son père, qui ne décolérait plus depuis l'accident et la mort de Tony, l'avait traîné en le menaçant à la fin du mois de juillet, une bâtisse aux allures de caserne et aux couloirs interminables. Sachant qu'il n'était plus question que Simon rejoigne le lycée du secteur où tous ses amis se rendaient, on opta finalement pour Albert Camus, suffisamment éloigné pour que Simon ne subisse plus l'influence de Franck (qu'il n'avait plus le droit de voir, ni d'appeler), et assez isolé pour qu'il ne puisse s'y rendre seul. Ses parents contrôlaient ses faits et gestes d'une manière désormais très étroite, mesures dictées par la peur de voir leur fils terminer sa vie dans un fossé ou une cellule de prison.

Cette année-là, le collège avait officiellement fermé ses portes le 28 juin. En réalité, tous les élèves de 3e étaient – à cette date – en vacances depuis une semaine et la fin des épreuves du brevet. Une formalité pour Simon qui n'avait rien révisé du tout, mais termina avec quasiment 350 points. Un calvaire pour Franck qui ne dut son salut qu'à ses compétences en maths. Désormais libres comme l'air, les élèves avaient recouvert les pelouses de la piscine municipale et les criques, surexcités par le début de longues vacances. Le meurtre de Marion était venu s'y briser, déployant sur le reste de l'été une terreur presque irréelle. Passé le 14 juillet, les maisons, les bars se vidèrent peu à peu, abandonnant dans la fraîcheur d'une saison gâchée les familles qui n'avaient pas les moyens de partir. Simon venait de boucler sa valise pour trois semaines à Madère lorsque sa mère frappa à la porte de sa chambre. Elle avisa la présence partiellement dénudée sur le lit de son fils en fronçant les sourcils, et lui tendit le téléphone par l'entrebâillement.

— J'ai un truc à te montrer, magne-toi, lui dit Franck.

— Je peux pas, je pars demain.

— Justement.

Simon jeta le téléphone sur le lit, embrassa Magalie et lui lança son soutien-gorge. Vingt minutes plus tard, il retrouva Franck devant chez lui, avec son frère Tony, assis au volant d'un cabriolet Honda dont il faisait vrombir le moteur.

— C'est ma nouvelle caisse, annonça-t-il en s'allumant un joint avec l'allume-cigare.

Franck monta devant, Simon à l'arrière où se trouvaient un pack de bières et une bouteille de rhum agricole. Tony démarra en faisant gicler le gravier, et la voiture fonça à 110 km/h sur les routes couvertes d'une marquise de pins et de vieux chênes, leurs cheveux fouettés par le vent. Ils roulèrent pendant trois quarts d'heure, Tony donnant de brusques coups de volant dans les virages en épingle. Ils burent toutes les bières ainsi que la moitié de la bouteille de rhum, fumèrent en écoutant l'autoradio, alors que le soir commençait à descendre dans l'échancrure du chemin forestier bordé de saules et de fougères sur lequel ils s'étaient engagés pour faire demi-tour.

— Faut que je rentre chez moi, dit Simon à un moment.

L'horloge de la voiture indiquait 20 h 13. L'air était bleu et tiède, plein d'odeurs contraires de terre sèche et de feuillages humides qui flottaient dans le sous-bois à la tombée du jour. Ils lancèrent les bouteilles à travers les branchages, puis Tony démarra en montant le son de l'autoradio. D'après le rapport de police, ils roulèrent pendant environ 300 mètres avant que Tony ne perde le contrôle de la voiture à la sortie d'un virage. Le cabriolet fit des tonneaux dans l'herbe haute avec un épouvantable bruit de tôle. Simon hurla, sentit de l'herbe contre sa joue et sortit en rampant du véhicule. Franck était déjà débout dans la prairie, hagard et le visage en sang. Simon observa ses mains, ses jambes, constata qu'il pouvait se relever, baissa en catastrophe son pantalon rempli d'une matière chaude qui – et c'était heureux, à tout prendre – n'était pas son sang et ses viscères mais ses excréments. Il regarda Franck qui faisait le tour du cabriolet renversé, s'accroupit puis recula de quelques pas vers le talus où il s'effondra. La tête de Tony pendait à la portière, le nez écrasé et la nuque faisant un angle de 90 degrés avec le siège, dans une posture désarticulée qui demanda aux pompiers de longues minutes pour l'extraire de la voiture tandis qu'on examinait Simon et Franck sur des brancards.

Parvenu à la trentaine et sans raison apparente, les souvenirs du lycée lui revinrent soudain, buissonnants avec la vigueur et l'opacité d'une énigme qu'il croyait avoir enjambée et laissée derrière lui. À l'hôpital, il se rappelait de ses parents pleurant et manquant de l'étouffer. Puis que sa mère était entrée dans une colère folle tandis que son père faisait les cent pas dans la chambre. Les vacances étaient annulées, il était consigné à la maison, interdiction de sortir, plus d'argent de poche, interdiction de revoir qui que ce soit à commencer par Franck Aubert. Sa chambre fut passée au peigne fin. Plus de fumette, plus de filles à la maison. En pension l'année prochaine. Il avait dormi comme une masse la nuit de l'accident. Les cauchemars n'avaient commencé que la nuit suivante, un enchevêtrement confus de cris et d'odeurs, une sensation de mutilation puis d'asphyxie qui le réveillait brusquement, haletant, les draps trempés de sueur. Son père lui avait prescrit un sédatif léger. Au bout d'une quinzaine de jours, les rêves les plus violents s'espacèrent.

— Qu'est-ce qui te prend, de traîner avec eux ?

Consigné malgré lui à la maison, désœuvré en plein mois d'août, son frère David ne ratait pas une occasion de s'en prendre à lui.

— C'est mon ami.

— C'est une famille de tarés. Tu vois pas que tu fais de la peine à papa et maman ?

Simon n'avait, jusqu'alors, jamais remis en question son amitié pour Franck, les limites impossibles à tracer de son caractère, de ses emportements, l'ambiguïté et la violence endormie qu'il n'aurait jamais admises chez un autre. Il n'avait pas le recul suffisant. Le respect mêlé de crainte que Franck et Tony inspiraient, donnait de la structure à sa propre personnalité un peu fade. Il côtoyait une violence dont il n'était jamais la cible, jusqu'à l'accident. De même, il n'aurait pas été en mesure d'expliquer ce qui – chez lui – était précieux pour Franck. Simon était un miroir, une feuille blanche. Un sentiment intense réagissait en lui avec une égale intensité. Il reportait sur Clarisse son désarroi. Il avait construit autour de son souvenir un roman qui faisait écho à sa frustration. Il avait failli mourir sous la voiture renversée : il aurait souhaité que Clarisse souffre de sa disparition, incapable de faire son deuil ou de trouver le repos. Il culpabilisait de ne pas avoir été là quand elle en avait eu besoin.

La veille de la rentrée, il prit rendez-vous chez le coiffeur et se fit couper toutes ses boucles sombres, ne gardant sur le crâne que quelques millimètres de cheveux.

— Tu ressembles à un bagnard, lui fit remarquer sa mère qui l'attendait devant le salon de coiffure.

— C'est le cas, non ?

Sa classe ne comptait que six garçons pour vingt et une filles, pour la plupart niaises, et bûcheuses. Il mit plusieurs semaines à sympathiser avec les deux seuls types qui ne ressemblaient pas à des spectres. Olivier était un fumeur de pétards deux fois redoublant qui rêvait d'aller s'établir à Kingston, mais qui pour l'instant se concentrait sur ses fines dreadlocks châtains. Ses autres passetemps consistaient à jouer à Zelda et à écouter du reggae dans sa chambre. L'autre était le fils d'un prof de sciences du lycée, Martin Delatour, un grand rouquin affublé d'un nez en poignée de porte, vêtu de chemises rapiécées et de pantalons de velours constamment déchirés aux genoux. Il était aussi bizarre d'aspect que son père, lequel hantait les couloirs du troisième étage coiffé d'une chapka, en déplaçant d'une classe à l'autre des vivariums remplis de phasmes et de cloportes. Martin était un garçon tranquille, curieux de nature. Il avait lu des quantités de livres. Il ne possédait pas le dixième du charisme brûlant de Franck, mais Simon, que la peur et l'adrénaline tenaillaient encore, trouvait cela d'autant plus reposant.

À la rentrée de novembre, apprenant que Clarisse avait perdu sa mère, il décida de lui écrire une longue lettre qui fut ou déchirée car ne faisant que rajouter aux regrets et au chagrin, ou ne lui parvint jamais dans la confusion du déménagement. Il y partageait sa tristesse, et lui proposait son aide en termes vagues, sans un mot sur ses propres sentiments. Il ne parlait pas de Marion. Il avait fait plusieurs brouillons qu'il avait déchirés, avant d'arrêter son choix sur la version la plus neutre possible. Il évoquait longuement l'accident, comme s'il s'agissait d'un événement qui aurait contribué à les rapprocher. Il rêvait d'elle la nuit, à la place de Tony, de la tôle emboutie, de l'herbe poisseuse. Il ne parvenait pas à l'oublier. Il composa le numéro de chez elle, avant d'y renoncer, laissant le *la* du téléphone résonner contre sa poitrine.

Passé les derniers rougeoiements de l'été, le temps se recroquevilla en une conque de pluie grise. Un matin, en cours de français, il découvrit dans sa trousse un billet de Cynthia Marchand, une fille de sa classe qu'il n'avait jamais spécialement remarquée, avec des tresses, des tas de bracelets et des pantalons de jongleur. Il parcourut le message en rougissant et le rempocha sans oser tourner la tête.

— C'est oui ou c'est non ? (Cynthia était comme ça, elle lui barrait quasiment le passage dans le couloir de la cantine.)

— Hein ? Ouais, ok.

— Ouais, ok ?

Il rougit encore, sans savoir pourquoi. Elle tourna les talons et il la suivit jusqu'au camion à frites qui stationnait au rond-point de la zone industrielle. Ils commandèrent deux sandwichs à la viande, puis se promenèrent le long du canal.

— Tu fumes ?

Il approuva et tira de toutes ses forces sur le joint qu'elle lui présentait. Elle habitait dans le lotissement au-dessus du bois. Ils décidèrent de sécher le cours de sport du mardi et se retrouvèrent nus l'un en face de l'autre, dans la chambre tapissée de posters de ska et de tentures indiennes. Comme il ne faisait rien, elle le poussa doucement sur le lit et lui grimpa dessus. Il la pénétra, ses mains tremblaient un peu, impossible de savoir si l'ensemble avait duré plus de cinq minutes. Elle termina plaquée contre lui.

— Première fois ?

— Deuxième (mensonge).

— On s'en fume un autre et on retourne en cours, ça te va ?

Elle l'intimidait un peu, dépucelée à treize ans par un copain de son frère, ce dont il conçut une jalousie hors de proportion avec la réalité de son attachement. Clarisse était toujours dans sa tête, mais il n'était plus disposé à lui laisser le champ libre. À l'enterrement de Marion, elle avait détourné le regard lorsqu'il l'avait appelée. Elle n'avait pas répondu à sa lettre. Lui aussi avait une vie à mener. Quelque temps plus tard, Cynthia le plaqua pour un type de Première qui jouait du saxophone. Simon pouvait enfin avoir la paix. Exilé à trente-cinq minutes de chez lui, sa seule distraction était de se rendre chez Martin Delatour qui habitait en face du lycée une maison à étage avec un auvent abritant une caravane Sterckeman six places toit panoramique.

— Interdit d'y entrer. Interdit de poser la main dessus. Je te rappelle que mon père est fou. Tout le lycée est au courant.

L'intérieur était vieillot, mobilier de campagne et papier peint à fleurs. Les garçons dévoraient des paquets entiers de pain de mie avec du Nutella, jouaient aux cartes, plaisantaient et s'ennuyaient en attendant le retour en classe, dont on entendait la sonnerie à l'horizon des toitures. Martin avait lu des quantités de livres : Stephen King, Jules Verne, Stevenson, des ouvrages sur le cosmos et des romans de sabre japonais, des piles et des piles qui s'amoncelaient sur les étagères en pin. Il lui prêta *Misery* et *Les Trois Mousquetaires* dans une vieille édition avec gravures sur papier bible, suivis de plusieurs dizaines d'autres, jusqu'au début de la Terminale quand Simon, ayant recouvré un peu de liberté, décida de se constituer sa propre bibliothèque, en traînant le samedi après-midi chez les libraires et les bouquinistes de la vieille ville. C'était une période de sa vie où il avait l'impression que tout évoluait rapidement. Il se sentait devenir quelqu'un d'autre. Il n'avait revu Franck qu'épisodiquement durant sa dernière année de lycée. Ils se croisaient, échangeaient à peine quelques mots, comme si l'eau qui les portait s'était tarie.

— Tu vas faire quoi l'an prochain ?

— Math sup, répondit Martin en allumant un gros cigare. Mes parents, putain c'est une tannée. J'aime pas les maths, c'est comme si on me chiait dans la tête. Et toi ?

— Fac d'Histoire.

— T'es sûr ?

— Mon père gueule. J'ai pas les notes pour une prépa.

— Et pas l'envie non plus.

— Non, c'est sûr, ajouta Simon.

Le souffle du printemps gonflait les cerisiers en fleur. Les tours jumelles s'étaient effondrées, on venait de changer de monnaie et le premier tour de l'élection présidentielle avait lieu la semaine suivante – né en mars, il allait voter pour la première fois. Dans peu de temps, il aurait quitté l'école. Il allait trouver sa voie. La vie s'ouvrait enfin. Il avait le sentiment voilé de quitter quelque chose de l'enfance, pour affronter un avenir dont il ne connaissait rien, sinon qu'il l'envisageait plus lisse, moins chargé d'émotions. Quittant sa petite ville, il entrerait à la fac en septembre, et se demandait avec un frisson si Clarisse et lui s'y croiseraient. Il cherchait déjà par des mots, des regards, la manière de tout reprendre du début. Franck tombait peu à peu dans l'oubli. Il n'envisageait pas de le revoir une fois sa liberté pleinement retrouvée. Impossible de savoir comment il devait réagir s'il venait, un jour, frapper à sa porte.

Il trouvait ses arrière-pensées cruelles, indignes de ce qu'ils avaient vécu, mais il avait d'autre part le sentiment très net d'être au seuil d'un choix important. Il se sentait fort, mûr, accompli et lucide, à la veille d'une transformation décisive, à laquelle il ne pouvait renoncer pour de vieux sentiments à la fidélité incertaine. Il avait toutes les cartes en main, et ne voulait pas se tromper.

Lorsqu'il rentrait chez ses parents, il avait pris l'habitude de se composer un personnage. Ou alors était-ce l'autre qui était faux ? Il traînait au skatepark avec Adrien Chabot et Maxime Lopes, participant de loin à des conversations dont les enjeux ne le concernaient plus vraiment. Franck et lui se revoyaient de loin en loin. Franck avait tout arrêté. Le lycée n'était qu'un moyen de trouver des clients supplémentaires. Il s'était mis à vendre du shit à plein temps, ne sortait plus qu'avec un couteau dans la poche. Il avait changé. Une part de juste espérance demeurait en lui, une part seulement. Mais substantielle.

Il faisait froid et il pleuvait. C'était au printemps de leur année de Seconde. Simon avait menti à ses parents, et fermait la marche dans le chemin creusé au milieu des ronces. On apercevait au loin la maison en ruine. Franck était devant en compagnie de Gaël Chevalier, le fils d'un ferrailleur qui élevait des molosses et volait du matériel agricole.

La pluie redoubla. Ils passèrent dans l'herbe haute en file indienne, à la faveur d'une ouverture dans le roncier, et se retrouvèrent face à une porte dont le bois semblait sur le point d'éclater. Les fers étaient rouillés et les gonds à peine rattachés à la pierre, elle-même meuble et friable comme un fruit gorgé d'eau. L'ensemble céda en trente secondes. Ils s'engouffrèrent dans un living-room éclairé depuis l'extérieur d'une courte lumière d'orage. Quelques sièges défoncés et couverts de déjections. Une cuisine tapissée de vaisselle brisée. Plus loin, dans l'obscurité, une cage d'escalier en bois où poussait une mousse sombre et humide, entre les emballages vides et les semelles de chaussures.

— C'est en haut.

Gaël regarda le plafond. À dix-neuf ans, il était toujours aussi con.

— À l'étage, ajouta Franck.

Ils grimpèrent les escaliers avec une lampe dans le murmure continu des planches. Simon pouvait les suivre d'en bas, à mesure qu'ils avançaient, par la poussière brune qui tombait du plafond, un mélange de sciure et de plâtre effrité. Puis le silence se prolongea. Cela faisait de longues minutes qu'il n'entendait plus rien. C'est-à-dire aucun bruit de voix en provenance de l'étage malgré la poussière qui continuait de descendre, indiquant leurs déplacements.

— Franck ?

Simon se dirigeait vers la rampe quand un hurlement résonna dans toute la maison, suivi d'un formidable craquement et d'un nuage de poussière épais comme de l'encre, crevé par une masse informe qui venait de traverser le plafond. Simon toussa puis s'approcha en se frottant les yeux. Le corps de Gaël gisait au milieu du salon, sa jambe repliée sous lui. Il criait et crachait du plâtre. Relevant la tête, il vit le trou formé dans le plancher de l'étage, y découvrant le visage de Franck accroupi au bord.

— Venez m'aider !

Franck fit un clin d'œil rapide à Simon avant de redescendre, mais c'était peut-être la poussière. Ils se mirent à deux pour extraire Gaël des gravats, et le tirèrent hurlant dans les hautes herbes. Il pleurait comme un gosse.

— J'appelle les secours, mais je reste pas, expliqua Franck. Je peux pas prendre le risque que les flics se ramènent. À mon avis, t'as juste la cheville pétée.

Simon resta avec Gaël le temps que les pompiers trouvent l'entrée du chemin creux depuis la départementale. Ils l'emmenèrent dans le camion : fracture du bassin et double fracture de la jambe avec arrachement, qui le laissèrent à moitié infirme. Franck attendait un peu plus loin sur le chemin. Il fumait une cigarette.

— Il a eu ce qu'il méritait.

— T'es malade. Si mes parents l'apprennent ?

— Je t'ai vengé.

— De quoi tu parles ? Il aurait pu mourir !

Simon avait la voix qui tremblait. Franck haussa les épaules. Œil pour œil. Cette maison, Simon l'avait découverte lors d'une balade en vélo, des années auparavant. Il était aussitôt passé chez Franck pour lui montrer. Franck regardait la télé avec Tony et un copain de son frère, Gaël Chevalier, un gros type avec de l'acné qui empestait le Brut. Ils y étaient retournés tous les trois, abandonnant les vélos contre le grillage tire-bouchonné de lierre. Ils avaient fait le tour de la maison. À l'arrière se trouvait une sorte de trappe, menant à une cache creusée dans la terre.

— Va voir, avait dit Gaël à Simon.

— Pourquoi ?

— Va voir, je te dis.

Simon était descendu par l'échelle. Il s'était retrouvé à piétiner de la ferraille et des vieux journaux dans l'obscurité. Soudain, la trappe avait claqué derrière lui, et il avait entendu Gaël passer dans les œillets la barre à mine qui faisait office de verrou. Il s'était jeté contre les planches disjointes à plusieurs reprises mais sans parvenir à les soulever. La nuit était tombée rapidement. Il entendait des choses remuer et craquer autour de lui. Il avait appelé longtemps puis s'était arrêté. Des sanglots montaient dans sa gorge. Il avait crié encore, puis attendu. Après ce qui lui avait paru une éternité, il avait reconnu le sifflement d'une roue de vélo qui faisait craquer les feuilles et les branchages. Puis quelqu'un s'était approché de la trappe et avait enlevé la barre à mine. C'était Franck. Il l'avait aidé à sortir et à épousseter son blouson.

— Je pouvais pas revenir avant. C'est un bâtard, on le verra plus, avait-il ajouté en relevant le vélo de Simon qui gisait dans les fougères, de la même voix un peu détachée avec laquelle, sept ou huit ans plus tard, il dirait : Je t'ai vengé. Preuve que Franck n'oubliait jamais, et qu'il tenait à Simon comme à sa propre peau, pour une raison qu'il ignorait peut-être lui-même.

La table était mise quand Simon était rentré chez lui. Il s'était nettoyé le visage et les mains à l'évier du garage. David avait fait une remarque sur l'heure tardive. Si ses parents soupçonnaient quelque chose, ils n'avaient rien dit. Simon passa le dîner à ressasser cette histoire à deux battants, qui révélait à la fois les faiblesses de son propre caractère, et l'étendue de ce dont Franck était capable. Il ne connaissait aucune mesure, en bien ou en mal, et cette amitié devenait pour Simon trop dangereuse à vivre. Il se sentait menacé par cette loyauté à l'épreuve du feu. Il devait maintenant trouver un moyen d'y échapper.

Au début du lycée, Franck faisait encore le trajet une ou deux fois par semaine pour le voir en cachette. Il arrivait sur un scooter à demi désossé qu'il poussait à 70 km/h sur les routes de campagne, puis dans une Ford vert olive pour laquelle il ne possédait ni permis de conduire, ni carte grise. Franck parlait de Clarisse sans précaution. Assis l'un à côté de l'autre sur les sièges empestant le chien mouillé, ils regardaient la pluie océanique rincer le bitume, apportant depuis l'estuaire l'odeur des embruns.

— Tu crois qu'elle pense encore à moi ?

— J'en sais rien. Quand on se voit, on parle pas de ça spécialement.

— Vous parlez de quoi ?

— Du bahut, des profs. De ma mère.

— Tu parles de ta mère avec elle ?

— On parle de tout. Des trucs et d'autres trucs, un peu de tout.

— Elle a un mec, en ce moment ?

— Je crois pas.

— Allez.

— Il y a un gars dans sa classe, grand, beau gosse.

— Tu dis ça pour me faire chier.

— C'est toi qui poses des questions.
— Il s'appelle comment ?
— Hughes.
— Je le déteste. Elle couche avec lui ?
— Elle couche bien avec moi.

Simon garda les yeux sur le pare-brise. Franck manipula quelque chose dans la boîte à gants, et en sortit un disque de Cypress Hill.

— Depuis longtemps ?
— Ben, c'était moi le premier. Tu comprends ?

L'eau faisait sur les vitres une coulée translucide. Simon ressentit une douleur dans la poitrine, bien réelle, comme s'il étouffait. Il se sentait trompé, nu et honteux, en colère contre lui-même surtout. Franck enfonça le disque dans l'autoradio. Simon préféra passer à autre chose.

— Les affaires, ça marche ?
— Je me plains pas. J'ai repris le truc avec les mecs des Sables. Pour l'instant c'est pas grand-chose. Mais eux, ils rigolent pas.
— Pas comme le Poulpe.
— C'est pas le même genre.

Silence. La pluie faisait craquer le toit de la voiture.

— Moi, je pense à elle tout le temps. Je rêve d'elle la nuit.
— Va la voir.
— C'est moi qui l'ai larguée. Je lui dis quoi ?
— C'est sûr, t'es con. Moi, c'est elle qui m'a tèje. Pas de regrets.
— J'avais peur.

— Peur de quoi ?

— J'avais peur de disparaître, ajouta Simon après un temps.

Puis il regarda sa montre.

— Tu peux me déposer ? Je suis à la bourre.

9.

Simon laissa Clarisse chez elle en début d'après-midi, après l'enterrement de Franck. Ils n'avaient pas échangé plus de dix mots en trois quarts d'heure de route. La possibilité d'une autre vie s'était transformée en sidération à la fin du voyage. L'immeuble, la rue en fer à cheval, les bicoques en crépi, tout devait s'achever ici, semblait-il. L'un comme l'autre allaient retourner à leur solitude : il n'y avait plus de chimères à poursuivre.

— Tu rentres à Paris ?

Il hocha la tête. Une embrassade fugace suivit, maladroite et trop longue pour être naturelle. Clarisse lui fit un signe de la main. Il regarda autour de lui, seul au volant, puis la fixa. Elle restait immobile, perchée sur une marche sous la visière de l'immeuble en béton. À cet instant, il aurait pu la rejoindre et tout lui dire, les mots qu'il avait préparés. Mais il ne le fit pas. C'était trop tôt, trop tard, ou dans une autre vie. Il démarra, fit un geste par la vitre et la voiture tourna rue du général Mangin, le bruit du moteur coupé par le sifflet d'un train passant sur la voie ferrée.

Clarisse embauchait à 16 h 30. Incapable de penser à rien, une fois la porte refermée, elle fit du café, se déshabilla et laissa couler l'eau brûlante. Au sortir de la douche, ébouriffée et dégoulinante, elle devina dans la glace ses seins aux pointes châtains et aux veines bleutées, son ventre tellement plat qu'on voyait ses côtes et la tache sombre de son pubis à travers la vapeur d'eau. Le miracle du retour de Simon s'estompait. Elle se sentait seule. Elle aurait dû faire quelque chose, n'importe quoi. Ils avaient passé plusieurs heures ensemble. Elle se trouvait pathétique. Une fois séchée et habillée, elle poussa dans sa bouche un gâteau à la vanille et se jeta dans la cage d'escalier, s'escrimant sur son antivol alors qu'elle était déjà en retard. À 17 heures tapantes, elle déboucha sur le parking du supermarché où elle travaillait, coincé entre des immeubles de quatre étages.

Adélaïde l'attendait pour pointer. Elle avait fait des études de biologie, dont elle tirait une forme d'orgueil qui la faisait passer, aux yeux des autres, pour une emmerdeuse, et qui pour les mêmes raisons, semblait tenir Clarisse en très haute estime. Elle se sentait liée à elle par une parenté intellectuelle qui n'avait rien d'évident, et le fardeau d'une existence qui avait mal tourné. Adélaïde avait raté quatre fois le concours pour devenir maîtresse d'école. Il fallait bien trouver un emploi.

La caisse six heures par jour, les rampes de lumières nues, les haut-parleurs, le bruit permanent : après six mois à ce régime, Clarisse en avait fini avec ses soulèvements d'amour-propre. Au moins elle avait un boulot. Elle ne pensait plus à personne. Ni à Simon, ni à Nora dont elle n'avait plus de nouvelles.

Après des années à attendre un geste, un engagement réel de sa part, Nora avait commencé à s'éloigner d'elle, pour des raisons toutes justifiables et dans un sens équivalentes. Au départ, elle s'absentait pour jouer en province. Puis elle se mit à prolonger ses absences par des séjours chez les uns et les autres. Pour finir, elle avait signifié son congé au propriétaire de la rue de la Folie-Méricourt, où elle vivait avec Clarisse, sans l'avertir, et était venue chercher ses affaires (ou ce qu'il en restait) un matin où Clarisse n'était pas là. Sans doute avait-elle agi moins par cruauté, que parce qu'elle ne savait pas, n'avait jamais su comment dire ses sentiments.

Clarisse n'avait pas les moyens de régler le loyer seule. Elle avait arrêté ses études à vingt-quatre ans. Elle en avait désormais trente et un, pas de caution, pas d'emploi ni de revenus stables. Elle trouva un poste de serveuse dans une crêperie de Ménilmontant, dont la patronne descendait quatre verres de blanc avant son service du matin dans un bar de la rue Oberkampf où Clarisse avait ses habitudes. Il faut dire qu'avant sa séparation avec Nora, elle aussi s'était mise à picoler sérieusement, de la bière surtout, avant midi et le soir lorsque Nora était absente. Elle buvait, lisait le journal, discutait avec les clients qui continuaient de la faire boire pour la ramener chez eux. Elle se réveillait généralement le lendemain matin avec une gueule de bois carabinée, voire – une fois où elle ne se souvenait de rien – des bleus aux poignets et aux cuisses.

Elle mit plusieurs semaines à apprendre la carte du restaurant. Jenny, la patronne, lui payait des coups au comptoir à la fin du service de midi. C'est aussi elle qui lui trouva une chambre, dans un immeuble qu'elle possédait rue Saint-Maur, lorsque Clarisse dut quitter l'appartement qu'elle partageait avec Nora.

— Avec ce que tu gagnes, tu n'auras pas autre chose, dit-elle en lui donnant les clés, après une brève inspection des toilettes, du bac à douche sans rideau et de la kitchenette que Clarisse passa plusieurs heures à nettoyer.

— Et pour dormir ?

— Ma sœur peut te prêter un lit. Tom viendra le monter. Cinq étages ça fait haut. Regarde, entre les toits, on voit la statue de la République.

Tom avait du poil sur le torse et un T-shirt à col V qui s'ouvrait largement. Le lit installé sous la lucarne pleine d'un ciel gris ardoise, il se fit payer une bière accoudé au plan de travail en formica.

— T'habites seule ?

— Non, j'attends mes colocs. On est six.

— Tu te fous de moi. Je peux fumer ? T'en veux une ? On pourrait se boire un verre un de ces jours ?

Elle refusa et le remercia. Elle travaillait cinq jours par semaine. Le samedi soir, elle traînait avec ceux de la bande qui répondaient encore à ses messages. Agathe portait un foulard en soie noué autour du cou depuis qu'elle travaillait au musée d'Orsay, dissimulant le rat cartoonesque armé d'un bâton de dynamite qu'elle s'était fait tatouer à dix-huit ans. Benjamin vivotait de petits boulots, coursier, modèle aux Beaux-Arts. Ils se retrouvaient dans les mêmes bars sans chaleur et encombrés de souvenirs, à côtoyer les mêmes personnes, leurs visages simplement plus marqués, gênés par le bruit et la joie insouciante de ceux qui leur avaient succédé, jusqu'aux petites heures du jour.

Le dimanche, elle restait chez elle, mangeait des nouilles en sachet et regardait des séries sur son ordinateur. À 21 heures, elle prenait trois ou quatre verres d'une vodka bon marché et s'endormait jusqu'au lendemain matin, où elle se traînait jusqu'au bac à douche, à la cafetière, puis le restaurant. Là, elle passait l'intégralité de son service à rêver d'autre chose.

— Samedi.

— Hein ?

— Samedi ? T'as réfléchi ?

Le soir tombait sur le parking. Adélaïde l'attendait. Ayant renoncé à s'en débarrasser, Clarisse était obligée de se la coltiner à chacune de ses pauses. Adélaïde organisait des jeux de rôle dans la forêt de Cléré, auxquels Clarisse avait toujours catégoriquement refusé de participer, incapable de s'empêcher de rire au moment de proférer, la main au-dessus d'un artefact en plastique, un serment ridicule.

— Alors, tu viens ?

— C'est l'anniversaire d'un copain, mentit Clarisse en détachant son antivol.

Sur les deux années passées rue Saint-Maur, grand linge distendu et cadavérique, Franck n'avait occupé l'appartement qu'une vingtaine de jours. Elle accepta son matelas de camping, ses vêtements qu'elle porta à la machine, autant que les souvenirs ahurissants de ses années dans la rue, qu'il poussait devant lui comme le corps d'un noyé. Elle insista pour qu'il fasse disparaître le pistolet. Il sortait peu, et lorsqu'il revenait, déballait de sous sa veste tout un tas de produits disparates, boîtes de crabe, montres, parfums, sous-vêtements, bouteilles à 50 euros, déclarant :

— J'ai pas perdu la main.

Elle ouvrait ce qui se mangeait et rangeait le reste au fond d'un placard. Rien de tout ça n'avait de sens pour elle. Elle cherchait comment lui dire de partir, sans le souhaiter vraiment, remettant à plus tard, s'étant habituée à lui. Elle était tellement seule, hantée par le renoncement et une certaine forme de fidélité. Peut-être était-il plus fait pour elle que Simon ? Au fond du puits où elle était rendue – pas tout en bas, on trouve toujours plus à plaindre, mais elle pouvait voir l'eau noire et les ombres s'approcher –, la perspective ne semblait pas si folle. Ils étaient tombés tous les deux – la seule différence était que sa propre chute avait duré plus longtemps – et l'écart qui les séparait socialement ne cessait de se réduire. Parallèlement, Simon s'était envolé. Son existence était riche, pleine, lumineuse – elle méritait sûrement de l'être.

Un soir, elle trouva les clés sous le paillasson. Franck avait pris l'argent du pain dans la boîte à biscuits, ainsi que diverses petites choses qui n'allaient pas lui manquer, et il était parti.

— Promis, une autre fois.

Adélaïde ne la croyait pas, mais accepta sa compagnie jusqu'à l'arrêt de bus (elle habitait avec sa mère en banlieue, et révisait le soir pour passer à nouveau son concours). Clarisse monta sur son vélo. Elle fit un crochet pour observer les fenêtres de la maison familiale rue Marat, faiblement éclairées et couvertes de vapeur d'eau, avant de rentrer. La cage d'escalier résonnait comme une église. Elle ouvrit la porte de chez elle en repensant à toutes ces années passées, et à tout ce qui avait disparu.

Il existait sans doute des dimensions parallèles, mais elle n'en connaissait pas l'entrée, où se réfugier quand tout ici se mettrait à sentir la mort. Dans ses moments les plus solitaires, épuisée ou simplement disponible à sa propre imagination, Clarisse anticipait la fin du monde moins sous la forme d'une gigantesque déflagration – un souffle de cendres et de braises, une explosion progressant par cercles concentriques autour d'un réacteur éventré, un raz-de-marée qui viendrait tout engloutir – qu'à travers la vision presque paisible d'une nature reprenant ses droits. Elle avançait dans les ruines d'anciennes civilisations, parmi les vestiges inutiles (frigos, carcasses de camions, tours d'habitations transformées en volières et autoroutes en chemins forestiers, barrières de sécurité englouties par la végétation et défoncées par le passage des animaux), seule mais libre dans le vaste monde. Il n'y avait plus de rêves brisés, de peurs injustes.

Elle fut tirée du lit quatre heures plus tard, par la corne d'un navire qui entrait dans l'estuaire. Le vent avait forci, faisant claquer les volets. Les girouettes grinçaient. En fin de matinée, transportant dans sa poche l'appareil photo offert par Nora, des années plus tôt, pour occuper à Paris ses journées creuses et solitaires, elle marcha jusqu'à la vieille cité U. Elle resta un peu en retrait de la barrière, comme si, à la place du terrain vague où frissonnaient les sacs en plastique, se trouvait l'océan démonté, en contrebas d'un simple garde-corps. Elle contempla les ruines de la résidence, les chambres minuscules qui donnaient à présent sur un terrain de foot en friche, traversées par le vent qui passait entre les cloisons tombées. Du lierre grimpait autour des piliers du réfectoire, et l'on distinguait, sous le porche en béton, encadré par quatre chaises, les restes d'un feu clandestin.

Elle s'obligea à reprendre son parcours, fit quelques photos. Une moto passa. Dans le silence rétabli, elle s'arrêta en entendant un bruit de cailloux derrière elle. Elle tourna la tête, ne vit rien, s'éloigna du sentier en direction du grillage, retrouvant les grandes perspectives de la cité HLM, les trottoirs vides, le parvis du centre commercial. Elle décida de rentrer.

Dans sa rue où personne ne passait jamais et où rien ne bougeait avant 18 h 30, elle remarqua une voiture qui vint se garer le long de la rangée de bungalows en préfabriqué. Intriguée, elle se pencha en avant, spéculant sur l'identité du conducteur, et sur les raisons qui le poussaient (ou l'obligeaient ?) à rester dans sa voiture alors que rien n'indiquait qu'il soit défoncé ou ivre, à la manière dont il avait manœuvré pour éviter les poubelles.

Finalement, la portière s'ouvrit et Simon sortit pour s'avancer vers elle. Elle resta sans bouger, souriant par défaut (un sourire qui ne traduisait rien du bonheur absolu, chaud et vibrant qu'elle ressentait) par peur de tout compromettre. Le temps s'écoulait sur plusieurs niveaux, succession de gestes, dans un demi-jour flou.

— Salut.

— T'es revenu. T'as changé de voiture ?

— C'est celle de ma mère. J'étais à Paris, l'autre j'ai rendu les clés.

— T'as fait l'aller-retour ?

— J'ai pris le train. Je peux monter ?

Ils rentrèrent et s'installèrent dans le salon, Simon dans le canapé, Clarisse sur une chaise en bois.

— Tu veux boire quelque chose ?

— Une bière, ça irait.

— Je bois plus d'alcool. Je peux faire du thé ou du café.

— Un café, alors. Merci.

Elle remit la casserole sur le feu, trouva deux tasses propres qu'elle apporta dans le salon. Simon lisait un vieux numéro de *Libération* qu'il roula et garda à la main, contre sa cuisse. De retour dans la cuisine étroite, s'arrêtant sur la pointe des pieds à mi-chemin de la porte, elle l'écouta respirer en retenant son souffle. Elle refusait d'aller trop loin, de trop réfléchir à ce que Simon allait lui dire, réservée et attentive. Il n'était pas revenu pour rien. Elle avait peur d'être déçue, quand l'autre moitié d'elle-même était prête à dire oui à tout. Mais il parvenait toujours à la surprendre.

— Je vais essayer de trouver Aurélia. Je sais pas si quelqu'un l'a prévenue pour Franck. Ça se fait. Surtout pour la petite.

Elle servit le café, en essayant de contenir le tremblement de ses mains. Elle avait espéré une fois encore. Elle croisa les jambes, assise sur la chaise en bois, à distance respectable. Elle le regarda par-dessus la tasse. Il lui sourit, et elle y retrouva la confirmation qu'il y avait, malgré tout, la possibilité d'une autre fin, dans ses yeux qui étaient pour elle les plus beaux du monde.

— C'est le travail de la police. Tu sais où elle habite ?

Clarisse ne connaissait d'Aurélia que les photos que Franck lui avait montrées sur son téléphone : une brune pâle, à peine sortie de l'adolescence, dans un appartement impossible à identifier, tenant un bébé dans ses bras.

— J'ai des pistes, ajouta-t-il, souriant toujours. Si t'as rien d'autre à faire, tu peux venir avec moi. Je me disais…

Elle resta sans répondre, alors que les mots, leur sens caché, commençaient à s'ouvrir dans son esprit. Elle attendait d'être sûre d'avoir bien compris. Puis elle chercha la bonne formule, mais tout en elle arrivait en vagues successives : le soulagement de découvrir qu'il n'y avait pas de stratagème ; la honte de savoir qu'elle y aurait succombé, et sans regret ; l'amour comme une illusion éteinte ; la joie folle de penser qu'il était revenu pour elle, et qu'après toutes ces années il n'avait rien trouvé d'autre que cette excuse – et elle s'en accommodait parfaitement.

— Oui, dit-elle. Attends.

Elle se leva, et alla vérifier son planning sur le frigo.

— Ok, je dirai que suis malade.

Simon n'avait pas bougé. Il baissa les yeux, cherchant un point sur le parquet. Il rougissait, elle aussi.

— On part demain matin. Je passe te prendre à 8 heures.

10.

Clarisse avait passé son bac en juin 2002 par une chaleur démoralisante, observant lorsqu'elle levait le nez de sa copie les candidats étendus dans les jardins de l'archevêché, ou assis sur le rebord des bassins, au pied des charmilles et des faunes de pierre. Elle rata la mention TB à 0,4 point. Son père déboucha une bouteille de champagne, en versa une coupe à Clarisse et Louise et porta un toast sous le figuier du jardin.

— À mes filles. Votre mère serait fière de vous. L'avenir vous appartient.

Au grand désarroi de ses professeurs, Clarisse avait déjà renoncé à une hypokhâgne dans un lycée coté pour s'inscrire en Lettres à la fac. Une matinée porte ouverte à écouter des professeurs de grec et de latin lui promettre une existence de recluse et des nuits de six heures avait fini par la dégoûter. Considérant ses futurs camarades autour d'elle, buvant des paroles qu'elle jugeait creuses et absurdes, elle se découvrait soudain moins docile que l'image d'orpheline méritante qui la précédait. Elle voulait vivre et qu'on la laisse dormir. Elle voulait prendre des risques. Elle n'avait donc plus rien à faire jusqu'à la rentrée universitaire prévue le 7 octobre. Pour la première fois de sa vie, elle éprouva une sensation de liberté et d'amplitude qu'une foule d'événements dont elle ne connaissait pas la substance viendrait bientôt remplir, mais qu'elle ne souhaitait pas, pour l'instant, approcher de trop près. En somme, elle avait du temps à perdre, et des espoirs nouveaux : avec un peu de chance, Simon irait à la fac lui aussi.

Les parents de Hughes possédaient une maison de famille à Port-Crozet, où elle posa ses valises au début du mois de juillet. Hughes conduisait une décapotable appartenant à sa mère. Clarisse s'installa à côté de lui, Stéphanie à l'arrière envoyant des messages avec son Nokia. Seule Margot avait refusé de venir par solidarité avec un sans-domicile, prénommé ou surnommé Cheul ou Sean ou Chen, avait qui elle sortait. Ils atteignirent la station balnéaire un peu après 6 heures du soir, retrouvant les jeeps et méharis stationnées dans les aiguilles de pins, le bruit du ressac, les boutiques, bars et restaurants ouverts pour la saison. Le long de la plage, s'étendait un labyrinthe de bungalows et de cahutes foraines, à mi-chemin entre un Las Vegas pour enfants et le parc d'attractions où les parents s'empiffrent dans *Le Voyage de Chihiro.*

Ils roulèrent au ralenti entre les villas, et s'arrêtèrent devant une maison aux volets blancs, avec une verrière dont le toit dépassait, et un bow-window donnant sur la rue dont l'appui était couronné de maquettes de navires. Hughes batailla avec le verrou du portail, puis elles le suivirent dans la maison plongée dans la nuit. Stéphanie ouvrit les fenêtres. L'air était doux et la lune, bleue et ronde dans le ciel de l'après-midi, ressemblait à une lanterne en papier.

— À la fin du bahut et de la servitude, dit Hughes en versant trois verres d'une bouteille trouvée dans le frigo.

Clarisse porta ses bagages dans la chambre rose, ainsi baptisée à cause d'un capiton blanc vaguement rosé, avec des galons lilas. Allongée sur le lit à la couette épaisse, elle pouvait apercevoir la mer. Elle revoyait Marion marchant en claquettes, trois ans plus tôt, dans l'ombre des allées qui sentaient la résine et la crème solaire. Comme toujours lorsqu'elle repensait à elle, sa gorge se serrait, une douleur sans larmes. Cette année-là, au début de l'été, elles prenaient le bus à la gare routière, leurs sacs de plage bourrés de gâteaux et de magazines, jusqu'à l'océan. Elles s'installaient à mi-chemin des escaliers et des cabanes en toile, et s'étendaient sous le soleil dont l'air marin chassait la brûlure. Le roulement des vagues aspirait et recouvrait leurs voix, les cris des oiseaux, la fêlure d'un carillon de clocher. Couvertes de sueur et des taches de lumière plein les yeux, elles se levaient toutes les demi-heures en se décollant le bikini de la raie des fesses, pour faire quelques brasses dans une eau à 18 degrés et ressortir trois minutes plus tard en courant.

— Comment tu trouves la chambre ?

— Super.

— Interdit d'inviter des mecs. Je déconne.

Hughes les emmena le long de la promenade côtière. Ils s'arrêtèrent à un endroit où la chaussée faisait un coude, appuyant leurs vélos contre un mur pour regarder par les barreaux du portail les végétaux tremblants, une sorte de protection poussée à travers les âges, comme autour du château de la Belle au bois dormant. Les volets étaient tirés. Quelqu'un avait passé le râteau dans le gravier pour effacer les traces de roues.

— Quelqu'un a 7 millions à claquer ?

— On dirait une maison fantôme.

— La villa Becker. Des années qu'elle est à vendre. En même temps, qui voudrait acheter le manoir de la famille Addams ? Allez, on va au resto. C'est moi qui paie.

Allongée au pied d'un mur que le soleil de juillet semblait vouloir réduire en poudre, avec à peine un souffle de vent pour déplacer les feuilles cartonnées de la treille, Clarisse sortit d'un demi-sommeil, réveillée par le téléphone qui sonnait à l'intérieur. La porte du jardin – un simple panneau de bois aux jours si larges qu'on voyait distinctement au travers – était restée ouverte. De l'autre côté du mur, on entendait une sorte de martèlement discontinu, comme un voisin qui aurait entrepris de réparer la toiture du cabanon, sous un ciel bleu et brûlant, repoussant la fraîcheur sous les arbres et dans la pénombre des pièces obscures.

Bravant la chaleur, Hughes était parti jouer au tennis. Stéphanie se trouvait enfermée à l'étage avec un surfeur argentin, pour une sieste qui s'éternisait. Clarisse se leva, mais la sonnerie du téléphone s'arrêta alors qu'elle s'apprêtait à décrocher, pieds nus sur le carrelage froid. Elle retourna dans le jardin. Ses paupières devenaient lourdes. Il lui fallut chercher son paquet de cigarettes qui avait glissé sous la chaise longue. Elle fuma en laissant filer sa mémoire : les souvenirs se cramponnaient à elle et l'étouffaient doucement. Le passé était si lointain, trempé par les lumières de l'automne, qu'il lui fallut un long moment pour entendre le téléphone sonner à nouveau.

Elle décrocha en gardant sa cigarette allumée. La mère de Hughes appelait une fois par semaine, et ce n'était pas le bon jour.

— Je cherche Clarisse.

— C'est moi.

La ligne était mauvaise.

— Comment tu as eu le numéro ?

— J'ai appelé chez ton père. T'es pas contente, on dirait.

— Non, c'est que…

— Ça fait longtemps, hein ?

— Oui. C'est ça.

— Je dirais deux ans.

— Qu'est-ce que tu veux ?

Le bruit d'un moteur qui démarrait, le grésillement sur la ligne, et une sorte d'écho. Elle écrasa sa cigarette dans le cendrier en acajou, perplexe.

— Je serais bien venu passer un jour ou deux. Ce serait l'occasion de se revoir. J'ai pas été cool de pas rappeler.

— Je sais pas. C'est pas chez moi, ici – haussant les épaules, comme pour se justifier.

— Ok.

— Je vais voir avec Hughes. C'est sa maison.

— Je sais. J'ai le numéro.

Et l'adresse aussi, pensa Clarisse.

— Je rappelle où ?

— C'est moi qui rappellerai. T'as toujours le même numéro ?

Il raccrocha. Clarisse traversa le salon, la cuisine, prit une bière dans le frigo et retourna s'asseoir dans la chaise longue, à l'ombre du tilleul. Elle ne s'attendait pas à ça, fébrile et un peu nerveuse, comme face à quelque chose qu'elle n'espérait plus. Étrangement, elle réalisa que Franck lui avait manqué. Son retour n'était sans doute pas innocent – rien de ce qu'il pouvait faire ou entreprendre n'appartenait plus à ce domaine, il avait pris trop de coups – mais pour l'instant elle ne voyait pas à travers. Elle conservait le désir de lui venir en aide, doublé d'une attirance fragile qui datait de leur première fois. Au-delà même, la présence de Franck faisait écho à ce qui en elle refusait de jouer le jeu de la réussite, les comptes à rendre, les gages à donner (passer sa vie à accepter des tâches suffocantes, sous les ordres d'une autorité inepte, tout en essayant de faire croire que tout allait bien, que tout irait mieux). Il était à la fois l'antithèse et l'incarnation de tout ce qu'elle avait cherché à fuir. Et il revenait vers elle.

Hughes rentra du tennis vers 16 heures, sa raquette sous le bras, en nage.

— Pourquoi pas. Il peut venir déjeuner un midi. Stéph est encore avec son surfeur ?

— Ils sont sortis racheter des bières. Bon, t'es sûr pour Franck ?

— Ouais, c'est ok. Si ça te fait plaisir, ajouta-t-il en s'attardant face à elle, comme s'il attendait autre chose.

Épuisé par la chaleur et les sets interminables, il ajouta après un temps :

— Je suis crevé. Je vais me doucher. On a rendez-vous avec les autres au Stairway, tu viendras ?

— Oui, répondit-elle mécaniquement, en songeant : *si ça te fait plaisir*.

Le vendredi suivant, Franck débarqua vers 10 heures du matin, à bord de la vieille Ford qui semblait sur le point de tomber en morceaux dans l'allée silencieuse. Le temps avait tourné, apportant un peu de fraîcheur, amalgamant le sable, les déchets de plage et les aiguilles de pin en plaques roussâtres.

— Elle roule encore ?

— Carrément. Tiens, regarde (il lui montra son permis de conduire glissé dans son gros portefeuille). Du premier coup. Ils peuvent m'arrêter maintenant, je m'en tape.

Il la suivit dans le jardin. Il avait changé. Il portait des vêtements de marque, lui qu'elle avait toujours connu habillé de T-shirts trop grands et de pantalons de supermarché, et des chaussures neuves qu'il prenait grand soin de ne pas salir, se baissant à plusieurs reprises pour essuyer la terre qui maculait le cuir blanc. Une barbe de trois jours lui couvrait les joues, autour de sa belle bouche charnue et de son nez cassé. Il était un homme désormais, ou alors il voulait en donner l'impression. Hughes terminait son petit déjeuner en lisant le journal des sports, Stéphanie était sous la douche, l'Argentin avait temporairement disparu. Franck se jeta sur le café et les tartines.

— J'ai pas bouffé.

— Sers-toi.

— Toujours sportif ? lança-t-il à Hughes. Le tennis, les machins ?

— Quand j'ai le temps.

— C'est ta baraque ?

— Une maison de famille, du côté de ma mère. Je te ferai visiter après, si tu veux.

Ils firent le tour des pièces. Franck traînait derrière, jetant des coups d'œil à Clarisse qui regardait ses sandales. La visite achevée, Hughes quitta la maison avec son vélo, ce qui était une manière polie de ne plus avoir à lui parler.

— C'est ta chambre ?

— Tu peux entrer. Je dors seule.

— Arrête, je m'en fous.

— Tu t'en fous ?

— Ok, je m'en fous pas.

Ils retournèrent s'asseoir autour de la table de jardin. Stéphanie garda ses lunettes de soleil. Franck alluma un joint dans l'air embaumé d'odeurs ravivées par la pluie. Le silence s'installa peu à peu, mou et irritant.

— Des nouvelles de Simon ?

— Non.

— T'es surprise de me voir ?

Elle marmonna quelque chose, et monta enfiler son maillot de bain. Sur le chemin de la plage, elle prit la main de Franck. Puis ils plongèrent ensemble dans l'eau froide traversée de rayons de soleil, inondant les coquillages et les bancs de poissons.

— Il pense encore à toi.

Pourquoi lui parlait-il toujours de Simon, à chaque fois qu'ils se retrouvaient ?

— Il te l'a dit ?

— Souvent.

Il piqua sous l'eau et y resta une bonne trentaine de secondes, puis refit surface un peu plus loin. Il tenait à la main un coquillage nacré en forme de corne.

— Il est beau.

— Tiens, prends-le. On pourrait se revoir tous les trois, ajouta-t-il en regagnant la plage.

Ils s'allongèrent côte à côte, lui sur le ventre, elle sur le dos. Il tendit le bras vers elle. Sa main se posa sur l'épaule de Clarisse, glissa le long de la bretelle de son maillot de bain, s'arrêta sur le pli de chair à la naissance du sein, où la peau est la plus douce. Il avait les mains chaudes malgré la température de l'eau. Il se retourna. Elle observa la bosse de son érection, les bras le long du corps. Il retira sa main pour l'enfouir dans le sable.

— T'as quelqu'un en ce moment ?

— Personne, répondit Clarisse. Et toi ?

— Comme ça.

— Comme ça ?

— Magalie, de la 3e2. L'ex de Simon.

Pour le déjeuner, Hughes fit griller du poisson au barbecue. Ils vidèrent deux bouteilles de blanc et la fin du pot de glace à la vanille, puis Clarisse alla s'allonger sur son lit. Elle somnola une petite heure, guettant les bruits de pas dans l'escalier. À son réveil, Hughes ronflait dans une chaise longue, une vieille casquette éraflée sur le visage. Elle chercha Franck dans la maison, le trouva plongé dans une armoire à regarder des photos de famille.

— Tout le monde dort.

Ils marchèrent jusqu'à la villa Becker. Clarisse lui raconta l'histoire de la maison où Hughes les avait conduits le premier soir. Elle avait été construite un siècle auparavant, par un industriel lorrain du nom de Maurice-Auguste Becker qui avait jeté son dévolu sur cette pointe rocheuse que recouvraient les broussailles, à quelque distance d'un village de pêcheurs dont les habitants observèrent avec étonnement, puis amusement, puis intérêt, la construction d'un manoir de quatorze pièces, ceint d'une épaisse muraille de buis et rosiers grimpants. On avait retrouvé, au mois de février 1999, le corps de son dernier propriétaire, Ivan Mikhaïl Glazkov, étendu sur le sol de son appartement de Saint-Moritz, en peignoir, avec deux balles dans la nuque, la climatisation poussée au maximum et un disque de U2 joué en boucle sur la chaîne hi-fi.

Longeant les grilles, ils se retrouvèrent sur un ancien chemin de plage, aboutissant à une porte cachée dans les buis. Franck tâta la serrure, poussa un peu sur le bois, sortit de sa poche un couteau pliant et commença à faire jouer le loquet.

— Viens.

La porte se refermait d'elle-même, à peine avait-on avancé de quelques pas sur l'allée au dallage fauve. À droite de l'entrée se trouvait une guérite en bois, puis en continuant le long du mur, une serre abandonnée.

— T'as peur ?

Franck s'avança, tourna autour de la jeep qui prenait la poussière sous un palmier dont le tronc s'effilochait tel un rouleau de corde, puis fila vers la maison aux tourelles rondes, avec gargouilles et fenêtres à croisillons.

— Hé ?

— Je suis là.

Elle passa à son tour sur le côté de la maison. Elle avait peur, un peu, mais elle aimait ça. Franck se tenait dans le renfoncement d'une porte de service, inspectant les serrures.

— De la merde. Je t'ouvre ça en deux secondes.

Elle posa la main sur son bras. Il leva les yeux vers elle avec une sorte d'empathie sauvage, comme s'il cherchait à deviner ce qu'elle avait dans la tête. Elle lui semblait différente d'avant. Clarisse restait inaccessible, éloignée de ses propres pensées, et il la respectait pour ça. Cela ne changeait rien au désir qu'il avait pour elle. D'un seul et même mouvement, il la plaqua contre la porte, dans la fraîcheur irréelle, la houle des feuillages, l'ombre du linteau, son visage à quelques centimètres du sien. Ses mains larges et calleuses lui enserraient les poignets. Il sentait le vin, son T-shirt soulevé par la brise. Il approcha sa bouche de la sienne, lentement. Elle garda les yeux ouverts, puis les ferma en sentant un objet en métal dans la poche de son short, trop lourd pour être un trousseau de clés. Clarisse se raidit tandis que le contact se prolongeait. Ce n'était plus pareil qu'avant. Le monde où – d'une certaine manière – ils s'étaient aimés et où ils auraient pu – peut-être – bâtir quelque chose ensemble n'existait plus. On perd son temps à courir après les ombres d'un passé perdu.

Pareil à un enfant livré à lui-même, Franck ne vivait que pour exister aux yeux de gens qui n'étaient plus là : elle, Simon, son père, son frère Tony. C'était injuste, cruel sans doute, mais elle avait autre chose à vivre. Il n'y avait plus de sentiments, ou trop minces. Franck le sentit, qui rompit l'étreinte. De retour sur la promenade, avec les enfants, les drapeaux et l'odeur des beignets, quelques minutes plus tard, tout semblait presque normal. Et pourtant, tout était différent, un peu plus triste.

— Tu veux rester cette nuit ?

Elle y avait mis juste ce qu'il fallait de froideur et d'incertitude.

— Je sais pas, répondit-il. Je crois que non. Une autre fois.

À la fin du mois de juillet, Clarisse rentra chez elle, déposant ses bagages dans l'entrée, saoulée de chaleur et de lumière. Elle se sentait presque aussi légère qu'au début de l'été, le poids du passé en moins. Elle avait fait son possible pour que tout s'achève. Franck retournerait sans doute avec Magalie (elle était soulagée de savoir qu'il n'allait pas rester seul). Elle ne supportait pas qu'on ait des droits sur elle, pour un amour qu'elle ne partageait plus, sur la vie qui se dessinait et qu'elle méritait d'avoir.

— Il y a des messages pour moi ? Où est Louise ?

— Chez les parents d'une copine à Oléron.

— Tu vas rester ici tout l'été ?

Son père lui tendit un papier avec un vague griffonnage.

— Franck ? dit-elle en lui montrant le papier.

— Il a téléphoné il y a deux semaines. Il voulait savoir où tu étais, je lui ai donné le numéro. J'aurais peut-être pas dû.

Elle empocha le papier, monta ses affaires dans sa chambre et dormit pendant quatorze heures. À son réveil, seule dans la maison, elle avala un bol de céréales puis téléphona à Margot.

— On va sur les quais. Je passe te prendre.

Elles remontèrent le boulevard, puis la rue Lavoisier qui rejoignait le quartier de la porte Saint-Jacques. Elles achetèrent des bières dans une épicerie et s'engouffrèrent dans une ruelle qui plongeait entre les murs dans une odeur de pierre humide et d'urine. Un escalier creux et raide les emmena sur une plateforme pavée, qui servait à l'origine de débarcadère pour les marchandises en provenance ou à destination d'Afrique, des Indes et du Nouveau Monde, lieu de rencontre des marginaux, des ados désœuvrés et des étudiants qui faisaient semblant de réviser leurs examens. S'approchant d'un garçon allongé sur le dos, Margot se pencha pour l'embrasser.

— Chan, Clarisse.

— On a des bières.

— Cool.

Elle passa le reste de l'été en compagnie de Margot et Chan, son nouveau copain, et peu à peu, se mit à fréquenter toute une bande qui habitait ensemble sur l'île du Quart, dans deux maisons mitoyennes situées rue Basse des Tonneliers, d'où l'on pouvait apercevoir l'océan et le phare du Bret depuis les fenêtres du deuxième étage. On lui proposa de louer une chambre pour 120 euros par mois. Elle accepta, grisée par la perspective d'une vie nouvelle : vivre seule, étudier, assumer son propre quotidien, s'épanouir sous des formes qui chaque matin différaient de la veille – prof de lettres, comédienne, romancière, voyageuse –, se complétaient, s'agrégeaient les unes aux autres, recomposant un monde en perpétuel changement.

Quelques jours avant la rentrée d'octobre, elle boucla ses valises, consola sa sœur, rassura son père et fit le chemin à pied vers l'île, remontant le quai des Indes jusqu'au pont Bailey qui la reliait au continent. L'île était coupée en deux par une voie rectiligne, héritée de l'époque romaine et d'où ramifiait tout un réseau d'impasses et de ruelles. On retrouvait fréquemment, en creusant sous le bitume des rues, des restes de poteries, des couteaux et des pièces de monnaie. Il s'agissait d'une rue étroite, à peine assez large pour que deux véhicules puissent se croiser, un alignement de logements aux fenêtres disjointes, percés de portes closes et basses. De part et d'autre de la rue, communiquaient des passages étroits, longeant des clôtures et des jardins ébouriffés, sous le soleil blanc ou la pluie d'automne poussée par la brise, remorquant des odeurs d'essence, d'écume, de cheminée et de feuilles pourries.

Elle s'installa au numéro 6, partageant les trois pièces du rez-de-chaussée avec Margot et Chan, dans ce qui ressemblait à un décor de favela. La maison appartenait à l'origine à une famille de maçons et d'entrepreneurs du nom de Lopez, dont hérita en 1987 un neveu de trente-trois ans qui apprit la nouvelle alors qu'il se trouvait à Ibiza, sur une plage de sable blanc, en pleine montée d'acide. Sébastien

Lopez ayant passé l'essentiel de sa vie à se défoncer, le simple fait qu'il ait atteint l'âge du Christ constituait en soi une performance. Il prit possession de la maison au cours de l'été. À cette époque, l'île était encore occupée par des familles rescapées d'une classe moyenne d'après-guerre, résolue à ne pas quitter les lieux. Les voisins assistèrent dans les mois qui suivirent à un interminable pèlerinage de fêtards, de musiciens, de vieux hippies, débarquant des quatre coins du pays, attirés par l'air du large et le bouche à oreille. Sébastien logeait tout le monde, dilapidant son maigre héritage dans ce qu'il considérait à présent comme sa communauté. Les années passèrent, les maisons alentour se vidèrent, laissant le champ libre à des étudiants, des artistes, puis à des marginaux.

On proposa à Clarisse la plus grande des deux pièces du bas, qui communiquait avec le jardin par une porte-fenêtre. Assise sur le lit, elle posa la main sur la couette, observant l'oscillation des écailles de lumière sur le plâtre friable des cloisons. Elle était libre, enfin. Il viendrait s'asseoir ici, à côté d'elle (elle pouvait sentir son poids sur le sommier, la chaleur de sa peau, présence charnelle constamment imprécise, insaisissable à en être douloureuse – peu importe, son cœur savait de qui il s'agissait). Elle imaginait sa main recouvrir la sienne. Et soudain tous ses projets se repliaient dans un autre temps, inutiles et vains. Il n'y avait que lui qui comptait.

Elle rangea ses affaires dans la commode, planta aux murs des affiches de films et des coupons de tissus indiens. Le sol était couvert de balatum. Une statuette de Shiva avec bougies et grelots trônait sur un autel en bois de palette, à côté d'une télé à antenne et de piles de VHS. Le rangement terminé, elle s'allongea sur le lit et fuma en écoutant Margot, assise à ses pieds, lui raconter la vie de la communauté avec un luxe de détails étrangement superflu.

— Quand on est arrivés les chiottes étaient bouchées, on faisait dans des seaux. Pour la bouffe on s'arrange, il y a une boîte pour l'argent, tu mets ce que tu peux, mais laisse pas Sébastien s'approcher de la cuisine, sauf si tu veux manger brûlé. Attention au voisin, il aime bien mater les meufs, un conseil : ferme les rideaux. En plus, il pue la vieille sueur, on le croise tout le temps à l'épicerie. Autre conseil, si Xav te propose un trip, t'en prends pas, la dernière fois Chan a déconné pendant deux jours, il voyait des reptiles, les murs qui cloquaient, horrible. Depuis, on reste à la beuh. Et à la liche (brandissant une bouteille de rhum, son bras maigre cerclé de bijoux).

Le matin, Clarisse se rendait à pied à la fac de Lettres – vingt bonnes minutes de marche –, s'arrêtant parfois au milieu du pont, pour regarder les eaux du fleuve se mêler à celles du large, ses cheveux plaqués en arrière à cause du vent. Elle transportait ses cours et son déjeuner dans son sac à dos (*Géographie et urbanisme dans les romans de Julien Gracq ; la figure d'Hamlet dans les littératures française et allemande [1830-1950] ; la poésie latine au Ier siècle, Ovide, Catulle et Horace*). La fac de Lettres occupait trois niveaux labyrinthiques regorgeant de paliers, de culs-de sac et de recoins. Elle se perdait encore régulièrement dans les couloirs lorsqu'au début du mois de novembre, cherchant son chemin sur un plan au format A4 punaisé dans une vitrine, elle entendit prononcer son prénom d'une manière bancale, d'une voix basse entendue dans une autre vie. Ce qu'elle ignorait encore, au moment précis où elle tourna la tête, vers une présence autour de laquelle des souvenirs disparates s'assemblaient. Lorsque tout redevint stable, elle se mit à sourire.

— Simon. Ça fait longtemps.

11.

Le hasard fait bien les choses. Simon avait jugé – malgré tout – prudent de se renseigner, consultant les listes alphabétiques de tous les première année placardées aux entrées des salles de cours, département par département, jusqu'à trouver le nom de Clarisse. Il ne lui restait plus qu'à traîner dans les couloirs, et attendre de tomber sur elle pour – froid, désinvolte – revenir dans sa vie puis s'évanouir. Le destin se chargerait du reste. Ce jour-là, il fit l'effort de ne pas se retourner, en descendant les escaliers babyloniens de l'Université Atlantique, construite en 1954 dans un style hésitant entre plusieurs, glaciale en hiver, étouffante en été. Les stores avaient un défaut de fabrication qui empêchait de les fermer complètement, le rez-de-chaussée était trop haut, les étages très bas. Les magasins de la bibliothèque prenaient l'eau.

Une fois sur l'esplanade, Simon n'avait que quelques mètres à faire pour échapper à la cohue et se perdre dans le dédale des rues de la vieille ville. Les étudiants étaient – comme lui – nombreux à y habiter, écumant après les cours les bars et cafés installés au coude à coude le long des ruelles tortueuses. Le quartier était engorgé dès le jeudi, quand ce n'était pas dès le mercredi soir, garçons et filles à divers stades d'ébriété, en terrasse lorsqu'il faisait beau, d'octobre à mars dans une pénombre de sous-marin. Passé minuit, c'était un cortège de silhouettes déambulant en zigzag, pissant contre les porches, les églises ou entre deux voitures, sous le regard des saints grossièrement figurés dans la pierre, des gargouilles hallucinées ou des impostes à têtes de lion.

Dans la journée, l'ambiance était différente. La fraîcheur, l'odeur de la pierre, du fleuve et du bois, la lumière tombée d'en haut et coupée par les replis des toits, laissaient sous les pieds une clarté froide comme l'eau d'un bassin. Passants et touristes solitaires trouvaient là l'impression de calme, d'unité et de recueillement des cathédrales et des forêts profondes.

— Mon fils va vivre dans un taudis, c'est comme ça, avait maugréé son père une fois les papiers signés, pour un studio de 15 mètres carrés avec une kitchenette et une douche dont les carreaux menaçaient de tomber au sol.

— Ton père exagère, comme toujours. Comment on vivait, à son âge ?

— C'était une autre époque. Je viens de faire un chèque de 500 euros. Christiane, 3 000 francs !

— Il te faudrait un nouveau matelas. Des draps, des couverts, un rideau de douche, énumérait sa mère en arpentant la pièce, un aspirateur, un meuble pour tes vêtements – la penderie est humide, touche. On sent l'humidité.

Son père et son frère David, revenu pour le week-end, l'aidèrent à emménager.

— Alors, t'es historien ?

David était vautré sur une chauffeuse, inspectant le plafond. Il commençait son externat de médecine à Paris, et logeait chez un ami de la famille. Il avait maigri et portait des pantalons à pinces. Il revenait une fois par mois au volant d'une vieille Rover dont la tante Joséphine lui laissait les clés, pour asséner à tout le monde ses opinions aussi sèches que changeantes. Peu de choses les rattachaient l'un à l'autre, Simon et lui, hormis les liens du sang. Une part de condescendance, une part d'affection fraternelle, une part de mépris, du côté de David ; pour Simon, l'impression de retrouver, en plus désinhibée, la figure paternelle et tous ses défauts : la réussite, la compétition obligatoire, la dureté face à la vie. David avait proposé son aide alors que rien ne l'obligeait, et que personne ne comptait sur lui, et Simon en avait été touché, bizarrement.

— Je te vois bien prof. Les vacances et tout.

Son père grommela quelque chose, puis lui tapa dans le dos. Sa mère l'embrassa plusieurs fois. Un fois seul, Simon brancha sa chaîne hi-fi et sauta sur place en écoutant Rage Against the Machine, une averse d'automne lavant les vingt-quatre carreaux de la grande fenêtre à croisillons. Une bouffée de joie l'envahit. Il se voyait dans cinq ans, dans dix ans, dans cinquante ans, Neptune à barbe blanche, sur une plage avec son chien et sa planche de surf, éclairé par un feu de cageots. Il deviendrait prof à la fac. Il gagnerait bien sa vie, dans la sérénité des motifs reproduits indéfiniment. Il serait estimé de ses amis, de ses parents. On le paierait pour faire ce qu'il aime. Les filles se presseraient autour de lui.

Les volets claquaient et l'immeuble lui-même grinçait, perclus de malfaçons et de courants d'air. Le couloir de l'entrée sentait la poutre, et il fallait pousser de tout son poids la lourde porte à clous pour l'ouvrir, laquelle ironiquement ne fermait plus. Et pourtant, il se sentait enfin chez lui, après des années à cohabiter avec ses parents qu'il semblait être le seul des trois enfants à voir vieillir. Il était désormais libre et indépendant, libre de fréquenter qui il voulait.

Au deuxième étage, logeait une fille à la peau mate qui écoutait du dub à 4 heures du matin, hochant la tête en débardeur et petite culotte lorsque Simon lui demandait de baisser le son, prétextant pour le lendemain des partiels imaginaires. Il se balançait d'un pied sur l'autre sur le palier, respirant son odeur, lorgnant ostensiblement son décolleté et ses cuisses nues avant de retourner se coucher en faisant tous les efforts possibles pour ne pas penser à Clarisse.

Le troisième étage était sous les toits, ouvrant sur une mansarde où vivait, entre les bières vides et les piles de disques, FX (François-Xavier Hugon de La Pallière, d'après la boîte aux lettres débordant de factures) qui, torse nu malgré les 15 ou 16 degrés, conservait l'apparence du Christ, cheveux longs et silhouette osseuse.

— Ça va, man ?

FX l'invitait à ses soirées quasi quotidiennes. On écoutait de l'électro en fumant et en buvant de la bière premier prix. Les yeux étaient rouges. Peu à peu les voix s'éteignaient. Parfois, attendant que tout le monde soit parti, une fille restait dormir chez Simon. Elle s'emparait de ses mains dans la pénombre pour accélérer les choses, forcée ensuite d'attendre jusqu'au matin. Simon se mélangeait dans les prénoms, guirlande de souvenirs peu concluants, et à la table du petit déjeuner guettait les traces de jugement ou de méprise. Il ne rappelait jamais.

Mathilde, une étudiante de troisième année – une jolie rousse, la peau semée de taches de son –, décida néanmoins de s'accrocher. Elle avait des orgasmes bruyants qui la secouaient comme un mannequin, puis restait enroulée contre lui en bavardant. Ils parlaient de tout et avec facilité, à la surprise de Simon, peu enclin à se livrer d'ordinaire, regroupant les éléments les plus intimes en de longues confessions qui le rendaient plus léger. Il lui parlait de Franck, qu'il présentait tantôt comme un rival, tantôt comme son meilleur ami, dans le récit d'une jeunesse retouchée où il se gardait les meilleurs rôles. Il n'avait pas eu l'intention de mentir au départ, mais tout lui glissait entre les doigts, encouragé par l'oreille attentive et l'admiration que Mathilde lui offrait. Il avait peur de la décevoir, au risque de se décevoir lui-même. Leur histoire dura deux mois : le cinéma, les musées, les gargotes, un café chez la mère de Mathilde, dans un immeuble de deux étages avec une tonnelle de rosiers, en banlieue.

Mais Clarisse regardait par-dessus son épaule. Elle laissa – un après-midi du mois de novembre – un message sur son répondeur. Simon lisait, assis sur la chauffeuse, la fenêtre grande ouverte, les voix, les oiseaux, les courants d'air salés qui remontaient depuis l'embouchure du fleuve soulevant les pages des livres empilés sur la valise en carton qui servait de table basse. Mathilde l'attendait pour 18 heures, et c'était elle, sûrement, qui téléphonait. Il se leva pour écouter son répondeur, reposant un manuel d'histoire américaine, les pages terminées par des couches géologiques de notes, au milieu d'un conflit brutal qui opposa en 1675, dans les marais et les bois du Massachusetts, du Rhode Island et du Connecticut, colons et Indiens partiellement christianisés. Il laissa s'enclencher la messagerie. Numéro inconnu. Voici ce que disait le message :

— (Blanc.) C'est Clarisse. Voilà, je te rappelle. (Blanc.) J'ai pas. Enfin. (Blanc.) Tu peux me rappeler si tu veux. Je t'attends.

Ils commencèrent à se revoir à un rythme hebdomadaire, dans des endroits les plus neutres possibles. Aucune ambiguïté ne devait subsister sur ce qu'avait été, ou aurait pu – ou dû – être une relation entamée quatre ans plus tôt. Tacitement, ils semblaient s'être mis d'accord sur ce que seraient leurs nouveaux rapports d'amitié, dans une vie à présent dégagée des cendres. Simon avait souffert de son absence. Peu à peu, une fois confronté à la réalité, les doutes étaient revenus, cette quasi-certitude que Clarisse n'était pas pour lui. Il n'arrivait pas à la faire correspondre aux rêves qu'il s'était forgés. Elle n'était plus celle dont son cœur avait gardé la trace, mais d'un autre côté, elle n'en était pas suffisamment distincte.

Il y avait en elle une forme d'incongruité, un décalage permanent entre ce qu'elle était et ce qu'elle aurait pu devenir. Une intelligence aiguë dont elle ne se servait pas, ou peu. Elle était toujours fauchée, et ne trouvait le moyen ni de s'en plaindre, ni de chercher une solution pour mieux vivre. Elle venait d'un milieu modeste, avec des parents aux parcours sinueux, des gens étranges. Elle avait perdu sa mère très jeune. Impossible de ne pas penser aux dégâts que ce genre d'événement pouvait pratiquer dans l'âme. Quelque part, Simon avait peur de Clarisse : il avait peur de ce qu'il ne voyait pas en elle, de ce qui demeurait caché. Et il était attiré, ô combien, par cette étrangeté même.

Ils décidèrent de rester amis. C'était déjà ça. Ils se retrouvaient après les cours au Comptoir d'Afrique rue des Franciscains, buvant de la bière à 8° sous les étagères croulantes de bibelots, les murs tapissés de photos et de cartes postales fanées. Simon parlait de son couple comme d'un phénomène éloigné. Pour ne pas lui faire de peine – croyait Clarisse – ou pour ne pas prendre le risque d'en dire plus sur ses sentiments.

Au début de l'hiver, Simon décida de rompre avec Mathilde. Elle l'avait giflé, balançant des trucs à travers le studio. Clarisse ne l'apprit qu'une semaine plus tard.

— *Calme et équilibrée*, dit-elle en le citant de mémoire.

— Je me suis trompé. Elle est folle. Regarde (il souleva son T-shirt, on voyait des marques bleues sur ses côtes). J'ai dû la soulever pour la foutre à la porte.

— En tout cas, elle a l'air costaud.

— Elle fait du volley-ball.

Délaissant les bars pour un temps, ils investirent l'appartement de Simon : ils écoutaient de la musique ; Clarisse ouvrait les livres empilés sur la valise en carton, prélude à des discussions étendues qui faisaient barrage aux sentiments au lieu de les révéler. Timidement, comme s'ils cherchaient à ranimer un souvenir retourné à l'oubli, ils parlèrent de la ville où ils ne comptaient revenir ni l'un ni l'autre, du collège, de Marion, de Franck, chacun faisant la part de ce qu'il pouvait dire sans blesser personne. Ils se tournaient autour, ne pouvant ni se décider à franchir le pas, ni se résoudre au silence. Pour Clarisse, Simon représentait tout ce qu'il lui était envisageable d'atteindre, mais lui était défendu, car placé juste un peu trop loin. Elle projetait sur lui un amour sincère, accompagné de fantasmes moins avouables d'argent et de réussite ; une ascension sociale dont il était la clé.

Simon attendait qu'elle se déclare. Le temps n'avait, loin de là, pas effacé le désir qu'il avait pour elle, mêlé d'un vague sentiment de revanche, avec lequel la profonde tendresse qu'il éprouvait pour Clarisse s'accordait mal. Il ne voulait ni lui mentir, ni la blesser. Maîtresse, copine, coup d'un soir, elle s'accommoderait de tout. Rien n'aurait été aussi facile, et aussi misérable.

Souvent, ils regardaient des films sur la petite télé. Puis ils s'endormaient côte à côte, Clarisse roulée dans la couette chaude et Simon dans un vieux sac de couchage ramené de chez ses parents, respirant son parfum avant de sombrer dans des rêves où elle figurait toujours. Aucun n'osait faire le premier pas, sauf un soir où, après avoir bu, Clarisse se retrouva à cheval sur lui, patientant tendrement jusqu'à ce qu'il jouisse puis roulant sur le côté, en lui disant presque immédiatement :

— Il faut plus qu'on recommence.

Simon sentit son cœur se glacer. Il n'était à l'initiative de rien, c'était comme si on jouait avec lui.

— Oui madame.

— Je veux pas qu'on se perde encore, commença-t-elle. Je tiens à toi, mais à chaque fois, ça marche pas.

Simon avait hoché la tête, presque soulagé de ne pas avoir à apporter de réponse. Le samedi suivant, il traversa le pont militaire pour se rendre sur l'île. Il marcha le long des quais jusqu'à la pointe orientale où, derrière une grille débordant d'une végétation faite d'orties, de ronces, de fougères, se trouvait une stèle commémorant les victimes d'un naufrage. Le 16 octobre 1772, alors qu'il manœuvrait dans le chenal sous une pluie battante, le capitaine de l'*Émilie* dont c'était la première traversée commit plusieurs erreurs d'appréciation qui menèrent le navire droit sur un récif, visible même à marée haute mais que le gros temps devait masquer, entraînant la mort de quatre-vingt-six passagers et membres d'équipage. Simon se demanda, amusé, s'il s'agissait d'un signe. Clarisse habitait quelques rues plus loin.

— Viens, entre.

Elle sortait du lit. Ses cheveux sentaient encore les draps.

— Assieds-toi.

Il regarda Clarisse finir de se préparer. Elle lui tourna le dos pour agrafer son soutien-gorge. Au-dessus du lit défait, sur une vaste tenture indienne, un éléphant passait tranquillement dans une jungle exubérante.

— Tu l'as gardé, dit-il au bout d'un moment. Le foulard.

Occupée à se coiffer, elle tourna la tête, assise sur une chaise, les bras relevés dévoilant ses aisselles ombrées d'un duvet noir.

— Je garde tout.

— Moi je balance. J'aime pas me sentir prisonnier.

À cet instant encore, il aurait aimé lui dire ce qu'il avait longuement répété (parmi les variantes de : je viens te chercher, je ne peux pas t'oublier, peut-être que rien ne fonctionnera, essayons encore). Comme d'habitude, il s'arrêta au bord du vide, à attendre que des circonstances parfaitement improbables soient réunies. Il n'était pas plus résolu qu'elle à mettre fin à ce jeu. Parfois, mieux valait ne pas savoir. C'était trop tôt. Cela ne servait à rien d'hypothéquer l'avenir. Il la suivit dans la cuisine. Le sol était collant, mais la pièce plutôt rangée dans l'ensemble. Des légumes dans des cagettes, des céréales dans des pots, des plantes aromatiques, plusieurs bouteilles de gnôle, et toute une collection de petits cendriers en poterie débordant de mégots de joints.

— Margot est là ?

— Elle est partie. Ses parents lui ont mis la pression. Ils ont de l'argent, ils ont menacé de lui couper les vivres. Et puis Chan a décidé qu'il était opportun de se taper l'une des deux Lilloises, Margot a découvert le truc, et voilà.

— Forcément, elle l'a mal pris.

— Forcément. Tu connais les femmes.

— Je connais très bien les femmes.

— Tu parles.

Simon resta l'après-midi, puis la soirée commença, une nappe de fumée épaisse, hérissée de bouteilles et de conversations bruyantes ; beaucoup à fumer, beaucoup à boire, le temps s'étirant en une longue distorsion éthylique dans laquelle Simon perdit pied. Le sang lui monta soudain au visage, vers minuit, dans une sorte de joie bancale faite d'association d'images et de plénitude. On se mit à le soulever.

Il était trop défoncé pour comprendre. Il appela Clarisse à plusieurs reprises. Clarisse, où qu'elle soit. Les limites de tout ce bordel s'effaçaient. Elle apparut. Il avait eu son comptant d'ivresse, et de monologues abstraits, une chute verticale qui ne s'arrêtait plus. Elle l'aida à marcher jusqu'à sa chambre. Elle avait les mains pâles. Le sang courait sous sa peau.

— Repose-toi.

— Je suis où ?

— Dans ma chambre. Ferme les yeux.

— Tu restes avec moi ?

— Oui, je reste avec toi.

Plus tard, dans la nuit, elle finit par lui mettre les doigts dans la bouche, penchés tous les deux au-dessus des toilettes. Reprenant ses esprits, Simon fut incapable de se souvenir de ce qu'il lui avait raconté. Lorsqu'il lui posa des questions, le lendemain, elle refusa de répondre. Elle n'était plus la même, frêle et sombre, son beau visage marqué par une tristesse vague.

— Si j'ai dit quelque chose, je m'en excuse. Je suis désolé.

Elle essaya de sourire.

— Oublie ça.

Clarisse commença dès lors à prendre ses distances. Elle restait un long moment sans répondre à ses messages, et quand elle répondait, elle avait toujours autre chose à faire. Simon se sentait coupable. Il aurait voulu s'excuser, ou connaître la raison de leur rupture. Il avait tout gâché.

Un jour, Franck sortit de nulle part au volant de sa voiture déglinguée, s'engouffrant dans la rue pavée dont les murs à pans de bois se touchaient presque, à hauteur des nuages. Simon et lui ne s'étaient pas vus depuis des mois, peut-être un an.

— Monte, avait-il ordonné.

— J'ai cours à 16 heures. Pourquoi t'as pas appelé ?

— T'y seras. Monte.

On voyait ses muscles sous son T-shirt noir et son blouson à écusson. Il conduisait avec une main sur le volant, l'autre cramponnée au levier de vitesse.

— Où on va ?

— Faire les courses.

Ils longèrent les quais jusqu'à la sortie de Rhys, firent une boucle sur le périphérique, sortirent à nouveau et remontèrent le long de la voie ferrée. Simon était inquiet. L'interdiction de ses parents n'existait plus, mais il en restait une sorte de peur irrationnelle. La crainte d'être à ses côtés sur le mauvais chemin, et de ne plus pouvoir faire demi-tour. Il n'aurait pas dû monter avec lui.

Ils entrèrent dans la cité par un chemin de terre, derrière un immeuble condamné ; un programme de construction de six mille logements, bientôt complétés par deux mille logements supplémentaires, des barres de huit à dix étages, des tours de vingt-deux, bâties serrées et dans des couleurs que l'on espérait chaleureuses et que pour cela on baptisa *Cité des sables.* La situation n'avait commencé à se dégrader véritablement que quelques années plus tard, sanctuarisant, à deux pas du centre-ville, un large territoire qui, par endroits (Curie, Lannes, les Épines, le quartier Voltaire que l'on avait fini par raser), tenait du ghetto pur et simple. Les camions de pompiers et les ambulances n'entraient plus qu'escortés par la police. Les magasins fermaient les uns après les autres.

— Qu'est-ce qu'on fout là ?

— T'as peur ?

Franck gara la voiture à l'entrée du quartier des Épines : quatre barres d'immeubles disposées autour d'un terrain boueux en hiver, pelé en été comme un vieux paillasson, et qui servait de piste d'envol pour les sacs en plastique et les journaux publicitaires. Certaines nuits, des poubelles et des voitures brûlaient en laissant des traces sur le goudron. Des rabatteurs étaient postés au coin des rues ou assis sur des bancs en bois, surveillant les junkies rangés à la queue leu leu jusqu'à une sorte de guichet pratiqué dans la porte d'une loge désaffectée.

— Pourquoi tu m'as emmené ici ? Je te préviens, je reste dans la voiture.

— Avec moi tu risques rien. Viens, je te dis.

Il savait que Franck ne lui ferait jamais de mal. Après inventaire de toutes les conneries qu'ils avaient faites ensemble, la balance penchait encore en sa faveur, comme si Franck avait une dette envers lui que rien n'effacerait jamais. Mais Simon ne pouvait s'empêcher de se demander s'il n'y avait pas autre chose, quelque vieux compte à régler.

Ils sortirent de la voiture et traversèrent la rue, sous le regard des gamins à vélo. Une épicerie, un bar PMU, un kebab aux néons clignotants ; deux types étaient assis en terrasse. Le premier avait environ trente-cinq ans, portait une chemise italienne deux tailles trop large qui sortait de son pantalon, et fumait le cigare. À côté de lui se trouvait un Noir longiligne aux doigts immenses, avec un crâne d'oiseau soigneusement rasé et un survêtement ivoire orné d'une tête de lion. Des mamans poussaient des caddies. Une dizaine de vieillards en savates et veste à carreaux jouaient aux courses, agglutinés contre la devanture du bar.

— Attends-moi là.

Assis à une table collante, Simon alluma une cigarette en s'efforçant de prendre un air dégagé. Franck entra dans le kebab, et en sortit deux minutes plus tard, avec deux cannettes de soda à l'orange.

— Tiens, cadeau.

— J'ai pas soif.

— C'est con, c'est gratuit. Allez, raconte-moi un peu.

— Te raconter quoi ?

— La fac, les petites meufs. Tu t'en envoies de temps en temps ?

— J'en sais rien.

— Clarisse.

— Clarisse quoi ?

— Tu l'as jamais croisée ? Vous êtes dans la même fac, et vous ne vous êtes jamais rencontrés ?

— On s'est revus. Quelques fois, mais c'est fini.

— Pourquoi ?

Simon haussa les épaules sans répondre. Franck termina sa cannette et l'écrasa. Le type à la chemise italienne se leva, et fit signe à quelqu'un de l'autre côté de la rue.

— T'as pas changé, ajouta Franck.

— Ça veut dire quoi ?

— T'as tout sous la main, et t'arrives à tout foutre en l'air.

Franck le regardait avec colère et peut-être un peu de pitié. C'était nouveau.

— Allez, viens, Salif nous attend.

Le grand maigre se leva avec eux, jetant la veste à tête de lion sur ses épaules. Traversant la chaussée, ils passèrent sous un porche couvert de tags et de traces d'incendie.

— Moi de ce côté j'enchaîne. D'ailleurs, tu devineras jamais.

— Quoi ?

— Avec qui je sors. Un indice (il mit ses mains en coupe sur sa poitrine).

— On va où ?

— Allez, je te le dis. Magalie.

— Magalie ?

— Magalie Drouard. 95 D.

Arrivé au pied d'un immeuble, Salif frappa deux coups sur une porte en métal qui s'ouvrit devant eux. Ils empruntèrent un long couloir poussiéreux, jusqu'à une sorte de réduit fermé par un volet roulant. Une vieille armoire en bois trônait sur des cartons aplatis, les poignées couvertes de rouille. Franck tendit une liasse de billets de cinquante. Simon regarda derrière lui. Il avait son cœur qui battait, si fort qu'il se sentait de nouveau mal, comme lorsqu'il s'était évanoui chez Clarisse. Il s'imagina Franck lui tendre un piège, dans l'un de ces recoins qui puaient la pisse, une vengeance dont il était l'objet, la cause, ou les deux en même temps. Il ferma les yeux, se voyant terminer sa vie ici, deux balles dans la tête, ou ramassé par une descente de police. Salif ouvrit l'armoire et fourra trois plaques de shit dans un sac de supermarché. Simon attendait, le plus près possible du volet roulant. Franck passa derrière lui et lui donna un coup de poing dans l'épaule. Ils quittèrent le local. Simon marchait sans respirer. Tout était flou. Ils ressortirent de l'autre côté du bâtiment, au terme d'une longue déambulation dans les sous-sols.

— Tu vois. Tu crains rien avec moi. Je te protège.

— Je vais rentrer à pied.

— Fais pas la gueule, c'est bon. Y a pas de bus, t'en as pour des plombes. J'ai dit que je te ramenais pour 16 heures. Il est 15 h 20. Tout roule.

Franck glissa le shit dans les banquettes de la Ford découpées au cutter, sans se cacher. Des gamins qui jouaient au foot les observaient. Il démarra la voiture, puis roula sagement entre les barres délabrées, hautes et intimidantes, jusqu'à la voie de chemin de fer. Franck parlait, parlait. Le type au cigare s'appelait Karim Bennadri, roulait en BMW et exhibait à tout bout de champ, sous les yeux des ados ébahis, le Glock 19 qu'il cachait dans sa voiture. L'autre c'était Salif le Pousseur ; la légende voulait qu'à l'âge de seize ans, il ait balancé par une fenêtre un dealer du quartier qui refusait de lui céder la place, dont la police avait effectivement retrouvé au pied de la tour Odyssée – dix-neuf étages – le corps éclaté comme un fruit.

— Clarisse, t'as pas envie de la revoir ?

— Je t'ai dit, on a repris contact vite fait, mais c'est tout. Je suis passé à autre chose.

Franck eut un sourire étrange, mais n'ajouta rien. Il le déposa sur les quais, en double file.

— T'as eu peur ? demanda Franck.

Sa voix avait changé. C'était une vraie question.

— Non. C'est bon.

— Je te rappelle bientôt alors.

Simon claqua la portière et – sans se retourner, alors que la voiture ne démarrait pas – alla se perdre dans l'entrelacs de passages, de ruelles, de cours et de minuscules jardins du quartier de la porte Saint-Jacques. Il était incapable de se faire une idée précise des intentions de Franck. Peut-être cherchait-il à l'effrayer, en lui montrant où il en était lui-même, criminel accompli côtoyant une violence que Simon – il le savait parfaitement – ne supportait pas. Ou bien voulait-il obtenir des renseignements (sur qui, sur quoi ?), sa démonstration de force servant alors de prétexte ou de moyen pour arriver à son but. Dans tous les cas, Simon en éprouvait un véritable malaise. Il était bien déterminé à se tenir à l'écart de lui, désormais.

Quinze jours plus tard, Simon boucla son sac et se rendit à pied jusqu'à la gare routière pour rendre visite à ses parents. Le nez collé à la vitre du car, cherchant du regard ce qui avait changé, constatant – avec une mélancolie un peu méprisante – que tout était à sa place, y compris son père qui attendait sur le parking à l'intérieur de la grosse Volvo, en écoutant le disque de Bach – toujours le même, des cantates – qu'on lui avait offert pour Noël.

— Les études ?

— Ça va.

— Les partiels ?

— C'est dans quinze jours, je suis en train de réviser.

— Très bien. Ta mère a commandé un paris-brest, on va passer le chercher. Elle a fait son tajine. Ne jamais partir perdant. Toujours viser l'excellence. Pense à écrire lisiblement. Souviens-toi, l'important c'est pas la quantité, mais la qualité.

Son père avait eu l'ambition nourrie très jeune par les coups du sort, la foi dans la réussite de ceux à qui on n'a jamais rien donné. Avoir des bonnes notes à l'école était le minimum. Tirer avantage d'un confort chèrement acquis par d'autres était scandaleux. Il observait Simon, son cadet, évoluer dans la vie avec la tendresse et l'impatience qu'on aurait pour un chiot boiteux, lui qui n'avait jamais fait grand cas de ses études, comparées à celles entreprises par son frère et sa sœur, notoirement plus sélectives.

Sa mère attendait dans la cuisine, son tablier impeccablement noué autour de la taille. Sa sœur Élisa descendit le grand escalier. Elle était presque aussi grande que lui maintenant, et sentait un mélange de savon aux fruits et de l'odeur des chevaux qu'elle montait dans le haras voisin.

— Tu veux un whisky ?

Ils s'installèrent avec leurs verres dans les fauteuils profonds, en regardant le feu crépiter dans l'insert.

— Ton frère a appelé hier soir. Il part à Londres en février.

— Cool pour lui.

— Il s'est trouvé une copine. Une biologiste écossaise. Comment elle s'appelle déjà. Christiane ?

— Comme maman ?

— Pfff, imbécile. Christiane ? La copine de David ? Eleanor, voilà. E-le-a-nor.

Élisa souriait, à califourchon sur un accoudoir, en décortiquant des pistaches.

— Et toi, les filles ?

— C'est calme pour l'instant, répondit Simon en vidant son verre.

Il faisait sombre autour de la table, même avec les lampes d'appoint. Ils parlèrent de la dernière compétition d'Élisa, d'Eleanor que personne n'avait vue. Puis des ragots, en désespoir de cause : qui avait fait construire quoi, qui avait perdu son emploi, qui avait un cancer, qui salopait la ria en y déversant des eaux usées.

— On n'est pas tous nés avec une cuillère en argent dans la bouche, commença leur père.

Sa mère posa ses deux mains à plat de chaque côté de son assiette.

— Ton copain, le petit manouche.

— Franck ?

— Il est en détention. Il dealait, il s'est fait arrêter par la police, il y a trois jours. Sa maman vient à la pharmacie pour son diabète. On lui a proposé de l'aide, de l'argent, mais elle refuse.

— Tu le revois encore ? demanda Élisa.

— Pas depuis le collège.

— Bien, acquiesça son père. Ça vaut mieux pour toi.

— Ce n'est pas contre lui, ajouta sa mère. Ni contre eux. On ne vient pas tous du même monde, c'est tout. On peut aider les autres, jusqu'à un certain point. Après, c'est la vie qui s'en charge.

12.

Ils quittèrent la ville dans la petite voiture que leur avait prêtée la mère de Simon (Simon était resté très vague sur leur destination, il n'avait parlé ni de Franck, ni d'Aurélia). Ils restèrent un long moment silencieux. Simon alluma l'autoradio et se mit à chercher une fréquence qu'il ne trouvait pas, puis s'arrêta pour laisser faire Clarisse. Ils prirent l'A71 jusqu'à l'échangeur du Mans, faisant une halte en milieu d'après-midi pour boire un café dans un village beauceron, un bar-restaurant à l'odeur aigrelette et aux tables carrelées légèrement collantes.

— Ils annoncent une tempête, dit Simon.

— Qu'est-ce qu'on va faire, une fois là-bas ? Si c'est pas la bonne adresse ?

— On verra.

— Tu crois qu'on sera rentrés ce soir ?

— Je sais pas. C'est ça, l'aventure.

Ils repartirent, Clarisse conduisait la Clio dans les plaines arables bornées de pylônes et de clochers en direction d'Orléans. En entrant dans Saint-Jean-de-la-Ruelle, Simon brancha le GPS et ils laissèrent la voiture sur une place de parking, au pied d'une tour d'une dizaine d'étages aux stores bruns.

— Alves, dit Simon en appuyant sur l'interphone. On cherche Joachim Alves.

Joachim Alves était un ancien petit ami d'Aurélia, chez qui elle s'était réfugiée après avoir quitté Franck. Franck lui en avait parlé longuement, vibrant de colère et de jalousie, assis tous les deux sur le balcon de la rue Victor Duruy, dans les dernières chaleurs de l'été. Détail que Simon aurait facilement oublié, si le nom et l'adresse de J. Alves n'avaient pas été notés sur un morceau de papier plié en quatre, retrouvé dans le portefeuille de Franck.

Une voix de femme lui répondit, un peu cassée. Une fenêtre s'ouvrit au-dessus d'eux. Une jeune fille blonde, qui tenait un bébé dans ses bras.

— C'est pourquoi ?

— C'est personnel.

— Personnel de quoi ?

Elle regarda Clarisse. Le bébé commença à pleurer.

— Il doit être au Khedive. C'est à gauche, sur l'avenue. Il y passe ses journées.

Ils rebroussèrent chemin, et remontèrent l'avenue jusqu'à une enseigne lumineuse qui éclairait le trottoir. Simon entra. Clarisse resta dehors.

— Je vais prendre un demi de Stella. Je cherche Joachim Alves, répéta ensuite Simon au patron qui garda le menton baissé, son torchon sur l'épaule, en désignant un écran de télévision qui diffusait les résultats des courses.

Au pied de l'écran, un homme en sweat-shirt et jean coupé aux cuisses, brun et costaud, était assis avec sa grille.

— Vous êtes Joachim Alves ?

— Deux secondes.

L'homme attendit la fin des résultats, considéra une dernière fois sa grille, puis la plia en deux et la laissa sur la table.

— On se connaît ?

Pas d'agressivité, pas de curiosité non plus.

— Je cherche Aurélia. Je ne connais pas son nom de famille.

— Nau.

Simon ouvrit la bouche pour continuer.

— On n'est plus ensemble, qu'est-ce que tu lui veux ?

— Le père de sa fille, il est mort. C'était pour lui annoncer.

— T'es venu jusqu'ici pour ça ?

Il le dévisagea. Il sentait la sueur.

— Tu peux t'asseoir. Tu veux savoir quoi ?

— Où la trouver.

— J'en sais rien. On n'est plus ensemble, ça fait… – je sais pas – je dirais trois ans. J'ai quelqu'un d'autre. J'ai une gamine moi aussi. J'ai plus de nouvelles depuis qu'elle est partie. Elle a dû retourner chez sa mère à Saumur. Après, j'en sais rien. C'est une folle, de toutes manières, toujours à moitié défoncée elle aussi. À mon avis, la gosse, ils ont dû lui enlever. Et lui, c'était pas un gars pour elle. Elle était malheureuse. D'apprendre qu'il est mort, ça va rien lui faire, si tu veux mon avis.

Simon se leva et emporta son demi dehors, en se demandant ce qu'il foutait là. Le vertige de faire les choses à l'envers, l'impossibilité de retrouver son chemin, les intentions confuses qui le guidaient, tout lui parut confiner à l'absurde. Pour quelle raison était-il ici ? Pour qui, pour quoi faisait-il les choses ? Pour se rapprocher de Clarisse ? Pour lui prouver qu'il avait un cœur lui aussi, et qu'il pouvait prendre les choses en main ? Pour solder une vieille culpabilité à l'égard de Franck, qui n'avait jamais rien réclamé de tel ? Simon n'en savait rien. Il agissait parce qu'il le fallait, parce que ne rien faire aurait signifié la fin d'un monde, et qu'il n'était pas prêt pour ça.

— Il y a trois Nau N-A-U à Saumur, annonça Clarisse quelques minutes plus tard en cherchant sur son téléphone. Et deux Neau N-E-A-U.

— Ok, on verra demain. Là, il est trop tard pour rentrer. Saumur, c'est à mi-chemin. On ira demain matin.

— Tu veux qu'on dorme à l'hôtel ?

— C'est mieux, je crois. T'en fais pas, je paie les chambres. Et le dîner.

— La chambre, lui dit-elle en lui passant la main dans le dos.

On avait changé de dimension. Soufflée par sa propre audace, Clarisse regardait ses chaussures. Elle n'osait plus parler. Elle s'était avancée seule, pour une fois, sans anticiper les conséquences. C'était à quitte ou double. Elle avait jeté tout ce qu'elle avait ou presque. Elle posa sa main en évidence sur la table. Elle compta dans sa tête, le temps qu'il faudrait à Simon pour la voir et la saisir. À dix, elle l'enlèverait. À quatre, il posa sa main sur la sienne, les yeux toujours absents. Il hésite encore, pensait-elle, alors qu'entre l'esprit et le cœur de Simon, une digue s'était rompue, qui séparait ce qu'il aimait et ce qu'il souhaitait.

Il n'avait plus rien à opposer à ses sentiments. Il n'avait plus rien.

— C'est non ? demanda Clarisse en relevant les yeux.

— Tu sais, je suis un romantique. Faut me laisser le temps.

Ils roulèrent encore une heure, et s'arrêtèrent dans un hôtel à Amboise. À leur arrivée, le parking était plongé dans la nuit, le froid était tombé, et leurs respirations produisaient une vapeur blanche comme de la laine. Ils se douchèrent puis dînèrent au restaurant. De retour à l'hôtel, ils se déshabillèrent mutuellement avant d'entrer dans le lit qui grinçait, en pouffant de rire et en essayant de ne pas faire trop de bruit. L'éclairage des lampes à sodium traversait volets et rideaux, si bien qu'ils pouvaient voir, dans la chambre éteinte, leurs corps appuyés l'un contre l'autre sous les couvertures. Les murs étaient tendus d'un papier peint vieux rose avec fleurs en boutons et épines. En face du lit, se trouvait une reproduction de Sisley, *Le Canal du Loing*, et une *Vue du château royal depuis la Loire* au crayonné, sur lesquelles la lumière du matin, timide et pâle, vint frapper par l'espace entre les rideaux.

Simon embrassa Clarisse sur la tempe. Il resta penché un long moment avant de demander :

— C'est quoi cette histoire d'enveloppe ?

— C'est Franck. Il avait préparé des choses pour nous deux. Sa mère me les a données. Elles sont chez moi.

Ils prirent leur petit déjeuner en regardant la fragile animation sur le parvis de la gare. Clarisse reprit le volant et ils roulèrent le long de la levée, arrivant dans les faubourgs de Saumur en milieu de matinée, avec trois adresses trouvées dans l'annuaire. Ils se garèrent d'abord devant une petite maison en tuffeau et une mamie vêtue d'un tablier qui faisait son jardin. Pas d'Aurélia ici. La deuxième adresse correspondait à un pavillon dans une zone résidentielle : deux garçons, âgés d'une dizaine d'années, jouaient au basket devant la porte du garage, un homme avec de la barbe réparait des vélos.

— Plus qu'une.

Simon commençait à avoir faim. Ils se rendirent à l'autre bout de la ville, dans un quartier de petits immeubles décatis, installés en arc de part et d'autre d'une allée silencieuse au bitume cassé. Simon tenait à la main une chemise à rabats.

— Qui lui annonce ?

— Toi. C'est mieux si c'est toi, elle te connaît.

Ils trouvèrent le numéro 14. La porte était ouverte. Clarisse entra, laissant Simon parler à l'interphone.

— Elle descend.

Ils entendirent une porte s'ouvrir, et des pas résonner sur les marches. Clarisse observa la jeune femme aux cheveux courts et aux ongles vernis. Elle n'arrivait pas à les imaginer ensemble, avec Franck. Aurélia s'approcha de Simon.

— Je t'aurais pas reconnu. Ça fait quoi, quatre ans ?

— Ouais, à peu près. C'est à propos de Franck, dit-il en se retournant vers Clarisse.

L'échange dura quelques minutes. Clarisse se tenait un peu à l'écart, s'attendant à voir Aurélia réagir. Pleurer, peut-être pas, mais au moins rompre ce calme étrange qu'elle affichait, mais rien n'arriva. À un moment, un bruit dans les escaliers se fit entendre, léger et rapide, et une fillette de cinq ou six ans passa la tête au-dessus de la rambarde.

Simon lui fit un clin d'œil, l'air gêné. La fillette, un grand sourire édenté, lui rendit son salut.

— Viens dire bonjour.

— La dernière fois que je t'ai vue, tu faisais cette taille, lui dit-il, ses deux index espacés à la longueur approximative d'une chaussure.

— C'est des amis de ton papa. Tu te souviens de Simon ? On a habité avec lui. Mais ça se passait pas très bien. Alors on est partis, ajouta-t-elle avec une ironie un peu théâtrale, laissant résonner ses derniers mots.

Ils restèrent encore un instant dans le hall. Elle ne leur proposa pas de monter. Consterné par la manière dont les choses s'étaient finies, des années plus tôt –, Simon tira de la chemise qu'il tenait un document avec des coordonnées et un en-tête bleu et rouge. Aurélia le prit sans le lire, et leur dit au revoir d'une manière mécanique, avant de remonter les escaliers avec sa fille dans les bras. Ils quittèrent l'immeuble et s'éloignèrent dans l'allée dont le vent rabattait les branches tordues.

— C'était bizarre, dit Simon.

— Un peu plus que ça. Elle n'avait pas l'air triste, ni surprise. Et la petite, on dirait Franck. Elle a les mêmes yeux, la même bouche. C'est incroyable.

— C'est lui en fille. Bon, ça s'arrête là. On a fait ce qu'on devait faire, non ?

— Tu t'en veux ? Tu te dis que t'aurais pu les sauver ? demanda Clarisse doucement.

— Peut-être.

— T'aurais pas pu. Moi aussi, à ta place, je leur aurais demandé de partir.

Ils remontèrent en voiture et restèrent silencieux la demi-heure qui suivit. Les premières gouttes tombèrent peu après Angers, s'écrasant sur le pare-brise en laissant une corolle de la taille d'une cerise, suivies de véritables trombes d'eau que les essuie-glaces de la Clio avaient toutes les peines à chasser. Clarisse roulait en troisième sur la voie de droite, phares allumés. On ne distinguait plus la chaussée au-delà d'une dizaine de mètres. Ils finirent par s'arrêter sur une aire d'autoroute et s'achetèrent des sandwichs dans une station-service. La télé diffusait des images d'arbres déracinés, de voitures renversées et de vagues se brisant sur des phares et des pontons. Ils profitèrent d'une accalmie pour reprendre la route, arrivant en ville vers 14 heures alors que les rues s'étaient vidées en prévision de la tempête.

— Tu vas rentrer chez tes parents ? Avec ce temps ?

— Ouais, je pense. C'est juste un coup de vent. Pourquoi pas ?

— Si je te demande, c'est parce que je veux que tu restes avec moi.

— Là c'est différent. Je te rappelle que j'ai un cœur de pierre, il faut bien m'expliquer les choses, ajouta Simon en se garant devant l'immeuble de Clarisse.

Ils sortirent en courant sous la pluie diluvienne, capuche sur la tête, Clarisse cherchant ses clés sous le paillasson, parmi les objets balayés et les restes d'une jardinière éclatée au sol. Elle souriait, Simon aussi. Chez elle, il suspendit son manteau au radiateur et enleva ses chaussures. Elle fouilla dans les tiroirs de la cuisine, dénicha deux sachets de thé et brancha la bouilloire. Pour elle : la tasse avec l'île d'Ithaque, pour Simon, un mug jaune et vert envoyé par Louise depuis l'Afrique du Sud. Lorsqu'elle passa la tête dans le salon, Simon était posté à la fenêtre, les mains dans le dos. Il se retourna.

— Qu'est-ce qu'on fait avec les enveloppes ?

13.

Le ciel était couleur de suie, les nuages chassés par le vent changeaient sans cesse de forme. Clarisse attendait Franck, le jour de sa libération, seule au pied des murs cyclopéens. Vue de l'extérieur, rien ne permettait de distinguer la maison d'arrêt des casernes bâties vers 1880, à la place des bagnes encombrés de vagabonds et de voleurs de poules. La même enceinte lézardée où les fers laissaient des coulures rousses, si ce n'est que les murs de la prison étaient hérissés de tessons de bouteilles et de grands filets noirs, tendus sur des mâts et des câbles, installés pour empêcher les familles des détenus de leur catapulter du shit, de l'argent ou des cigarettes.

Depuis son incarcération, Clarisse venait le voir à chaque visite autorisée. Elle présentait ses papiers, vidait et remplissait son sac en tissu, puis se rendait au parloir accompagnée d'un surveillant. Six mètres carrés qui sentaient la sueur, le linge humide et le tabac froid, une table, deux chaises, une peinture bleue avec des esquilles d'une pâleur de craie, deux portes grillagées comme celles d'un puits. Dans les couloirs, à travers la treille en acier rouillé, on distinguait tout en bas l'abîme de la cour dans laquelle plongeaient la muraille.

Ils parlaient peu, chacun posant des questions à tour de rôle. Quelqu'un avait dessiné une bite et une chatte au plafond, que l'on n'avait pas eu le temps de repeindre. L'unique ampoule était vieille, et régulièrement la lumière sursautait. Franck avait maigri. Il avait des poches sous les yeux, et un tatouage à l'aiguille qu'il lui montra fièrement en retroussant la manche de son pull. Aux yeux de tout le monde (les autres détenus, les matons), Clarisse passait pour la copine de Franck, lequel ne faisait rien pour les détromper. Il lui prenait les mains, la serrait contre lui.

— Encore.

— Tu m'étouffes.

— T'imagines pas.

Il lui racontait des histoires de taulard. Le pédé poignardé à la promenade avec un stylo-bille. Son nouveau compagnon de cellule, dont le boulot consistait à convoyer des putes depuis la frontière autrichienne jusqu'à Lyon. Des gamines que l'on terrorisait à la moindre incartade pour les empêcher de foutre le camp des hôtels miteux où elles logeaient à six par chambre. Il laissait le silence se faire. Il ménageait le temps qui leur était octroyé, toujours trop court. Puis il demandait des nouvelles du dehors (il disait « dehors » ou « là-bas », même lorsqu'il s'agissait d'un lieu distant d'à peine quelques rues).

— T'as vu ma mère ?

— Elle t'embrasse. Elle a peur de venir.

— Tu lui as parlé ?

— Je suis restée dix minutes. On a discuté de ce que tu ferais en sortant. Elle se fait du souci.

— Deux meufs pour s'occuper de moi. Comme on peut pas compter sur les potes, dit-il en se balançant en arrière.

— Il est venu le mois dernier.

— Il est venu en janvier. On est en mars. C'est à cause de sa copine. Tu sais qu'il a une copine ?

Franck lui parlait de Simon, de ses conquêtes, de ses études, comme si ce dernier avait fait un choix dont il était naturellement exclu. À vingt et un ans, deux années de perdues constituaient un gouffre infranchissable. Simon marchait de l'autre côté, une simple silhouette au couchant ; il pouvait le voir, mais impossible de l'atteindre désormais. On lui avait purement et simplement retranché une partie de sa vie. Clarisse sortait de là épuisée, blessée dans ses sentiments, résolue à s'épargner une nouvelle séance. Mais elle revenait. Par fidélité, par amitié, par pitié aussi, qu'elle dissimulait autant que possible, sachant le mal qu'elle lui ferait s'il voyait dans ses yeux quelque chose de cet ordre.

Le jour de sa libération, elle vint le chercher et attendit sur une portion de trottoir abritée par la ramure d'un acacia. On le fit sortir avec vingt minutes de retard. Il tenait un sac à carreaux contenant toutes ses affaires, écoutant, tête basse, une assistante sociale lui montrer des papiers dans un dossier en carton.

Ils prirent le tram jusqu'au château, puis traversèrent le pont métallique. L'unique commerce de l'île (à l'exception d'un bar minuscule) était une épicerie dont le rideau tombait presque toujours en panne, si bien qu'il fallait le plus souvent se baisser pour entrer et accéder aux rayonnages. Franck acheta quatre cannettes de bière, qu'il entreprit de vider, assis en tailleur dans la chambre de Clarisse.

— Il faut que je passe à la banque. Je dois recevoir un virement. Un gars qui me doit du fric. Je dois me racheter des fringues, et d'autres trucs. Après, j'irai voir ma mère. Tu pourras m'emmener ?

— T'as une idée pour la suite ?

— Je me laisse deux ou trois jours, une semaine max, pour me retaper, ensuite je vais faire le tour des boîtes d'intérim. Y aura forcément un truc pour moi. Je vais pas te faire chier longtemps, t'inquiète.

— Tu peux rester le temps qu'il faudra.

— Je me comprends. Merci de m'accueillir. J'ai plus que toi, on dirait.

Le dîner fut arrosé, un peu gênant malgré la bonne volonté de chacun, Franck insistant pour ressortir acheter du vin avec la monnaie récoltée autour de la table. Il fut rapidement ivre, et commença à raconter des épisodes de sa détention tous plus sordides les uns que les autres, inutilement agressif avec Sébastien qui pourtant l'accueillait sans poser de condition. Les raisons pour lesquelles Clarisse avait accepté de l'héberger étaient obscures, même pour elle : un reste d'affection, la fierté d'accomplir un geste en apparence désintéressé, la solitude.

Elle avait téléphoné à Simon pour le prévenir. Il ne lui avait pas répondu. Ils ne se voyaient plus, et – cette fois – c'était de sa faute à elle : parce qu'elle avait pris pour argent comptant ce que Simon, en pleine descente, lui avait annoncé, sa belle tête livide posée sur ses genoux tandis qu'elle lui caressait les cheveux : *On n'est pas du même monde* ; sa peau glacée, d'une pâleur de faïence – des aveux auxquels, venant d'un autre, elle n'aurait accordé aucun prix. Venant de Simon, c'était comme un coup de couteau dans le ventre.

Lumières éteintes, Franck vint la rejoindre dans son lit, comme s'il cherchait à prolonger la fiction de leur romance imaginaire. Son corps n'avait pas changé, musclé et noir. Elle le laissa faire, en souvenir du passé. Sa vie sentimentale était inexistante. Franck, au moins, éprouvait quelque chose pour elle. De l'amour, de l'amitié, un mélange des deux, elle s'en souciait assez peu, finalement. C'était une présence, la seule qui témoignait d'une vie qui ne s'était pas réalisée, mais qui existait pourtant, comme une promesse endormie sous la neige. Elle s'accrochait à cette pensée, qui rendait sa valeur au monde qui l'entourait, et à son propre avenir.

Le lendemain matin, lorsqu'elle se réveilla, Clarisse fit le tour de la maison sans trouver trace de Franck. Il manquait de l'argent dans son sac. Elle prépara du café, travailla un peu et se rendit en cours pour 11 heures. Elle terminait sa licence de Lettres. Elle était première de sa promo à l'issue des partiels de janvier ; elle avait fini en tête dans quasiment toutes les matières, en première et deuxième années, sauf en latin (3e les deux fois) et en linguistique où elle s'efforçait par coquetterie de ne rien comprendre. À son retour, Franck était assis sur son lit, remplissant des formulaires. L'argent était sur sa table de chevet.

— J'avais besoin de fric pour prendre le bus. Tu peux recompter. Je me suis acheté un téléphone, je vais te filer mon numéro.

— Je n'ai pas de portable. Tu as mangé ?

— Comment on peut te joindre ?

— Il y a le téléphone dans l'entrée. Le numéro est écrit dessous.

Le samedi suivant, empruntant la voiture de son père, elle déposa Franck devant la maison de la famille Aubert, en lisière de la forêt. Ils burent du café, servi avec des gâteaux mous et friables. Clarisse écouta la mère de Franck se lamenter pendant que son fils cherchait quelque chose dans les tiroirs de la commode. Puis il monta dans sa chambre. On l'entendait déplacer des meubles et jeter des objets sur le sol qui résonnaient au-dessus de leurs têtes. Au bout de dix minutes, il redescendit, très agité.

— T'as laissé monter l'autre crevard ? Il est où ?

— Il dort.

— Où est le pognon ?

— Les flics ont tout pris.

— C'est des conneries, je veux mon fric.

Sa mère baissa la tête. Franck donna un coup de pied dans une chaise, puis attrapa Clarisse par le bras.

— Viens, on se tire.

Il traversa la pelouse encombrée par des bidons de lessive, des pneus et des cadres de vélo, et attendit dans la voiture, côté passager.

— J'avais de la thune planquée, je comptais dessus. Les flics, c'est ça ouais. Ils ont tapé dedans pendant que j'étais en taule.

Elle démarra, intimidée et silencieuse. Elle le laissa à l'entrée du pont métallique, puis retourna quartier Bailly déposer la voiture chez son père. La maison de la rue Marat était éclairée. Elle trouva son père et sa sœur en train de regarder *Casablanca*.

— Les clés, dit-elle en lançant le trousseau sur la table du salon.

Louise s'était réfugiée ici depuis sa rupture avec son copain, deux semaines auparavant, débutant un cycle qui voyait les deux sœurs se retrouver aux prises avec leur passé, chacune à sa manière. Pour Clarisse, il s'agissait de s'occuper de Franck sans se laisser dévorer. Pour Louise, c'était dans l'énergie obstinée qu'elle mettait à mener de front ses études et la fin de son histoire avec Virgile, un garçon taciturne qui prétendait vouloir faire du cinéma, et avait visiblement des problèmes à résoudre. Aux yeux de Clarisse, un fainéant doublé d'un beauf de la pire espèce, manipulateur sans envergure, pensant avoir mis le grappin sur une fille qui, quoi qu'il arrive, s'accrocherait désespérément à lui parce qu'elle n'avait personne d'autre, parce que sa mère était morte et que son père buvait. Louise lui faisait la cuisine, lui lavait son linge, et travaillait après les cours dans une sandwicherie pour payer le loyer.

— Quitte-le, lui avait ordonné Clarisse. Maintenant. Tu prends tes affaires et tu pars.

— On s'aime.

— Arrête. Tu pars ou c'est moi qui viens te chercher.

Franck s'était installé dans la chambre de Clarisse. Au début du mois de juillet, Clarisse coucha avec un copain à lui, à l'occasion d'une fête organisée pour les cinquante ans de Sébastien. Dans la foule des invités saoulés à la vodka et hochant la tête en un long balancement hypnotique, Franck avait retrouvé un type qu'il connaissait pour lui avoir dépanné un peu de coke, dans des circonstances équivalentes (une soirée dans une cave). Le type avait les cheveux coupés court, des écarteurs dans les oreilles, des tatouages sur les bras, aux poignets, dans le cou et la nuque, un pantalon de chantier rapiécé et des chaussures de skate couturées de traces de colle. Il était grand, beau, baraqué, avec des yeux d'un noir profond, au magnétisme un peu trouble, tournés en direction de Clarisse. Ce soir-là, elle avait déjà pas mal bu, de son propre aveu. Le garçon inconnu l'avait entraînée dans une chambre à l'étage. Ils s'étaient déshabillés dans le noir et il l'avait pénétrée sur le lit, et le reste s'était déroulé comme dans un rêve éloigné dont elle s'éveilla en catastrophe en entendant la voix de Franck résonner dans la cage d'escalier.

Il la gifla. Elle resta sans réaction. On ne l'avait jamais frappée. Le lendemain, il quitta sa chambre et emménagea dans une sorte de réduit au dernier étage, inoccupé depuis des lustres sinon par une colonie de chauves-souris qu'il délogea à coups de raquette de tennis.

Assise sur son lit, à la fois effrayée et humiliée, ressassant la colère et le mépris qu'elle n'était pas en mesure d'éprouver pour Franck, Clarisse l'entendait monter et descendre les marches, et proférer des menaces qu'elle était heureuse de voir se dissiper dans le demi-jour des volets chauffés par le soleil.

— Je le connais, ce fils de pute. Je le retrouve et je le tue. Je lui casse les jambes.

Après environ une semaine de réclusion, un matin, elle se leva, fila sous la douche, se lava les cheveux et prit une résolution qui l'occupa pleinement les vingt-quatre heures suivantes. Soit le temps qui lui était nécessaire pour faire ses bagages, trier les affaires qu'elle avait accumulées, donner ce dont elle n'avait plus besoin. Et quitter la maison où elle avait vécu les trois dernières années.

Elle entassa les sacs dans la voiture de son père, et traversa la ville, déchargea ses affaires dans l'entrée puis monta au deuxième. Son lit était fait, la couette lissée, l'oreiller par-dessus avec sa peluche éléphant. Rien n'avait changé : sa bibliothèque, sa chaîne hi-fi, son secrétaire et son pouf jaune. Elle vida de nouveau sa penderie remplie d'affaires trop moches qu'elle avait déjà dit mille fois à son père de vendre ou de jeter, et d'objets dont elle ne souhaitait pas s'encombrer, posters roulés, chaussures, sacs, papiers, vieux machins, qu'accroupie entre les portes, les deux bras plongés dans la pénombre poussiéreuse, elle ressortait un à un et entassait sur le plancher.

Elle comprenait parfaitement que Franck lui en veuille, même si rien n'avait jamais été clairement délimité entre eux (et peut-être justement pour cette raison : sans doute aurait-il mieux compris qu'elle le chasse dès le départ, à défaut de se jeter dans ses bras. Ils étaient restés dans une nuance qu'il avait du mal à saisir, du fait de son histoire et de son caractère). Elle aurait souhaité lui expliquer ce qu'il s'était passé cette nuit-là. Elle n'avait pas prévu de coucher avec ce type, en tout cas pas comme ça. Sur le coup, elle avait eu presque aussi honte de son acte que de ses conséquences. Mais il ne lui avait pas laissé la possibilité de s'exprimer. Il avait préféré tout détruire. Ça, Franck savait faire.

Il disparut au mois de septembre 2005. C'est-à-dire qu'elle lui laissa un message à la fin du mois d'août, qui resta sans réponse, et qu'en se rendant à la maison sous un prétexte quelconque, une fille qu'elle n'avait jamais vue lui répondit qu'il était parti. En octobre, elle commença un mémoire de maîtrise intitulé : *Julien Gracq, relations de pouvoir et structures urbaines*, sous la direction de Philippe Pastureau. Il pesait 130 kilos, parlait d'une voix de basse et donnait ses rendez-vous dans un bureau minuscule qu'il partageait avec Cécile Barillet-Hoerschwiller, spécialiste de la littérature allemande du XIXe siècle. La pièce était intégralement occupée par des bureaux et des armoires, avec vue sur les clochers, les roseaux, les bois et les maisons style ranch ou hacienda de l'autre côté de l'estuaire. Une ancienne zone marécageuse distante d'un peu moins de trois kilomètres à vol d'oiseau, mais qui semblait se situer sur une autre planète.

Elle avait obtenu sa licence à 14,5 de moyenne. Ses professeurs croyaient en elle. Elle-même trouvait dans l'étude une manière d'occuper les heures, de saturer son esprit, de moins souffrir. Elle ne s'attendait plus à voir Simon. Elle traînait un peu dans les couloirs, dans l'espoir de le retrouver. À vingt-deux ans, elle avait déjà des regrets à ne plus savoir qu'en faire.

Un jeudi de novembre, alors qu'elle ne sortait quasiment plus, elle se rendit à une soirée organisée dans un ancien entrepôt, invitée par deux garçons de sa promo qui discutaient de leurs recherches, tandis qu'elle sirotait, mal à l'aise son quatrième verre de punch. Une fille était arrivée aux alentours de 11 heures du soir, une brune avec des cheveux bouclés, vêtue d'une chemise en jean, d'un pantalon de travail et de sandales dont le cuir avait noirci.

À un moment, elle s'approcha de l'un des garçons pour lui demander du feu.

— Nora, Clarisse.

Elles avaient discuté pendant plus d'une heure, buvant du punch sous les verrières puis dans la fraîcheur de la nuit, abritées par le magnolia de la cour.

— Je vais aux toilettes, je reviens, avait dit Clarisse vers minuit, mais en revenant, Nora était partie.

Elle la chercha à l'intérieur, dans la foule, dehors sur le trottoir, personne. Alors qu'elle s'apprêtait à quitter la soirée, une main se posa sur son épaule.

— Je ne savais pas où tu étais, dit Clarisse (pourquoi lui dire un truc pareil ?).

Elles s'éloignèrent.

— Je peux t'embrasser ? demanda Nora.

Clarisse se mit à rougir. Elle avait bien pressenti quelque chose mais elle n'était sûre de rien. C'était tellement surprenant qu'elle avait du mal à réagir, comme si elle s'apprêtait à sauter dans le vide.

— Juste ça, alors, dit-elle encore tout en sentant les lèvres de Nora se poser sur les siennes, sucrées et délicates.

Elle se réveilla le lendemain matin dans une chambre inconnue. Les étagères étaient couvertes de livres et de petits objets (boîtes à musique, éventails, masques japonais, photos encadrées, bâtons d'encens à demi consumés). Elle distingua les contours d'une armoire en toile et en bambou qui devait servir de penderie. Un bureau avec des documents empilés. Une table de nuit avec un réveil, une lampe et une bouteille d'eau. Puis les cheveux de Nora attachés en tresse, tombant de son épaule nue.

En essayant de faire bouger le matelas le moins possible, Clarisse se pencha pour voir son visage, puis respira sous les draps l'odeur de sexe et de transpiration. Elle referma les yeux, paniquant un peu, et ne les rouvrit qu'à midi.

— Je dois partir.

Nora, seins nus, était assise de son côté du lit.

— Tu peux rester, tu sais. Je vais pas rentrer tard.

— Je dois repasser chez moi. J'ai des trucs à faire.

— On ne va plus se revoir, c'est ça ?

Clarisse secoua la tête, se redressa et l'embrassa sur la bouche, en glissant sa main dans ses cheveux qu'elle avait détachés. Longtemps après avoir quitté l'appartement, elle garda l'impression qu'on avait fait de son cœur un ballon qui s'envolait au-dessus d'elle dans l'immensité de la ville. Elle ne s'était pas sentie aussi bien depuis longtemps, comme si ce qu'elle venait de faire (qui lui donnait encore des frissons, et qu'elle n'aurait envisagé la veille que drapé d'une étrangeté inquiète) était le prix de la consolation. Ce qu'elle n'analysait pas, c'était ce dont elle venait inconsciemment de se séparer. La vie avec Simon n'avait jamais semblé plus lointaine. Elle blâmait Franck pour son impulsivité, son désir immature de tout avoir, ou de tout casser, la soudaineté avec laquelle il était capable de rompre les liens. Elle venait (froidement et symboliquement) de faire exactement la même chose.

Personne ne s'était opposé à la décision de Nora d'entreprendre à dix-huit ans une carrière de comédienne. Personne, en fait, ne s'opposait sinon symboliquement à ses entreprises. Fille unique de parents aux idées larges, elle avait toujours obtenu tout ce qu'elle voulait ou presque, et Clarisse en faisait partie.

Elle habitait à côté du jardin zoologique. De ses fenêtres, jaillissant des ramures, retentissaient des beuglements et des cris d'oiseaux tropicaux. Elle partageait l'appartement avec Marc-André Garin, metteur en scène de la compagnie avec laquelle, depuis sa sortie du conservatoire, elle répétait dans les locaux d'un ancien patronage.

— Raconte-moi.

— Quoi ?

— Les autres. Garçons ou filles ?

— Garçons, répondit Clarisse en laissant sa tête appuyée sur les cuisses de Nora.

Elle créa des individus composites, à partir de fragments de Hughes dont ils possédaient la douceur et la vaste carrure, la bonne éducation et le besoin de protéger ; des autres une sorte d'immaturité insouciante, arrêtée dans le temps et dans la lumière. Clarisse répondait avec facilité, piochant alternativement dans ses souvenirs, ajoutant ou retranchant des détails à ces longs portraits chancelants.

Franck disparut sous les traits de son frère, mort dans un virage. Un dépucelage un peu violent, de l'héroïne, des arrestations. On dormait dans des maisons abandonnées. Franck faisait des dessins dans des carnets. À sa sortie de la prison pour mineurs, une fuite de dix jours, la police aux trousses, elle lui avait proposé de se jeter d'une falaise.

— J'étais folle, à l'époque.

Nora la dévorait des yeux. Clarisse aimait ça. Elle n'avait pas l'impression de mentir ; c'était comme si elle repartait de zéro. De cette fable, Simon ne fit jamais partie.

Consciemment ou non, elle le gardait avec jalousie dans un endroit dont elle seule possédait la clé, repoussant les questions de Nora lorsqu'elle s'en approchait de trop près (« tu as déjà aimé quelqu'un ? Aimé vraiment ? »), dissimulant tout ce qui s'y rapportait, comme ses regrets lamentables qui lui collaient au ventre.

— Je suis ta première fille ?

Elle fixa le mur, le temps de réfléchir. Elle décida de poursuivre son avantage, et combina ses souvenirs de Stéphanie (qui l'avait embrassée dans un placard) avec une expérience à trois purement fictionnelle à laquelle elle aurait participé à l'issue d'une soirée arrosée. C'était facile, fluide, sans remords, presque sans risques. Elle s'offrait un luxe que la vie lui avait refusé, celui d'être aimée et de pouvoir choisir, comme une correction. Pour finir, elle trouvait à ce passé inventé une valeur identique à celui, bien réel, qu'elle traînait dans son ombre depuis beaucoup trop longtemps.

Clarisse aurait pu dire : *elle est entrée dans ma vie*, mais la réciproque était vraie. Elle accompagnait Nora partout ; les soirées dans les bars, les salles de spectacle poussiéreuses, où elle assistait plusieurs fois par semaine aux répétitions de la troupe. La pièce dans laquelle Nora jouait racontait le déchirement à la fois sentimental et idéologique d'un couple d'intellectuels argentins qui, pendant la dictature, avaient trahi des camarades ou donné des noms. Au pied de la scène, tenant le texte épais comme un bottin, Clarisse regardait Nora, fascinée par elle, son personnage, les sentiments qu'elle endossait.

La pièce fut jouée à sept reprises dans une petite salle, pour un public clairsemé enfoncé dans les fauteuils rouges d'un ancien cinéma. Au printemps, Nora commença à passer des concours. Elle traversa plusieurs fois la France pour présenter des scènes. Elle dormait dans les trains et des chambres d'hôtel d'où elle téléphonait à Clarisse, la télé en bruit de fond, lui restituant avec méticulosité l'entassement des candidats dans les couloirs parquetés, les salles noires, les jurys hautains ou bien faussement avenants, tenant eux aussi leurs rôles. Tout était faux. Et puis vint le fameux coup de fil :

— Je suis prise à Paris.

Clarisse bredouilla quelque chose. Elle aurait juré que son corps, l'espace de quelques instants, avait cessé d'exister. Elle se sentait elle-même repoussée le long des parois froides, dans un couloir interminable où ce qu'elle redoutait le plus – l'échec personnel et l'abandon – prenait forme sous ses yeux. Mais au même moment où tout paraissait s'écrouler autour d'elle, tout s'illumina :

— Tu viendras avec moi ? Tu vas pas passer ta vie ici.

Et puis :

— Je te préviens, je pars pas sans toi.

14.

Parfois, avant de s'endormir, Franck se voyait courant à perdre le souffle entre les arbres d'une forêt antique, prélude à un assemblage de visions rituelles qui suivait un schéma rigoureusement répétitif. Au bout d'un moment, il parvenait au rivage où le crépuscule illuminait la surface des flots. Il demeurait assis un moment en haut d'une falaise puis, par un chemin de pierre brûlant, arrivait à un endroit où la côte s'avançait dans la mer. De là, on pouvait descendre au moyen de barreaux fixés dans la paroi, et gagner une plage de sable fin à l'eau turquoise. S'y trouvait une maison de pêcheur où Clarisse, en short et T-shirt noué sous la poitrine, était occupée à ramasser des coquillages.

Puis il fallait bien ouvrir les yeux, la bouche pâteuse, en sueur, au milieu de la matinée, dans un squat aux volets clos, avec des chiens, des boîtes de bière et de la nourriture avariée. Franck dormait tout habillé, la lumière du jour ressemblait à une plaie ancienne, supportable tant qu'il ne remuait pas la tête. Tant qu'il n'esquissait pas le plus léger mouvement qui eût modifié les équilibres de l'éternelle gueule de bois dont il connaissait chacun des effets.

Finalement, après une heure à écouter les bruits (quintes de toux, grincements et cris), il commençait à remuer avec beaucoup de soin différentes parties de son corps, pour certaines tellement vagues et ankylosées qu'elles n'obéissaient qu'avec un retard de plusieurs secondes.

Rien dans le frigo, deux grands verres d'eau avalés avec des cachets, une cigarette et par la fenêtre entrebâillée le même paysage sinistre, à cheval entre la ville et la banlieue. Il ne lui restait plus qu'à déguerpir à la poursuite d'une perspective quelconque.

Franck fuyait ses propres pas comme s'il était pris en chasse, le temps n'avait plus ni cadre, ni épaisseur. Les événements se superposaient les uns aux autres (le froid, la pluie, l'alcool, les coups de pied ou de couteau, les mois et les saisons, les heures passées à marcher pour chercher un endroit où dormir, comme un abri dans un âge sombre). Il y avait des périodes d'accalmie qui paraissaient durer une éternité : un été sur une plage portugaise ; quatre mois dans l'appartement d'une étudiante en art, sous la couette, à regarder les étoiles par le chien-assis. Mais une fois consumés, ces moments n'avaient pas plus de réalité que sa propre mort. Son unique repère demeurait le jour de fin d'été où il avait quitté la maison rue Basse des Tonneliers, passant le pont métallique avec ses bagages, deux mois après le départ de Clarisse.

Ce jour-là, il avait erré une bonne partie de la matinée, puis était allé sonner chez Simon dont les volets étaient fermés et qui ne répondait pas au téléphone. Personne. Le soir commençait à tomber, alors il avait poussé d'autres portes et fini par s'allonger dans un sous-sol où il avait passé la nuit en fumant un reste d'herbe que Sébastien lui avait offert pour son départ. Le lendemain, se rendant à la gare routière, il regagna la maison de sa mère, observant de loin, depuis la forêt, les éclairs de la télé qui frappaient les cloisons. Il toqua à la porte, en se jurant de ne pas rester plus de temps que nécessaire. Il lui fallait sortir la tête de l'eau, retrouver sa vie.

— J'ai plus d'endroit où aller.

Sa mère le serra contre elle, lui prépara des spaghettis à la crème et à la poitrine fumée que le paralytique lorgnait depuis son fauteuil, rencogné derrière la cuisinière, en buvant du pastis. L'automne passa, puis l'hiver. Il ne faisait rien de particulier de ses journées, feuilletant de vieux magazines, fumant le shit que les flics n'avaient pas trouvé, et ruminant ses griefs envers Simon, Clarisse, la Terre entière. Un jour, sa mère lui annonça :

— On n'a plus d'argent. À trois, c'est trop juste.

— T'en fais pas, je vais pas rester longtemps.

Il fit ses bagages le lendemain, l'embrassa et s'éloigna à grands pas. Il se sentait seul, pauvre et abandonné. Il aurait aimé s'appuyer sur son frère, l'étrange pouvoir qu'il avait de se sortir de l'adversité, mais Tony dormait sous la terre dans le cimetière municipal. Il ne lui restait plus personne. Accaparé par une vie qu'il imaginait ample, confortable, Simon ne lui était d'aucun secours. Clarisse l'avait trompé, lui avait menti. Il se sentait trahi, ce qui rajoutait à sa souffrance.

Dans les semaines qui suivirent la mort de Tony, leur mère était demeurée couchée dans un état de prostration animale, refusant de se laver et repoussant toute nourriture. Ne restait que le silence, rayé par les bruits de la télévision et les grincements du fauteuil de l'oncle. Franck s'installa dans la cabane abandonnée, avec le chien et quelques affaires, pensant échapper aux lamentations, avant de revenir à la maison au bout de quatre jours, victime d'une bronchite et couvert de puces. Il mit longtemps à réaliser. Il fumait beaucoup. Il n'avait plus le droit de voir Simon, ses parents raccrochaient lorsqu'il appelait chez lui. Tony n'allait pas revenir cette fois-là. Sa voix résonnait encore dans les pièces de la maison. À quinze ans, Franck était livré à lui-même, à la tête d'une affaire dont il n'était pas certain de pouvoir assumer la charge, gorgé de tristesse silencieuse.

Le téléphone de Tony n'arrêtait pas de sonner, alors Franck reprit peu à peu les activités de son frère, sa chambre, sa liste de contacts, les rouleaux de billets cachés dans des sacs à zip, la balance électronique. Les clients réclamaient, les grossistes réclamaient, il y avait des factures à payer, l'électricité, l'eau, sa mère allongée dans le noir, les placards vides, l'oncle dans son fauteuil roulant : il fallait bien faire quelque chose.

Il découpait le shit en regardant d'un œil distrait des vidéos sur le poste minuscule, interrompu par les messages qu'il recevait et auxquels il devait répondre. Il n'avait pas tellement de temps pour se plaindre ou réfléchir. Il fixait des rendez-vous qui s'étalaient jusqu'après minuit. Il revendait aux ados sur le terre-plein derrière le stade de foot. Les adultes, qui avaient de plus gros revenus ou étaient plus susceptibles de discuter, marchander, quémander, avaient droit à des rendez-vous individuels fixés dans des endroits sûrs, à la tombée de la nuit, la marchandise chargée sous la selle du scooter prêt à partir.

— J'attends mon RMI. Je te paie demain.

— Pas possible.

— Allez, putain. Demain.

— Dégage. Tu reviendras quand t'auras le fric.

Il ne fit crédit qu'une seule fois, des années plus tard, à un ancien du collège qui était parti se défoncer à l'œil avec ses copains, en se vantant partout de l'avoir entubé de 800 balles. Franck laissa passer quelques jours puis l'attendit alors qu'il sortait de chez son patron. Il le tabassa méthodiquement, lui cassa deux doigts et pour finir approcha de sa joue la pointe d'un couteau.

— Arrête, arrête !

— Je veux mon fric demain. Avec 200 balles de plus.

Le lendemain après-midi, une fille lui apporta la somme en billets de 100 pliés dans une enveloppe. Franck prit l'argent et dit :

— On se connaît, tu sortais avec Simon au bahut. C'est ton mec, l'autre tocard ?

Magalie secoua la tête.

— Simon, c'est de l'histoire ancienne.

— Qu'est-ce que tu deviens ?

CAP coiffure, en apprentissage dans un salon de la zone commerciale.

— On pourrait se revoir, tous les deux. Tiens, garde-les, dit Franck en lui tendant les 200 francs qu'il avait obtenus en réparation.

Magalie griffonna une adresse sur un bout de papier. Elle partageait avec sa sœur aînée un studio dans le bourg.

Franck sonna à sa porte vers 18 heures. Elle était seule. Ils burent le Martini qu'il avait acheté en venant, évoquèrent des souvenirs plus ou moins partagés. Il alluma un joint, elle lui ouvrit la braguette et le suça pendant qu'il recrachait la fumée en direction du plafonnier en bambou. Elle se déshabilla, ils couchèrent sur le canapé clic-clac, puis se resservirent du Martini en parlant de leur vie depuis qu'ils avaient quitté l'école.

— Tu peux rester dormir.

— J'ai du boulot. Je t'appelle demain midi, dit-il en l'embrassant.

— Un boulot, du genre un boulot honnête ?

— Pas vraiment, mais t'en fais pas. Je veux te revoir. Demain soir, je passerai. T'as besoin de fric ?

Elle ne répondit pas. Il lui glissa encore deux billets de 100, prit son visage entre ses mains, l'embrassa et partit.

Le matin du 16 avril 2003, peu après 10 heures, Franck somnolait encore, allongé sur le ventre, tandis que Magalie leur préparait le petit déjeuner. On sonna à l'interphone, puis des coups redoublés se mirent à ébranler la porte. Franck se leva en une seconde, regarda par la fenêtre qui donnait sur la rue, la voiture de police garée sur le trottoir.

— Va ouvrir.

Il lança un T-shirt à Magalie.

— Franck.

— J'ai rien sur moi, va ouvrir.

Quatre flics entrèrent simultanément dans la pièce. Ils passèrent les menottes à Franck, le poussèrent sans ménagement dans les escaliers, puis à l'arrière de la voiture banalisée.

— J'ai rien fait. Vous m'emmenez où ?

— Au SRPJ.

— C'est quoi ?

— Police judiciaire.

— J'ai rien fait, dit Franck en essayant de contenir le tremblement de ses épaules.

Ils l'interrogèrent pendant quatre heures dans les locaux du SRPJ, au cinquième étage d'un bâtiment datant des années 1970, entre la cité administrative et le quartier de la gare.

— J'ai rien fait. Je revends pas, répéta Franck au policier à lunettes qui dressait le procès-verbal.

À 19 heures, il se retrouva au dépôt, seul dans une cellule de 8 mètres carrés, avec sa couverture qui sentait l'urine et le vomi, le cœur serré par une angoisse inconnue qu'il avait du mal à maîtriser. Tout avait basculé. Il avait peur. Il ne connaissait rien au droit, à la procédure, s'il valait mieux balancer ou ne rien dire. S'il parlait, les autres le retrouveraient. Il finirait dans le coffre d'une voiture, la tête dans un sac-poubelle. Tout se mélangeait, impossible d'y voir clair. La nuit était partout.

— On sait très bien ce que tu fais. On a des preuves, des témoignages. Tu voulais te faire un peu d'argent pour aider ta maman. T'es pas un criminel, t'es un bon garçon. Tu pourrais reprendre des études. Notre boulot, c'est de coincer ceux qui sont au-dessus de toi. Mais pour ça, il faut que tu joues le jeu. Après, on ne pourra plus rien faire.

— Qu'est-ce que vous voulez que je dise ? demanda Franck en regardant ses mains.

On le ramena en cellule. Dans celle d'à côté, un colosse avec des cicatrices en V sur le crâne menaçait carrément de chier par terre si on ne l'accompagnait pas sur-le-champ aux toilettes. Le policier lui avait dit : « On reviendra te chercher. Sauf si tu as des choses à ajouter. » Franck s'allongea et ferma les yeux, laissant les larmes couler sur ses joues, une fois certain que personne ne pouvait le voir.

Deux ans ferme dans une cellule mal aérée, des odeurs pestilentielles qui émanaient des sanitaires aux premières chaleurs, une forteresse de saleté et d'entassement ; le plus dur à supporter, c'était le bruit permanent, dans la lumière limitée qui donnait l'impression de se trouver au fond d'un cargo.

Longtemps après son arrivée, Franck ne parvenait toujours pas à trouver le sommeil. Le médecin lui avait prescrit des calmants et des antidépresseurs, qu'on lui apportait chaque matin dans un gobelet en plastique. Ils le laissaient pour quelques heures dans un état quasi végétatif, allongé sur le flanc, un oreiller sur la tête, inconsolable. Il croyait avoir le cran de supporter tout ça, il découvrait le vide en lui, immense et bouleversant, que rien ne pouvait combler. Il se demandait comment il en était arrivé là, en voulait à Tony de l'avoir laissé seul. Il était incapable de voir plus loin que les murs, les fenêtres étroites.

Il partageait sa cellule avec un Marocain qui passait son temps à renifler, en regardant des séries policières et des jeux, et un gitan obèse installé sur la couchette au-dessus de lui, qui fumait cigarette sur cigarette et qui se masturbait plusieurs fois par nuit, en faisant bouger le sommier. Le premier jour, alors qu'il pleurait, le Marocain lui avait sé la main sur l'épaule en lui adressant ce qui devait être des paroles de réconfort. Il parlait un mélange de français et d'arabe dialectal que Franck comprenait mal. Il n'avait rien répondu, méfiant et incapable de dire un mot. Il avait honte d'avoir été balancé, honte des choses qu'il avait racontées aux flics pour se tirer d'affaire, et leurs conséquences imprévisibles. Il avait repris sa place devant la télévision. Tout puait, les corps, la nourriture, le lavabo, les chiottes, les draps.

L'avocat était venu à deux reprises. La première fois, assis de l'autre côté de la table, il lui avait parlé du dossier, de la manière dont les choses allaient se dérouler jusqu'au procès (ce qui pouvait prendre des mois). La seconde, Franck ne s'était pas présenté au parloir, enfermé dans le cocon de ses couvertures, l'esprit embrumé par les cachets, la bouche pâteuse. Il pensait à Clarisse. Si elle était restée avec lui, tout aurait pu être différent.

On l'obligea à prendre une douche. Il se déshabilla entre deux cloisons, pieds nus sur le carrelage où collaient poils et cheveux, puis s'avança sous l'eau tiède qui tombait irrégulièrement du pommeau en inox. Il n'avait même pas de savon. Il aurait voulu se dissoudre dans l'eau, se noyer, se laisser aspirer par le siphon taché de rouille, pour que tout s'achève. L'après-midi, à la promenade, un homme s'approcha de lui.

— C'est Franck, toi hein ?

Il hocha la tête. L'homme avait un bouc, les cheveux rasés et des tatouages sur les mains.

— Prends ça, lui dit-il en lui tendant un couteau artisanal fabriqué à partir d'un manche de cuillère affûté, fixé sur une poignée en bois par de la bande adhésive.

— J'en veux pas.

— De la part de Karim. Y a des mecs après toi, ici. Et t'es tout seul. Prends-le, ajouta-t-il en lui fourrant le couteau dans la main.

Rentré dans sa cellule, Franck s'empressa de cacher le couteau sous son matelas. Il n'avait pas l'intention de s'en servir. Il était faible désormais, hésitant. Il ne savait même pas s'il était encore en mesure de se défendre. Frappe le premier, lui répétait son père. Mais il n'y avait plus ça en lui. Il rabattit les couvertures sur sa tête et sombra, les yeux fermés, dans un long cauchemar pétrifiant.

Au bout d'un mois, il recommença à s'habiller, à sortir de sa cellule. La nuit était propice aux angoisses, aussi il rêvait le jour. Tout changerait, une fois dehors. Il irait voir Clarisse, et ensemble ils repartiraient de zéro.

La vie leur appuyait sur la tête, à l'un comme à l'autre. Ils en avaient chié vraiment, avec tous ceux qu'ils avaient perdus. Elle ne méritait pas ça, lui non plus. Est-ce qu'il la méritait elle ? Il n'en était pas certain. Mais ils étaient faits pour être ensemble. Il l'avait appelée, elle était venue tout de suite. Elle venait à chaque fois. Elle aurait pu le laisser croupir ici. Simon n'était plus un obstacle. Clarisse était pour lui. L'important était de tenir jusque-là.

15.

S'éloignant de la fenêtre que le vent de tempête faisait trembler, Simon alla s'asseoir sur le canapé, écoutant Clarisse qui s'affairait dans la cuisine. Le salon était une petite pièce carrée avec une cheminée obstruée par une plaque de fonte. Les coussins du canapé avaient son parfum. Il fit de la place sur la table basse, repoussant un cendrier, des factures et des magazines de jeux vidéo. Aux murs étaient accrochés un miroir avec des éclats, et une affiche de *Blow Up*, d'un rouge vinylique qui jurait agréablement avec la pénombre. Le vent dehors, la chaleur de l'appartement, les petites bibliothèques croulantes de livres aux dos écrus dont il tenta de déchiffrer les titres, tout était à sa place, construisant le refuge qu'il avait toujours cherché.

Clarisse apparut avec les deux enveloppes au papier brun. Leurs noms étaient écrits au recto en capitales maladroitement tracées. Simon prit la sienne et la manipula sans oser l'ouvrir. Il y avait des objets à l'intérieur. Clarisse le regarda un instant, plus longtemps qu'il n'était admis entre eux, suivant une règle que le temps avait fini par consolider et sur laquelle aucun des deux n'avait osé revenir. Elle hésita un instant et se lança :

— Qu'est-ce qu'on a raté tous les deux ?

Comme la dernière fois, Clarisse s'était installée de trois quarts sur la chaise pliante, le regard dans les profondeurs du miroir abîmé.

— C'est la grande question.

— Tu crois qu'il y a un truc rédhibitoire entre nous ?

— Je sais pas, Clarisse. J'en sais rien.

— Recommence.

— Quoi ?

— J'adore quand tu dis mon prénom.

— Clarisse. Clarisse, Clarisse.

— Pourquoi t'es parti avec elle, à ce moment-là ? J'avais besoin de toi.

Simon posa l'enveloppe sur la table basse.

— On parle bien de Justine ?

Clarisse acquiesça. Elle semblait d'un coup tellement fragile.

— Je suis parti avec elle parce que tu ne voulais pas de moi. On était amis, ça t'allait très bien. C'est moi qui suis revenu. On a couché une fois ensemble, par accident. T'avais tes études. Tu fuyais.

— Je me souviens d'autre chose, répliqua Clarisse en cherchant son tabac autour d'elle.

— Je ne savais pas ce que tu voulais réellement. J'avais peur aussi, peut-être. Puis j'ai rencontré Justine. Elle était là, c'est tout. C'est une fille bien, je l'aimais, d'une autre manière que toi, c'est sûr.

Il laissa passer quelques secondes, le temps de reprendre son souffle.

— Tu m'aurais dit de rester, je serais resté.

— Mais je t'attendais ! J'ai essayé de te rappeler après la fac. Je voulais pas précipiter les choses. Je savais pas si tu voulais vraiment de moi. Je veux dire, une fille comme moi. Dans ma tête je me disais : il peut trouver mieux ailleurs ; s'il part, tu ne le reverras plus, dit-elle d'une traite en cherchant à allumer sa cigarette malgré ses doigts tremblants.

— Donne.

Simon lui prit la cigarette et l'alluma. Il tira une bouffée, toussa et lui rendit.

— Ça fait longtemps que j'ai arrêté.

— Moi j'y arrive pas. Pas tout en même temps.

Ils se regardèrent tandis que la pluie cinglait les carreaux. Le temps s'allongea, devenant une rivière puis un bassin abrité des éléments, dans la tiédeur d'un appartement où soudain le passé s'ouvrait, comme un livre tombé sur le parquet.

— Toi, t'es partie avec une fille, relança Simon avec un sourire.

— Conclusion ?

— Aucune.

— C'était juste elle et moi. Je suis pas lesbienne. Je pourrais pas être avec une autre.

— C'est pas ça.

— Tu crois que je me suis tapé une fille parce que je t'en voulais ?

Il montra ses mains ouvertes, comme s'il regrettait de s'être avancé aussi loin. Elle écrasa sa cigarette, se leva pour allumer une lampe posée sur une étagère. L'instant d'après, elle se tenait debout près du canapé, obligeant Simon à lui faire de la place. Elle s'installa à côté de lui. Il enroula son bras autour de ses épaules.

Il n'osait pas encore bouger, les cheveux de Clarisse lui recouvrant le bras, sa nuque chaude animée par sa respiration. La première fois, en apprenant qu'elle avait couché avec Franck, il s'était senti écrasé par une émotion qu'il aurait été incapable de décrire, complexe et violente. La tristesse y entrait pour une part, mais il y avait autre chose. La trahison. En un sens, il lui en voulait à elle. Plus maintenant. La colère avait disparu. Ne restait que ce qu'il n'osait pas encore nommer, mais qu'il connaissait depuis longtemps, et dont il éprouvait à présent la douceur et la plénitude.

— Je suis désolé de ne pas avoir été là.

— J'avais besoin de toi. C'était pour ça.

Il lui caressa les cheveux, classant des mèches noires derrière ses oreilles. Elle pencha la tête sur le côté. Elle avait la peau pâle, marquée par endroits de minuscules taches couleur café. Des rides commençaient à apparaître sur son front et autour de ses yeux lorsqu'elle se mettait à sourire. Il la trouvait belle. Il avait épuisé tout son orgueil. Il s'était trompé, menti à lui-même. Il avait perdu du temps. Mais tout reprenait aujourd'hui, pensa-t-il.

— Dis-moi la vérité pour Franck, osa Clarisse au bout d'un moment.

— Quelle vérité ?

— Pourquoi vous les avez mis à la porte ?

— Hein ?

Il se redressa, comme s'il avait été pris en faute.

— Tu m'as dit que t'aurais fait la même chose.

— Ça ne répond pas à la question.

Il s'écarta un peu, cherchant autour de lui la meilleure formulation.

— Je ne sais pas ce que Franck t'a dit. La vérité, c'est que personne ne les a mis à la porte. C'est Aurélia qui est partie avec la petite. Elle s'est tirée. Franck est resté avec nous. On a dû le faire hospitaliser.

Ils sursautèrent. Un coup de vent avait plaqué le volet contre la vitre, faisant trembler le cadre de la fenêtre dont la peinture tombait en copeaux.

— Comme tu vois, c'est un vrai palace ici.

— Je m'en fous.

— Tu veux rester ici, avec moi ?

— Je peux m'en aller si tu préfères.

Il essaya de se mettre debout, mais elle lui agrippa la manche avec suffisamment de force pour le faire retomber sur le canapé. Elle monta sur lui, l'embrassa sur le front, les joues, la bouche, puis elle mit la tête sur son épaule. Elle lui posa des questions sur sa vie, auxquelles elle n'avait jamais eu de réponse. Sa famille, son frère, sa sœur. Franck et lui.

— Franck et moi ? répéta Simon en se replongeant dans ses souvenirs.

On avait entassé dans le break Volvo tous les objets de valeur, les porcelaines fragiles et – plus largement – tout ce que l'on n'avait pas osé confier aux déménageurs, dont Maurice Taïeb suivait le camion depuis 300 kilomètres au départ de Malakoff.

Obligé de changer d'école pour la troisième fois, David jouait à la Game Boy en boudant, casquette des Bulls sur les yeux, mastiquant le même chewing-gum depuis des heures. Il donnait, à intervalles réguliers, des coups de coude à Simon coincé sur le siège du milieu avec ses bandes dessinées. Élisa somnolait dans son siège auto, la fenêtre grande ouverte. Il faisait chaud. Forcés de s'arrêter pour une pause-pipi, ils retrouvèrent ensuite le camion garé dans un routier des environs de Laval, obligeant Maurice Taïeb à rouler ensuite à petite vitesse dans l'espoir de les apercevoir dans le rétroviseur.

— Papa pense qu'ils vont se tirer avec les armoires, ricana David.

— Ou avec tes slips.

— Taisez-vous. Tous les deux.

Ils arrivèrent en milieu d'après-midi sur les hauteurs d'une ville fermée par des remparts. Les rues étaient vides, l'ensemble laissant augurer une manière de renoncement, une vie repliée pour laquelle on ne leur avait donné que les explications d'usage. La maison était belle, vaste, appuyée à un bois et dominant la vallée, avec une grande piscine tapissée de feuilles racornies.

— C'est ouf.

— Tu parles.

Les enfants firent le tour du jardin, découvrant sous les gommiers un portique avec des balançoires. La famille s'installa au complet dans la cuisine, les fenêtres ouvertes sur l'épaisse moiteur d'août.

Simon choisit une grande chambre avec vue sur la forêt au 1er étage. Ils passèrent le reste de l'été à découvrir les territoires inexplorés autour du jardin, faire des bombes dans l'eau couleur dentifrice de la piscine, et ramasser les cailloux du ballast pour tirer sur les oiseaux.

Au mois de septembre, Simon fit sa rentrée en CM1 (classe de Mlle Héry), dans la vieille école communale aux murs chaulés. Dictées, leçons de grammaire, multiplications posées dans la tiédeur des derniers beaux jours. Son travail terminé, Simon observait la frise historique punaisée au-dessus du tableau noir, *Homo sapiens* côtoyant Gaulois moustachus, légionnaires romains, chevaliers avec lance et bouclier, mousquetaires et comédiens en perruque et talons, philosophes des Lumières et ouvriers de la révolution industrielle. Aux récréations, il approcha différents groupes, sous le préau ou les gros tilleuls à moignons. Parties de foot ou de billes, on le laissait venir. Il tarda à se faire des copains, et arrivé à la Toussaint se retrouva plus ou moins seul, sans en souffrir pour autant. À l'époque, David et lui étaient encore proches.

À une semaine des vacances d'automne, un lundi, vers 15 heures, le directeur apparut dans l'encadrement de la porte. Il eut un bref échange avec Mlle Héry dans le couloir, puis ils rentrèrent tous les deux dans la classe. La maîtresse fit vider les casiers et les sacs. Le directeur se mit à parcourir les rangs, s'arrêtant devant chaque table pour vérifier d'un air gêné le contenu des cartables. Parvenu à la dernière rangée, il se planta devant la table de Franck Aubert, un garçon brun, toujours sale, qui flottait dans des vêtements trop grands donnant l'impression qu'il avait un retard de croissance.

— Bien, vide tes poches. Les autres aussi.

Franck se leva, en fouillant sommairement les poches de son pantalon de survêtement, la tête basse. Il en tira quelques centimes, un bâton de sucette, un sifflet en noyau d'abricot et un vieux mouchoir qui tombait en miettes.

— Celles de derrière.

— Y a rien.

Le directeur fit le tour de la table et plongea sa main dans la poche arrière. Il en tira trois ou quatre billets de 20 francs qu'il alla rendre à la maîtresse.

— Allez, suis-moi.

Un frisson parcourut la classe. Mlle Héry fit disparaître les billets dans la boîte en métal qu'elle gardait dans l'armoire à craie. Après ça, impossible de se remettre au travail. On termina l'après-midi en dessinant. Le lendemain, Franck revint à l'école avec du sang séché sous le nez et un bleu violacé à la joue. Les autres élèves le regardèrent s'avancer en traînant son sac, accompagné de son frère Tony qui était en CM2. La maîtresse lui jeta un regard horrifié puis détourna les yeux. Elle lui proposa d'aller se nettoyer. À 10 heures, Maxime Lopes s'approcha de lui dans la cour.

— Ça t'apprendra à chourer.

— C'est pas parce que j'ai chouré. C'est parce que je me suis fait prendre, répondit Franck en le regardant droit dans les yeux.

Pendant les vacances de la Toussaint, Simon se lia avec Adrien Chabot, le fils du garagiste qui faisait du skate tous les après-midi sur la place entourée de châtaigniers en contrebas de chez eux. Adrien était dans l'autre CM1, celui de M. Grondin. Désormais, Simon avait un copain avec qui jouer, partager des choses. Adrien possédait quantité de jouets et de gadgets qui s'entassaient dans sa trousse (ses parents lui payaient tout ce qu'il voulait) et qu'il se faisait régulièrement confisquer : porte-clés Bart Simpson, cartes Panini, etc. Il avait notamment une montre Zelda dont il était très fier et qui, selon lui, valait pas mal d'argent.

Quelques jours après la rentrée, en récréation, Simon fut obligé de remonter pour prendre son manteau. Dans le couloir, il vit Franck sortir de la classe de M. Grondin et entrer dans celle de Mlle Héry. Il en ressortit au bout de quelques instants et se figea en tombant sur Simon.

— Qu'est-ce que tu fous là ?

— Je viens prendre mon blouson.

Franck le fusilla du regard et s'éloigna en courant. Seul à l'étage, Simon entra à son tour dans la classe et s'approcha de la place de Franck et ouvrit son cartable : la montre était là. Il la tenait dans sa main lorsque la cloche retentit. Paniqué, il regarda autour de lui et posa la montre sur une étagère, entre deux piles de livres. En fin de matinée, le directeur frappa à la porte. Il était accompagné d'Adrien.

— Restez assis.

Le directeur fit signe à Franck de sortir.

— Prends tes affaires.

Franck était blême. Il soupira très fort. Ils revinrent cinq minutes plus tard. Franck retourna s'asseoir à sa place, l'air étonné.

— Bien. On a volé une montre à votre camarade. C'est un cadeau, et un objet cher. Si quelqu'un sait où elle se trouve, qu'il le dise.

Simon leva la main dans le silence glacé. Il montra l'étagère. Le directeur s'approcha, poussa les livres et prit la montre.

— C'est la tienne ? Bien, retourne en classe. Toi, viens dans mon bureau.

— Je prends mes affaires ?

— Pas la peine.

Ils marchèrent le long des couloirs jusqu'au bureau du directeur. Simon avait la gorge serrée. Il pensait à ses parents. Le directeur le fit asseoir en face de lui.

— Est-ce que c'est toi qui as volé cette montre ?

— Non.

— Je te crois. Est-ce que tu sais qui l'a volée ?

— Non, monsieur.

Le directeur lui tendit un mouchoir.

— Si ce n'est pas toi, pas la peine de pleurer. Et sache une chose, ce n'est pas en protégeant les bêtises des autres qu'on se fait des amis. Tu peux t'en aller, maintenant.

Il pleura encore un bon coup à hauteur des lavabos, s'essuya consciencieusement les yeux et frappa à la porte de sa classe. La maîtresse lui ouvrit avec un mélange de tendresse et d'appréhension, puis l'envoya s'asseoir à sa place. À midi, il inventa différentes histoires pour les élèves attroupés autour de lui. Il était fier de lui, encore un peu sonné. Adrien le remercia et lui promit des cartes en échange. À force de parler, Simon avait oublié de manger et il finit par se retrouver seul à sa table de cantine. Terminant son assiette, il sentit quelqu'un lui poser la main sur l'épaule. C'était Franck.

— C'est toi, hein ?

— Je sais pas.

Il le dévisageait avec une intensité étrange.

— Je voulais te dire merci.

Il lui tendit la main. Simon la serra et Franck partit rejoindre son frère dehors.

16.

Poussé dehors par sa mère, Franck n'avait plus nulle part où aller. Les années suivantes passèrent en un clin d'œil, à la fois démesurément étirées sous l'effet des produits, brèves et violentes dans leur répétition. À vingt-six ans, il en faisait aisément dix de plus. Il était grave, assombri. Il avait perdu du poids. Ses vêtements étaient usés. Il dormait où il pouvait, quand il pouvait, consommait tout ce qui lui passait sous la main.

Dans la pâleur d'une fin d'après-midi Jenny et Sam, un couple de nomades qui voyageaient en camion, le découvrirent en haut d'une bosse ombragée par un pin maritime, dans une épaisse odeur de terre sèche, de gasoil et de gravier chauffé. Franck avait atterri là, déposé par des Allemands, au retour d'une fête dans une forêt ardennaise. L'ensemble composait l'un de ces décors surnaturels de périphérie que frappait la lumière d'avril, d'un bleu presque blanc, dans laquelle toute chose semble pouvoir disparaître.

— Regarde, il respire.

Jenny se pencha au-dessus de son visage. Elle l'appela, le redressa puis lui donna de l'eau qu'elle lui fit boire dans le creux de sa main. Franck regarda Jenny, ses seins qui se balançaient dans l'ouverture de son pull trois fois trop grand, et soudain s'affaissa de nouveau.

— Redonne-lui un peu d'eau, conseilla Sam en s'approchant.

Sam avait un crâne rasé couvert de tatouages, un anneau dans le nez et portait un débardeur de sport. Il était plus petit que Jenny, mais avec des bras et des mains de lutteur.

— Tu te sens bien ? dit Jenny.

— Encore de l'eau.

Il but, s'évanouit, frappé par la chaleur. À son réveil, il se trouvait allongé sur un matelas en mousse dans le camion de Sam. Il se sentait un peu mieux.

— T'as faim ?

Il hocha la tête. Jenny lui donna une gamelle avec un mélange de riz, de lentilles et de haricots, qu'il dévora.

— Tu t'appelles comment ?

— Franck.

— Tu vas où ?

— J'en sais rien. Nulle part.

— Nous on va rejoindre des potes dans la Drôme. Tu peux venir avec nous. Après, on part en Pologne.

Franck déposa son sac à l'arrière du camion, un Trafic aménagé avec des étagères et des couchettes, puis s'installa du côté de la portière. Après avoir gardé le silence un moment, recouvré ses esprits et évalué sereinement la situation, il passa les trois heures suivantes à raconter son histoire par petits lambeaux. Sam l'écoutait avec bonhomie, tandis que Jenny lui tapotait le bras pour lui montrer des fermes en ruine, le plateau couvert de prairies tachées par les fleurs jaunes des cornouillers. Cela faisait des jours qu'il n'avait parlé à personne. Il n'y avait là, de ce qu'il en voyait, ni piège, ni violence latente. Et ça faisait du bien.

Ils passèrent le Massif central, s'arrêtant pour faire la sieste sur des versants noirs tapissés de sapins. Ils descendirent par les petites routes la vallée du Rhône, sur plusieurs jours, flânant et s'arrêtant pour faire des provisions, puis ils bifurquèrent vers les pâtures cernées de chênes et de murets, jusqu'à une vieille cour de ferme.

— C'est des potes. Ils sont cool. Tu verras.

Cris, longues embrassades. Franck bouda un peu dans son coin, stressé de voir autant de monde d'un coup. Il fit sa toilette à la suite de Sam dans une baignoire culottée de tartre, puis se força à participer à la préparation du repas, alors que la nuit bleue tombait sur les crêtes.

À 2 heures du matin, il partit s'allonger dans une chambre et dormit comme un bébé. Lorsqu'il se réveilla en milieu de matinée, il se sentait frais, net, le soleil brillait. Jenny buvait du café sous l'auvent. Sam se lavait au jet d'eau, deux types jouaient à la pétanque. La chance tournait, pour la première fois depuis une époque qu'il se remémorait par bribes. Il n'était plus à l'affût car il n'y avait rien à guetter. Il se détendait progressivement.

Ils passèrent là une dizaine de jours avant de se rendre, comme prévu, dans un festival en Pologne, se dirigeant tant bien que mal avec une carte achetée dans une station-service, arrivèrent à la nuit tombante dans un champ boueux à une trentaine de kilomètres de Katowice. Des milliers de silhouettes encapuchonnées piétinaient entre les estrades bâchées et les enceintes. Une fois franchi un barrage de la police polonaise, ils garèrent le camion, achetèrent trois comprimés d'ecstasy et se perdirent rapidement de vue. Franck se retrouva à danser avec une fille qu'il ne connaissait pas.

— Tu sais où on est ?

— Hein ?

— Tu sais où on est ?

Elle le prit par la main.

— Je m'appelle Aurélia.

Ils traversèrent les champs sur des petits chemins de terre, puis un bois de bouleaux dont les troncs blancs cicatrisés luisaient au clair de lune. On était fin avril, il faisait bon. À la sortie du bois, ils distinguèrent des tours de guet et des poteaux de clôture.

— C'est le camp d'Auschwitz. Dans la journée, il y a des cars de touristes qui se garent devant. Ils prennent des photos, c'est plein de petites fleurs. C'est glauque de faire la fête ici.

Aurélia avait une fossette au menton, de grands yeux verts et des cheveux qui balayaient ses épaules nues. Franck se sentait bien avec elle. Elle avait dix-neuf ans. Elle était venue jusqu'ici dans une 205 boueuse qu'elle n'avait pas fini de payer. Elle travaillait en intérim la moitié de l'année. L'autre moitié, elle était sur les routes. Ils passèrent la nuit ensemble, et toute la journée du lendemain, émerveillés l'un de l'autre. Ils décidèrent de ne plus se quitter.

Ils voyagèrent encore quelque temps et rapidement, Aurélia tomba enceinte. Ils vécurent deux mois chez sa mère à Saumur, dans un logement où tout était rangé et vieillot. Franck chercha du travail dans les agences d'intérim, mais il n'avait même pas de CV à présenter. On le prit à l'essai dans l'usine d'emballage où travaillait la mère d'Aurélia. Il arriva en retard deux jours de suite, s'engueula avec un collègue, expérience terminée. Dès lors, il resta dans l'appartement à regarder la télé, ou partait pour de longues promenades dans les rues en quête d'un peu d'herbe, cherchant à remettre un pied dans un trafic auquel il ne connaissait plus grand-chose. Il passa quelques coups de téléphone. C'était la solution de facilité. Il se persuada que ce serait mieux pour la petite.

— On se casse d'ici, annonça-t-il un soir à Aurélia.

— Et le bébé ?

— On verra bien.

Ils reprirent la voiture, dépensèrent en layette l'argent qu'Aurélia avait emprunté à sa mère avant de partir et, suivant les indications d'une connaissance de Franck, tournèrent en rond dans des rues de la périphérie de Limoges. Ils s'arrêtèrent au bout d'une impasse, devant une grille fermée par des chaînes et un cadenas, donnant sur une allée de gravier qui menait à une maison haute et étroite dont la façade évoquait celle d'un château d'eau. Une plaque indiquait (à laquelle il fallait presque coller son front pour y lire quelque chose) : *Prothésiste dentaire, entrée par le portail.* Une flèche pointait en direction d'un garage, avec un volet en bois percé de hublots.

— T'es sûr que c'est là ?

Aurélia se hissa sur la pointe des pieds – elle mesurait 1,66 mètre – pour atteindre l'un des hublots, sans parvenir à distinguer quoi que ce soit à l'intérieur. Franck s'approcha, et parvint avec un tournevis à forcer la porte. Tâtonnant, il trouva le long de la cloison un interrupteur, dont le déclic précéda de quelques secondes la clarté trébuchante d'un néon, éclairant une pièce remplie de matériel : affiches de laboratoires, panneau en liège constellé de punaises de couleur, tasses à café vides, bacs gris, verts et blancs avec fraises, roulettes et pinces, blocs de feuilles, gants en latex, carrelage moucheté recouvrant le sol et les murs. L'ensemble donnait l'impression d'avoir été frappé par une catastrophe de grande ampleur des années auparavant.

Ils s'apprêtaient à quitter les lieux lorsqu'Aurélia remarqua, sous le plan de travail, quatre cartons ouverts de la taille de boîtes à chaussures. Elle s'approcha et prit entre ses doigts un sachet à zip rempli de comprimés.

— C'est de la méth, dit Franck en manipulant le sachet.

— On s'en va.

— Y en a pour un paquet de thunes.

— Ça va pas ou quoi ? Et si on se fait choper ?

— Par qui ? On est seuls, y a personne. C'est pour ça qu'on est venus.

Puis il ajouta :

— On a besoin de thunes. Pense au bébé.

Aurélia protesta encore, mais Franck la serra contre lui. Il parlait à mi-voix.

— Fais-moi confiance. Je gère. Y a aucun risque.

Ils retournèrent dans la voiture. Là, ils laissèrent la pendule tourner en épiant les trottoirs et les fenêtres alentour. Une demi-heure plus tard, assuré que les lieux étaient déserts, Franck mit brusquement le moteur en marche et retourna en courant chercher les comprimés qu'il dissimula dans des sacs de linge.

— Où on va ?

Ils roulèrent jusqu'à Libourne, remontèrent vers le nord et firent une nouvelle halte dans un hôtel de la banlieue d'Angers. Le soir tombait, couleur grenadine. Ils mangèrent une pizza allongés sur le lit, énumérant les possibilités qui s'offraient à eux, dépositaires d'au bas mot deux mille cachets à 20 euros pièce. Inhabituellement joyeux et loquace, Franck détailla à Aurélia ses plans pour revendre la méth, dans lesquels intervenaient un nombre sans cesse croissant de paramètres à mesure qu'il brodait. Il parlait de types qu'il avait rencontrés en prison ou dans la rue, de circonstances favorables. Avec l'argent, ils avaient de quoi tenir pendant des mois, des années. Épuisée, Aurélia se laissa gagner par sa douce euphorie. Elle décida de lui faire confiance, comme il ne cessait de le lui répéter. Elle connaissait un type à Orléans qui pourrait les héberger, le temps qu'elle accouche.

Franck quitta la chambre pour téléphoner. Pressé de se débarrasser de la marchandise, il passa plusieurs appels à des types qui, pour certains, avaient oublié son nom. Le lendemain, en fin de matinée, il monta dans la 205 – seul – et se rendit au rendez-vous qu'on lui avait fixé. Aurélia prit un bain, déjeuna dans un fast-food après avoir traversé d'immenses étendues de parkings entrecoupées de talus couverts d'herbe jaune. Elle pensait à leur vie future, au bébé. Elle s'imaginait une vraie famille retranchée loin du monde hostile, entourée d'enfants, avec suffisamment d'argent pour ne pas avoir à compter. Elle traîna encore un peu puis, inquiète et sans moyen de le contacter (il avait coupé son téléphone), retourna à l'hôtel et attendit, assise sur le lit, les jambes ramenées contre son ventre déjà bien arrondi, en regardant la télévision.

À la nuit tombante, postée à la fenêtre, elle vit enfin la 205 entrer à petite vitesse sur le parking, se garer le long d'un bosquet de bambous sans même chercher à faire un créneau, le moteur continuant de tourner alors que personne n'en descendait. À cause des reflets, elle ne pouvait pas voir qui était au volant. Elle descendit quatre à quatre l'escalier de secours, s'approcha de la portière et découvrit le visage tuméfié de Franck basculé contre l'appui-tête, qui la regardait d'un œil à demi ouvert, la lèvre inférieure fendue et du sang séché qui lui faisait des traînées noires sur les joues.

— Ils m'ont pris la méth, articula-t-il en descendant du camion, son poignet droit replié contre lui comme un oiseau mort. Ils m'ont pété la main, je crois.

— Faut aller aux urgences.

Elle lui passa un gant sur le visage pour nettoyer le sang.

— Ils vont appeler les flics. Je vais juste dormir un peu, dit-il en s'allongeant sur le lit.

17.

Nora avait visité, seule, un appartement rue de la Folie-Méricourt, un grand studio avec cuisine et balcon au quatrième étage, pour lequel elle signa les papiers sans attendre l'arrivée de Clarisse, occupée à traîner les bagages de sa sœur dans les couloirs de Roissy. Louise s'envolait pour un échange universitaire de dix mois en Afrique du Sud. Clarisse avait tenu à l'accompagner. Elle n'émit aucun reproche envers Nora. Tout lui allait avec elle. Ses parents payaient la caution, la literie et la vaisselle. Son père à elle s'était seulement proposé de louer un camion de déménagement. Elle avait commencé par refuser, avec un sentiment d'ingratitude vaguement honteux – cherchant à le maintenir le plus loin possible de sa nouvelle vie – avant d'accepter pour lui faire plaisir.

Leur immeuble était serré entre un magasin de pièces détachées et une librairie ésotérique (bestiaires Renaissance, guides de tarot et traités d'astrologie). On y entrait par une porte massive, ouvrant sur un long couloir au plafond bas et dont la peinture appliquée négligemment mordait sur le carrelage. Un passage permettait de rejoindre le boulevard

Richard Lenoir via un parcours labyrinthique, à travers les restes d'une ancienne imprimerie (massicots, rames de papier). Une fois ressorti à l'air libre, sous la tombée des arbres, il suffisait de reprendre à gauche pour retrouver, cinquante mètres plus loin, la rue de la Folie-Méricourt.

En visitant l'appartement pour la première fois, Clarisse avait éprouvé une sensation de liberté. C'était l'espoir de changer, l'ivresse de la transformation, loin de Franck, loin de Simon dont l'absence laissait dans son cœur de petites taches brûlantes. Elle se voyait à l'aube d'une période nouvelle de sa vie. On ne choisit pas les règles, elle le savait depuis longtemps, mais cela ne dispensait pas de garder confiance et de lutter. Son mémoire terminé, elle s'inscrirait en thèse, deviendrait prof de Lettres, franchirait un à un les échelons. Elle avait l'intelligence et le courage pour le faire. La chance serait de son côté. Elle en voyait partout les signes.

— Tu espionnes ?

— Qu'est-ce que tu vas faire, seule toute la journée ? lui demanda Nora le premier soir.

— J'ai du boulot, répondit Clarisse en désignant ses propres sacs de livres et son ordinateur, les mains de Nora posées sur ses seins, la brosse à dents dans la bouche.

À vingt-trois ans, c'était tout ce qu'elle possédait, mais elle n'avait pas besoin de plus.

— Tu viendras me chercher, quand même ? Ça te fera visiter Paris.

Les semaines suivantes, Clarisse passa ses journées à travailler et à visiter la ville pendant les longues pauses qu'elle s'accordait. Elle descendait le boulevard de la Bastille jusqu'au Jardin des Plantes, remontait vers Saint-Michel, mangeait un sandwich dans un square envahi de pigeons, visitait les églises et passait des heures à feuilleter des ouvrages dans les librairies. Elle avait du mal à se mettre au travail, à se concentrer. Il y avait trop de distractions possibles. Rapidement, l'allégresse fut remplacée par un sourd sentiment de méprise, de s'être trompée encore (de voie, de personne, de destin), qui la laissait sans forces, hésitante, flottant au fil de l'eau. Et elle s'en voulait d'être à ce point faible et changeante.

Inscrite en deuxième année de master à Paris III, après quelques mois à bûcher consciencieusement, elle cessa peu à peu d'aller en cours. Elle n'avait que l'argent que son père lui envoyait, très peu de chose, et comptait sur Nora pour les dépenses. Culpabilisant sur son mémoire à l'abandon, elle conservait, dans son sac, un exemplaire du *Rivage des Syrtes* corné, craqué et annoté, qu'elle sortait pour se donner une contenance dans les salles de cinéma vides du début d'après-midi, ou dans les files d'attente des expositions. Les yeux levés par-dessus la couverture, elle regardait et écoutait les conversations à voix basse.

Bientôt, elle n'osa plus remettre un pied à l'université. Elle laissa sans réponse les mails de relance de son directeur de mémoire. Tout était troublé à nouveau, comme si le sort la rattrapait. Paris était trop grand, elle avait du mal à s'y fondre. Ce qui l'avait de premier abord attirée – l'anonymat de la foule, les vastes perspectives – restait étranger à sa manière d'être. Jamais elle n'aurait les codes, la légèreté, le supplément d'envie, les bonnes attitudes. Tout lui coûtait : se lever le matin, aller en cours, donner l'illusion de réussir, finir son mémoire, parler, parler.

Elle marchait. Elle faisait le tour des bouquinistes, remontait à pied le boulevard de Sébastopol, traînait dans Pigalle, achetait des magazines, s'attablait dans les bars les moins chers. Elle fumait, observait la vie autour d'elle, brusque, coupante, qui la contournait sans l'inclure. Une sorte de reflet solide d'un monde qu'elle ne comprenait pas. Un monde dans lequel la place qu'on lui avait attribuée lui paraissait de plus en plus vague. Elle ne saisissait pas ce qu'il lui arrivait. Nora l'aimait. Elle avait l'impression de refuser le bonheur qui lui tendait les bras.

Elle repensait à Simon de plus en plus fréquemment, dans des configurations changeantes. Lui aussi habitait à Paris, maintenant. Elle l'imaginait qui l'appelait dans la rue, frappait à sa porte, ou simplement lui passait un coup de fil pour lui dire : c'est toi que j'aime, je viens te chercher. Elle guettait son téléphone. Elle avait toujours son numéro, sans savoir si lui-même avait encore le sien. Souvent, elle allait regarder avec attention les photos de vacances où il apparaissait avec Justine, beaux et heureux. Une bière à la main dans les rues aux allures de cimetière, les friches communistes et les salles d'exposition berlinoises. Ou dans la voiture de son cousin Alex sur Santa Monica Boulevard, direction les collines coiffées d'un crépuscule rose, les bras de Justine croisés autour de son cou. Elle avait de la peine en les voyant. Elle ne pouvait pas s'empêcher de penser que c'est elle qui aurait dû être avec lui, non Justine. Elle conservait certaines photos dans un fichier, attendant pour les consulter que Nora soit endormie, puis s'abîmait les yeux dans les contre-jours flous de palmiers tordus ou les grandes rues en brique. Le visage de Simon, ses mains, elle scrutait le moindre détail, comme s'il y avait des secrets latents à y déchiffrer.

Pourtant, avec Nora, la vie était facile. Elle était même délicieusement simple. Nora décidait de la plupart des choses, payait tout, lui faisait sans cesse des cadeaux. Elle se liait aisément avec les autres, fréquentait beaucoup de monde, déplaçant autour d'elle une sorte d'aura, et faisait profiter Clarisse de ses multiples rencontres. Le vendredi soir, elle fixait des rendez-vous dans un bar de la rue du Faubourg Saint-Denis. Elles y retrouvaient leurs amis les plus proches : Chloé, une fille qui travaillait pour le cinéma ; un garçon prénommé Benjamin, avec des piercings et des cheveux coupés au bol, et sa copine Agathe qui ne buvait que de l'absinthe et s'était fait tatouer un rat à la base du cou. Après trois ou quatre demis, ils se rendaient au Pulp boulevard Poissonnière, à la Flèche d'or ou au Café Chéri. Ainsi passaient les nuits, occupées à parler, danser, regarder les garçons et les filles, puis rentrer aux petites heures du jour en titubant pour se réveiller l'après-midi, préparer des croque-monsieur dans le four électrique, faire l'amour, aller au cinéma et commander une bière à l'ouverture des bars.

Clarisse en tirait une certaine fierté, lorsqu'elle comparait ses relations à Paris avec ceux qu'elle fréquentait auparavant. Mais elle demeurait au bord du cercle. Elle ne parvenait pas à aimer Nora comme elle aimait Simon, et comme elle avait aimé Franck, dans une autre vie et une autre mesure. Elle voyait que Nora commençait à se poser des questions, au cours de ces nuits d'une joie un peu froide où elle ne cessait de l'observer.

Un soir, Nora s'enferma avec elle dans les toilettes d'une boîte et lui fit renifler de la coke dans le creux de son poing. Clarisse éprouva une sensation de froid accompagnée d'un vague crépitement, puis une onde de force et de chaleur la traversa. Nora vérifia que le loquet était bien fermé, lui baissa le pantalon et plaça la main dans sa culotte. Elles firent tellement de bruit qu'une serveuse vint frapper à la porte pour leur demander de sortir.

— Tu devrais essayer, lui lança Nora en remettant son chemisier dans son pantalon.

Elles quittèrent le bar, moitié en courant et en pouffant de rire, le long du quai de Valmy, seules au bord du canal illuminé. Elles marchèrent sans arrêter de parler jusqu'à l'appartement, prirent un dernier verre dans le bar en bas de chez elles et remontèrent pour se déshabiller à nouveau.

— Est-ce que tu m'aimes ? demanda soudain Nora à Clarisse.

Celle-ci hocha la tête, le regard évanoui, sourit et lui prit la main.

— Bien sûr.

— Alors dis-le-moi.

L'anniversaire de Chloé tombait un jeudi. Clarisse passa un long moment dans la cuisine avec Agathe, à boire de la vodka et à écouter ses interminables histoires de partiels, et de dates de concert. Des dizaines de personnes s'entassèrent dès 20 heures dans les grandes pièces à parquet et moulures qui donnaient sur le jardin du Luxembourg. Le père de Chloé était producteur de cinéma, en vacances à l'île Maurice avec sa seconde femme. Des mannequins et des acteurs sans contrat, de la coke partout et des bouteilles de champagne qui remplissaient la baignoire. D'un œil, Clarisse surveillait Nora qui virevoltait dans l'enfilade des salons couverts de tableaux abstraits et d'étagères vides. Agathe ne s'arrêtait plus :

— Elle c'est une allumeuse, elle saute sur tout ce qui bouge. Sa mère travaille dans l'édition, son père s'est jamais occupé d'elle, alors c'est la main à la braguette dès qu'elle croise un type, même pas spécialement un vieux, juste n'importe qui. Tiens, je te ressers. De la Grey Goose, c'est au moins 40 balles la bouteille. Des fois, je me demande si cette putain de vie va s'arrêter ou si on doit s'arrêter un jour. Là, je veux descendre.

En observant Nora, Clarisse avait l'impression d'accompagner une étrangère, d'avoir usurpé la vie de quelqu'un d'autre, qui allait bientôt rentrer, s'installer à sa place dans l'appartement. Les réponses qu'elle attendait – et qu'elle connaissait au fond d'elle – prirent ce soir-là une forme plus définitive. Elle sut avec netteté que jamais elle ne trouverait sa place ici, avec Nora, parmi eux, dans cette existence précise. Simon avait raison. Elle n'appartenait pas plus à ce monde qu'au sien. Elle lutta contre l'envie de quitter la soirée sur-le-champ. Elle vida plusieurs verres et se tourna vers Agathe :

— T'as déjà été amoureuse ? lui demanda-t-elle en regardant Benjamin, penché sur les platines.

— C'est une vraie question ?

— Je suis sérieuse. Benj, tu l'aimes ?

Agathe se redressa, arrêtant de gigoter.

— Oui. Pour l'instant, c'est lui. Je peux pas te faire plus honnête comme réponse.

— Moi, je resterai pas toujours avec Nora, poursuivit Clarisse, froide et distante, comme si elle s'adressait à un témoin.

— Ça va plus entre vous ?

— C'est pas ça. J'aime quelqu'un d'autre. Un garçon. C'est avec lui que je veux finir ma vie. Deux petits vieux avec des cheveux blancs. C'est lui que je veux voir le matin. C'est à côté de lui que je veux m'endormir le soir.

— Il est où ?

— À Paris.

— Tu lui as déjà dit tout ça ?

— À Nora ? T'es folle.

— À lui.

18.

Leur appartement était situé dans le 15e arrondissement, rue Victor Duruy, dans une résidence des années 1970, loué contre une somme dérisoire à une tante de Simon partie s'installer dans le Sud.

— Point positif : c'est calme. Point négatif : il n'y a rien à faire, avait coutume de résumer Simon en évoquant leur grand deux pièces et le quartier où, passé 22 heures, il fallait marcher longtemps pour trouver autre chose qu'un restaurant ou une laverie automatique.

Justine avait installé des caillebotis et des plantes vertes sur le balcon, des rideaux de perles, des reproductions de peintres naïfs antillais et malgaches, des étagères avec des livres sur l'Afrique et des bandes dessinées. Elle passa les deux premiers mois à chercher du travail, avant d'être embauchée par une ONG qui venait en aide aux migrants. Les locaux se trouvaient à Montreuil, dans un immeuble à loyer modéré construit après la Première Guerre mondiale. Sur le trottoir, se tenaient adossés au mur des hommes portant des blousons matelassés, de vieilles parkas ou des vestes de costume, serrant des pochettes cartonnées et des porte-documents, et des femmes voilées, en boubou, avec des poussettes, des enfants et de grands sacs bleus contenant des vêtements ou de la nourriture.

Justine s'investissait dans son travail avec une intensité que Simon jugeait parfois déraisonnable, escaladant une montagne dont on ne voyait jamais la cime. Elle se rendait au bureau les samedis matin, recevait des appels au milieu des repas et jusqu'à 22 heures. Un soir, de retour d'une soirée avec des copains de la fac, Simon avait trouvé un gamin avec des cicatrices sur le visage et un maillot de Manchester United, assis dans leur salon.

— Il s'appelle Ashkan. Il a treize ans. C'est juste pour cette nuit. Sinon c'est la gare du Nord avec les toxicos.

— Du coup, on ouvre un centre d'hébergement ?

— Il vient d'arriver, il a un oncle en Allemagne. On peut pas le laisser à la rue.

— Non, c'est sûr, admit Simon.

Son dévouement aux autres ne cessait de l'étonner, empiétant sur ses résistances et leur confort. Mais il appréciait ce nouvel équilibre, comme si vivre avec elle compensait son propre égoïsme. Justine était rassurante. Il avait longtemps cherché un cadre, une règle, il s'en rendait compte à présent, pour rassembler les petits morceaux de sa vie éparpillés à droite et à gauche. On ne pouvait pas toujours se payer de mots, ni le luxe d'entretenir des rêves incompatibles avec la réalité. Avec Justine, ils avaient des rapports ouverts et solides. Ils se projetaient à cinq ans, dix ans, pourquoi pas fonder une famille, des enfants qui leur ressembleraient, un garçon et une fille, pour lesquels ils avaient entamé une liste de prénoms assez disputée.

Les parents de Justine étaient séparés : sa mère était juriste à Nantes, ils s'y rendaient trois ou quatre fois dans l'année ; son père était photographe, elle ne le voyait quasiment plus. Quant aux parents de Simon, ils avaient accueilli Justine avec une satisfaction évidente, mesurant le pas en avant dans la maturité que constituait, pour leur fils, cette nouvelle relation. Maurice Taïeb s'adressait à elle avec une sorte de tendre familiarité (qui était chez lui le signe d'une véritable affection) à laquelle n'avaient le droit ni la femme de David, Eleanor – qui semblait l'intimider un peu, sachant qu'il parlait très mal l'anglais –, ni le petit copain qu'Élisa avait rencontré en faisant ses études d'architecture à l'université Humboldt de Berlin, lequel était doublement pénalisé par le fait d'être allemand, et de coucher avec sa fille. La mère de Simon était plus distante, mais il savait qu'elle appréciait Justine. Le jugement de ses parents comptait beaucoup à ses yeux, il s'en apercevait. La vie qui était la leur, et qu'il avait souvent considérée avec un mélange d'attachement et de hauteur, lui apparaissait sinon comme un modèle à court terme, du moins comme un horizon possible.

Il travailla sur sa thèse tout au long de sa première année à Paris. La deuxième année, il commença également à préparer le CAPES et l'agrégation, et à donner quelques heures de cours à l'université (25 euros de l'heure, six heures par semaine) obtenues par l'entremise de son directeur d'études. Il se voyait enseigner à la fac, dans quelques années, mais en tant que titulaire. Il goûtait pour l'instant le plaisir de s'adresser à des étudiants à peine plus jeunes que lui. Il en était d'autant plus satisfait que le plan qu'il avait tracé avec Justine commençait à connaître ses premières difficultés véritables. Simon ne parvenait pas à mener de front ses recherches et la préparation aux concours : il n'en avait ni la capacité de travail, ni le goût pour l'ascèse. En juin 2008 – au creux de la vague, ayant échoué une première fois –, il en était encore à prendre des notes sur la descendance de Pierre d'Orsonval (1462-1517), composée d'un alchimiste priapique, d'une fille boiteuse mariée à treize ans et d'un chanoine épistolier.

— Toujours dans tes machins de chevaliers ?

Frédéric Melikian avait présenté un mémoire sur les politiques monétaires pendant la crise de 1929, et considérait tout événement antérieur à la machine à vapeur et au système métrique avec une distance narquoise.

— Techniquement, c'est de l'Histoire moderne.

— Tu parles. La moitié du temps, on se croirait dans *Donjons et Dragons.*

Fred et lui s'étaient rencontrés à un cours de préparation au CAPES. Ils s'échangeaient des fiches, regardaient le rugby et buvaient des bières ensemble deux fois par semaine, un footing tous les quinze jours. Ils organisaient aussi des dîners de couples avec leurs copines, pizza ou pâtes au saumon avec deux bouteilles de pouilly, rue Victor Duruy ou dans le studio de Fred et Claire à Télégraphe. Claire, la plus jeune des quatre, suivait des études d'archéologie. Justine et elle s'entendaient bien, au grand soulagement de Simon qui redoutait de la voir s'enfermer dans le travail, et devenir plus dure, plus radicale, du fait de la misère qu'elle côtoyait. Lui-même aspirait à une forme de stabilité, de reconnaissance sociale et matérielle. À vingt-sept ans, certaines portes paraissaient se refermer déjà, et les choses les plus légères s'éloigner peu à peu.

C'est aussi pour ça qu'il avait fini par répondre positivement à l'invitation à dîner de Pierre-Antoine Frot, jeune (trente-deux ans) maître de conférences à Paris IV. Un choix purement tactique dans le cas pas si improbable où l'Université serait en mesure de renouveler son contrat. Toujours impeccablement coiffé, Pierre-Antoine portait des vestes en velours, des Paraboot et un cartable en cuir, avec une manière de virilité enfouie ou de sensualité domestiquée qui, combinée avec l'assurance d'une évidente sécurité matérielle, plaisait beaucoup aux étudiantes en licence.

Déjà, il avait fallu convaincre Justine qu'il ne pouvait pas s'y rendre seul. Celle-ci trouvait l'idée d'un dîner trop solennelle. Et puis ce que Simon lui avait raconté de Pierre-Antoine ne lui donnait aucune envie d'y aller. Il avait argumenté longuement : c'était une invitation pour deux, il ne saurait pas comment expliquer son absence, et c'était trop tard pour décommander ; il avait besoin d'elle, c'était aussi un jeu, une question d'apparence, un gage de solidité.

— Un gage de solidité ? Les apparences ?

— Je veux un poste. J'ai pas envie de passer ma vie à enseigner l'histoire-géo à des gamins de 5e qui s'en foutent. J'ai d'autres ambitions.

— Et eux, ils n'ont pas le droit d'apprendre ?

— Ça va.

— Pourquoi tu t'infliges des trucs pareils ? Il n'y a pas autre chose dans la vie ?

— Pour toi, peut-être.

Il passa une heure à choisir une chemise blanche à fines rayures bleues, un jean foncé, des chaussures bateau, et un pull gris en coton qu'il jeta négligemment sur ses épaules, faisant les cent pas dans l'entrée.

— Où on va ?

— Dans le 17e. Aux Batignolles.

Ils prirent le métro jusqu'à Saint-Lazare et continuèrent à pied. Il faisait un beau temps de mai, et on pouvait même entendre les oiseaux chanter dans les arbres. Ils sonnèrent à un interphone, poussèrent une lourde porte cochère et traversèrent une cour agrémentée de fleurs et d'arbustes.

— Qui a les moyens d'habiter là ? remarqua Justine dans l'ascenseur.

De plus en plus souvent, Justine lançait des remarques de cet ordre. La richesse la gênait. Il pensa à Franck de manière fugace, en montant les marches tapissées d'une épaisse moquette. Qu'aurait-il pensé de tout ça, lui ?

Pierre-Antoine se tenait sur le palier, dans l'encadrement de la porte. Ils pénétrèrent dans un vestibule avec des portemanteaux en bois, et un immense miroir publicitaire, représentant des hommes en hauts-de-forme, des femmes à crinoline, des voitures et des chevaux, devant le jardin du Luxembourg.

— T'as trouvé une place ? C'est l'enfer pour se garer. Cécile, mon épouse.

En hôte poli et prévenant, Pierre-Antoine parlait avec facilité et efficacité de sujets dont on aurait juré qu'il les avait préparés à l'avance. Simon tâcha de faire bonne figure pendant le dîner, jetant des coups d'œil à Justine qui suivait mollement les échanges. Il la sentait se crisper, renforçant le douloureux sentiment qu'il avait de ne pas être lui-même légitime. Justine ne cherchait ni le pouvoir, ni l'argent. Quelques mois plus tôt, il aurait approuvé sans réserve. Mais quelque chose en lui avait changé, même s'il n'était pas en mesure de le dater avec précision. Sa vision du monde, de la place qu'il pensait lui être dévolue, tout avait pivoté. La vie qu'il partageait avec Justine ne lui suffisait plus. Il voulait tout. Il voulait un vrai poste, de l'argent et de la reconnaissance, mais aussi pouvoir librement mener sa vie sans contraintes excessives. Les tentations étaient partout. Déterminé, il avait l'impression de s'être perdu en route.

Quelque temps plus tard, il commença à tromper Justine avec une étudiante de première année. Une relation tempétueuse et immature qui lui donnait des palpitations coupables et des érections insoupçonnées. À peine croyable quand il y pensait à froid. D'ailleurs il n'y croyait pas lui-même, et avec un soupçon de mauvaise foi, il aurait pu affirmer avec aplomb qu'il ne se passait rien de répréhensible entre lui et cette fille. Il n'était pas comme ça. Ce n'était pas lui.

Lena suivait son TD deux heures par semaine. Elle s'installait en général le plus loin possible du bureau. Elle n'était pas rebelle et ne cherchait pas non plus à l'épater. Elle mettait à son travail une application studieuse et curieuse. Elle posait des questions et écrivait sans trop de fautes des copies honnêtes qui suffiraient largement à la faire passer dans l'année supérieure. Elle rougissait lorsqu'il s'adressait à elle, lui lançait de longues œillades auxquelles il répondait en la regardant à son tour avec intensité, cherchant par des moyens détournés à se retrouver seul avec elle. Brune et pâle, les yeux très noirs, l'air d'un chat effrayé par la lumière. Elle lui plaisait. Il mit un temps à faire le lien, ou à se l'avouer. Elle ressemblait à Clarisse. La même silhouette, la même voix un peu cassée.

— Si je vous invitais à boire un verre ?

Ils se tenaient dans la salle vide, Simon manipulant la télécommande du vidéoprojecteur pour se donner une contenance, sentant une bouffée de chaleur s'épanouir en lui et gagner son visage. Elle acquiesça, plutôt timide de nature, tout en maintenant une sorte de distance faite d'ambiguïté et de retenue sensuelle. Le jeu continua entre eux alors qu'ils quittaient la fac, puis dans le café de la rue Monsieur le Prince où Simon passa son temps à regarder autour de lui et à sursauter dès qu'on ouvrait la porte. Lena savait qu'il était avec quelqu'un. Elle avait vu Justine venir le chercher plusieurs fois. Elle était surprise qu'un homme comme lui puisse s'intéresser à elle. Il lui posa des questions sur elle, sur ses goûts, sa famille. À 18 h 30, il lui annonça qu'il devait partir, en la regardant fixement, avant de se lever et de la quitter sans un mot, disparaissant dans la rue étroite.

Il se passa une quinzaine de jours avant leur second rendez-vous. Un matin, n'y tenant plus, il lui envoya un message : *Je veux te voir, salle 14.* Lena se trouvait à la bibliothèque. Simon attendit vingt minutes au bout desquelles on toqua à la porte. Il lui ouvrit, referma aussitôt, s'approcha et l'embrassa. Puis il la caressa contre la porte, les yeux clos, sa braguette gonflée.

— Qu'est-ce qu'on fait maintenant ? lui demanda-t-elle.

— J'ai pas la clé.

— Chez toi ?

— Non. Pas possible.

Ils continuèrent un moment, épiant l'ouverture de la porte, se séparant lorsque la frustration devenait véritablement intolérable. Elle regagna sa place à la bibliothèque avec la culotte trempée et les joues marbrées comme si on lui avait collé des gifles. Simon se sentait revivre, enfin. Le quotidien prenait une autre couleur. Cette nuit-là, il rêva de Clarisse.

Le lendemain, il vint la rejoindre chez elle – sa mère était en déplacement – dans le quartier de la place d'Italie. Ils s'enfermèrent dans sa chambre et firent l'amour les rideaux tirés, terminant dans une brasserie à se regarder dans les yeux. À 22 heures, il reçut un appel de Justine.

— T'es où ?

— Au Galway, avec Fred. Je rentre.

Silence.

— Fred est chez lui. Je viens d'avoir Claire au téléphone.

Simon raccrocha, livide. Sans un mot à Lena, il se rendit aux toilettes pour se passer de l'eau sur le visage. Il referma le robinet, blanc comme un linge, rassemblant dans sa tête des arguments vides ou incomplets. Quittant la brasserie, il se pencha pour l'embrasser. Il s'aspergea d'eau à une fontaine en sortant du métro pour se débarrasser de son parfum.

Avec un poids dans les jambes, il grimpa les trois étages en cherchant ses clés. La lumière du salon était allumée. Une liseuse à chapeau crème accrochée au-dessus du canapé braquait son éclairage sur un creux entouré de coussins. Un livre était posé, ouvert sur la tranche. Une tasse à thé patientait sur la table basse en rotin à côté de la théière en fonte. Justine était allongée sur le dos, les draps relevés. Il se déshabilla puis se glissa dans le lit, s'efforçant de faire le moins de bruit possible. Un fort bourdonnement vibrait dans ses oreilles, son cœur battait. Il ne savait pas ce qu'il espérait, que Justine le quitte, ou qu'elle lui arrache un millier de promesses impossibles à tenir. Il mesurait clairement ce qu'il risquait d'abandonner, à vouloir rejouer avec Lena les scènes d'un amour perdu. Il savait aussi qu'au matin, les fantasmes de la nuit prennent souvent un goût acide. Leur vie était confortable, malgré tout. Il ne voulait pas avoir à la regretter. Les yeux fixés sur le plafond, il se calma peu à peu, respirant plus lentement, observant les formes s'ouvrir et se refermer au passage des voitures dans la rue. Au bout d'un moment, Justine se tourna vers lui.

— Je sais pas à quoi tu joues, Simon. Mais tu ferais mieux d'arrêter.

Il ne répondit rien, les paroles pesant dans le silence de la chambre. Il n'y avait rien à ajouter.

— Ils arrivent à quelle heure ? demanda-t-elle presque aussitôt.

— Dans la matinée. Il doit me rappeler demain, dit-il en essayant de contrôler le tremblement de sa voix.

— Ils ont un lit pour la petite ?

— Je ne sais pas. Je crois. On verra bien. C'est temporaire.

— C'est pas le problème, tu le sais.

— Je le sais.

Le lendemain, levé à 7 heures, nerveux et agité, Simon courut huit kilomètres autour du parc André Citroën. Il acheta du pain et du vin tandis que Justine préparait le repas du midi. Il s'attendait à ce qu'elle lui pose des questions, mais rien ne se produisit. À 11 h 30, Simon reçut un message. *On est en bas.* Il sortit sur le palier, et attendit devant la cage d'ascenseur. Il avait hésité à descendre pour les aider. Les portes s'ouvrirent. La petite gazouillait, les yeux grands ouverts, infiniment fragile et précieuse. Franck la portait dans ses bras. Il avait changé, son visage était plus creux, mais on y devinait encore l'ado sauvage qu'il était à quinze ans. Ce temps-là lui paraissait loin, maintenant. Il appréhendait leurs retrouvailles. Il ne savait pas réellement quoi lui dire.

— Je te présente Tess. Et Aurélia.

— Il reste des choses à monter ?

— Tout est là, dit Franck en serrant sa fille contre lui.

19.

Aurélia accoucha à la maternité de Saumur. Ils avaient logé provisoirement dans le salon de la mère d'Aurélia, qui avait accepté de les reprendre malgré les ecchymoses de Franck estompées par le hâle d'un été brûlant.

Franck prit dans ses bras le petit bébé violacé, enroulé dans une serviette. Née à 1,350 kilo, elle lui ressemblait beaucoup. La berçant dans la moiteur de la chambre d'hôpital, il pensa à Tony, à sa mère. Il se demanda ce que Simon allait dire en voyant la petite, et si Clarisse aurait un bébé à elle, un jour. Il la remit au sein de sa mère qui souriait dans un demi-sommeil. Il marcha ensuite longtemps dans la canicule des rues pavillonnaires. Il avait encore l'odeur de Tess sur ses mains. Il pensait à la vie qu'il allait devoir bâtir, aux responsabilités qui étaient désormais les siennes. L'existence ne lui avait fait aucun cadeau. Il avait pris tout ce qu'on ne lui avait pas donné, mais le peu qu'il avait arraché se changeait systématiquement en sable et lui coulait entre les doigts. Il allait devoir se battre ; même s'il ignorait contre qui, il savait au moins pour quoi.

— Pour trois, c'était déjà limite. Mais à quatre, avec le bébé, c'est pas possible, leur annonça la mère d'Aurélia quelques jours plus tard, au sortir de la maternité.

Elle ne l'aimait pas, ne l'avait jamais aimé. Elle se méfiait de lui. Elle aurait voulu quelqu'un d'autre pour sa fille. Le prétexte était facile. Franck prit sur lui de ne pas tout envoyer par les fenêtres. Il ramassa ses affaires, étant convenu qu'Aurélia et la petite resteraient dans l'appartement en attendant. Il passa quelques nuits dans la voiture avant de trouver un toit chez une cousine d'Aurélia qui habitait à l'autre bout de la ville avec ses deux fils. Le peu d'argent qu'il leur restait avait fondu sous la quantité de choses à acheter pour la naissance de Tess. Ils vivaient du RSA de Franck, des petites sommes que la mère d'Aurélia leur octroyait et des allocations.

— On va pas rester longtemps, crois-moi. On va se tirer d'ici, dès que ça ira mieux pour nous. Je vais trouver du boulot, quelque chose.

Septembre arriva. Ils firent la route jusqu'à l'océan pour présenter l'enfant à la mère de Franck qui accepta de les héberger pour un temps. Elle tenait sa petite-fille contre elle comme un gros bouquet de fleurs. Elle paraissait heureuse, pour la première fois depuis la mort de Tony. Ils s'installèrent dans la chambre de Franck, où rien n'avait bougé, déplièrent le lit, sortirent les jouets et le tapis d'éveil.

Franck entrait chaque matin dans l'unique agence d'intérim de la ville, où on ne lui proposait que des missions brèves ou trop lointaines. Un jour, au Maryland, il croisa Adrien Chabot, le fils du garagiste. Il avait repris à son compte une part du trafic, et leur vendit à prix d'ami une herbe âcre. Lorsqu'ils furent à court d'argent, il leur proposa de se faire payer en nature par Aurélia, une fellation rapide dans les toilettes du Maryland. Franck s'emporta, drame, coups de poing, bagarre avec le fils Chabot, gendarmerie, dépôt de plainte. Quinze jours plus tard, les services sociaux débarquèrent chez la mère de Franck et firent le tour des pièces plongées dans la pénombre, avec les prises électriques entourées de scotch, et Tess enfouie dans les jupes de sa grand-mère. Franck serra les poings.

— Vous avez rien à faire ici, c'est pas chez vous. On sait s'occuper de notre fille.

— On a été contactés pour vous aider. Vous ne voulez pas vous asseoir ?

Tirant un lourd agenda de son sac, la femme leur expliqua qu'ils allaient devoir fixer de nouveaux rendez-vous. Tess devait voir un médecin, par exemple. Elle leur conseilla de commencer par nettoyer un peu la maison. Franck monta dans la chambre pour préparer leurs bagages. Quelque chose en lui avait fini par rompre. Il n'y croyait plus. Il évoluait dans la pièce comme s'il ne la connaissait pas : le grand lit, les étagères avec ses cassettes vidéo, le bureau encombré de bricoles. Rien ne semblait réel. Il resta un long moment assis sur une chaise, à manipuler des objets pour se vider l'esprit. Dès qu'il essayait de s'en sortir, on lui courait après. Tout ce qu'il entreprenait échouait. Ses efforts non seulement ne lui rapportaient rien, mais lui coûtaient jusqu'aux espoirs qu'il y avait placés. Il était incapable de faire face. Comme une ombre, la vie se dérobait à mesure qu'il avançait pour la saisir. Il aurait pu tout casser autour de lui. Il resta un moment, assis sur le lit. Puis il alla chercher des enveloppes dans un tiroir du buffet, remonta dans sa chambre et, sortant un stylo de sa vieille trousse bleue, se mit à écrire. Il n'avait pas tenu un stylo depuis des années. Gaucher, il avait du mal à rester sur les lignes, même à l'école.

Il écrivit une lettre à Clarisse. Pour Simon, cela lui prit plus de temps. Il pensait à toutes ces choses qu'il n'avait plus la force de réclamer. Il y notait ce qu'il avait depuis longtemps sur le cœur. De le voir mis au propre lui faisait du bien, apaisait un état de souffrance et de confusion où il lui semblait perdre son discernement. S'il lui arrivait quoi que ce soit, il resterait au moins ça. Il posa les enveloppes l'une à côté de l'autre sur la planche gauchie qui lui servait de bureau, et se leva.

Ils quittèrent la maison l'après-midi même.

— Joa peut nous prendre chez lui.

— Je sais pas qui c'est.

— Un copain, répondit vaguement Aurélia. Il habite Orléans.

— Précise, dit Franck.

— On était ensemble, il y a longtemps, finit-elle par avouer.

— J'aime pas ce genre de plan.

— T'en as un autre ?

— Je vais y réfléchir. J'ai un coup de téléphone à passer.

Vous êtes bien sur le répondeur de Simon Taïeb, merci de laisser un message, lui annonça une voix qu'il eut du mal à reconnaître.

— C'est Franck. Rappelle-moi quand t'auras le temps.

Pas de shit, et on fumait sur le balcon (c'était la consigne). Pas de bouteilles qui traînaient. Justine quittait l'appartement tous les matins à 7 h 30. Simon attendait un peu, jouait avec Tess à *Pomme de reinette et pomme d'api* ou *Toc toc toc tortue*, puis se rendait à la fac.

Alors Franck et Aurélia restaient seuls avec leur fille, leurs affaires rassemblées dans un coin et le jeu de clés qu'on leur avait laissé. Ils promenaient Tess autour du quartier, des boucles de plus en plus larges qui les emmenaient jusqu'au quai de Javel ou à l'École militaire, dans cette ville haute et bruyante. Aurélia déposait des CV dans les magasins de vêtements. Ils s'arrêtaient pour manger un morceau, puis traînaient dans les squares ou en terrasse des fast-foods, la petite courant maladroitement après les pigeons sous le regard des touristes et des vendeurs de colifichets.

— Et toi, qu'est-ce que tu comptes faire ? lui demanda bientôt Simon.

— J'ai besoin de temps pour me retourner. Pour l'instant, y a pas de boulot.

— T'as essayé la boîte d'intérim en bas ? Ils cherchaient des magasiniers.

— C'est à Vitry. J'ai plus d'argent pour la voiture.

— Il y a le RER.

Franck roula un joint, l'alluma, souffla une longue bouffée dans l'air printanier. Simon fixait quelque chose au loin.

— C'est les flics. On dirait un accident.

Une fois ressassés leurs souvenirs, ils n'avaient plus grand-chose à se raconter. Une blague ou deux. Parfois, seuls sur le balcon, ils parlaient de Clarisse comme d'un trésor lointain, que deux explorateurs à l'automne de leur vie auraient été les seuls à avoir contemplé. Et cette seule évocation suffisait à les rapprocher un peu. Mais la plupart du temps, Franck sentait bien que sa présence (la sienne et celle de sa famille) le gênait et que c'est avec soulagement que Simon se serait réveillé un matin pour constater qu'ils étaient partis dans la nuit, tous les trois. Ce qu'ils avaient vécu ensemble ne suffisait plus. Ils évoluaient chacun dans des mondes séparés, étanches et clos sur eux-mêmes. On croit pouvoir traverser de l'un à l'autre, ou revenir en arrière, mais ce n'est qu'une illusion. La vie punit ceux qui croient trop fort en elle, sans avoir les moyens de s'en sortir.

Les problèmes commencèrent au bout d'une quinzaine de jours. Bienveillante, Justine traita d'abord la situation comme le prolongement d'une vie consacrée aux autres. Mais bien vite, elle comprit que leur couple risquait de ne pas survivre à cette intrusion.

Aurélia et elle n'avaient rien à se dire. Justine la considérait comme une idiote, et au fil des jours ne parvint plus à le cacher. Aurélia se promenait dans l'appartement en soutien-gorge et, assise en tailleur, observait Simon corriger des copies sur la table du salon. Le samedi, elle pouvait rester des heures sans rien faire, pendant que Franck trimballait Tess à travers Paris. Au bout d'un mois, elle n'avait obtenu aucun entretien pour du travail.

— Je ne la supporte plus. C'est physique. Elle est maltraitante avec sa fille.

Ils s'isolaient dans la chambre, parlant à mi-voix à cause de l'épaisseur des cloisons.

— Elle n'est pas maltraitante.

— Elle ne s'en occupe pas, elle s'en fout. Pour elle, c'est comme avoir un chien. C'est de la maltraitance.

Aux yeux de Justine, Franck bénéficiait d'une forme d'antériorité : c'était l'ami de Simon. Elle lui passait certaines choses, et le craignait aussi. Et puis, il s'occupait de sa fille avec un amour inconditionné et faisait des efforts pour s'en sortir. Il buvait moins. Il avait cessé de se droguer, du moins le croyait-elle. Jusqu'au jour où elle trouva le sachet. Elle refusa de dire comment elle était tombée dessus.

— Ils s'en vont.

Une heure plus tard, Simon montrait le sachet à Franck.

— C'est quoi ?

— T'as trouvé ça où ?

— C'est quoi ?

— Des amphètes.

— On avait dit non.

— C'est une roue de secours. C'est pas pour moi, je prends plus rien. Je peux me faire dans les mille euros, facile. T'inquiète.

— On avait dit non, putain. Franck, tu le savais. Maintenant Justine veut que vous partiez.

Franck le regarda avec colère. C'était le même regard farouche et brillant que lorsqu'il l'avait surpris dans les couloirs de l'école. Il hocha la tête, l'air de dire : « Tout a changé à ce point ? » Simon ajouta :

— Et moi aussi.

Les jours suivants, ils s'évitèrent dans la mesure du possible. Franck avait demandé une semaine de délai, le temps de trouver un point de chute.

Le samedi, alors qu'ils étaient seuls dans la maison, Aurélia envoya Franck faire les courses au supermarché. À son retour, vingt minutes plus tard, il trouva les clés sur la porte et un mot sur la table de l'entrée qui disait : *Je pars avec Tess, elle va bien, c'est fini* en phrases courtes et saccadées écrites les unes sous les autres. Le sac à langer n'était plus là, ni le lit-parapluie, ni les affaires d'Aurélia avec ses papiers.

Franck courut au balcon, puis dans les escaliers, puis autour du pâté de maisons avec son téléphone collé à l'oreille. Elle décrocha au bout d'une heure alors qu'il se trouvait dans la cuisine, une bouteille de tequila à moitié vide dans la main. Il lui hurla dessus, pleura, écouta – dans cet ordre. Elle allait vivre avec Joachim, c'est lui qui était venu les chercher pour les ramener à Orléans. La vie comme ça, c'était fini pour elles. Il pourrait voir la petite, à condition de téléphoner avant.

Franck balança la bouteille contre un mur, frappa dans les portes à se faire saigner les phalanges, se passa un coup d'eau froide sur le visage puis descendit les marches quatre à quatre. Il sauta dans la 205 immobilisée rue d'Alleray, arracha les PV coincés sous ses essuie-glaces, prit l'autoroute et roula jusqu'à Orléans. Là, il se perdit dans Saint-Jean-de-la-Ruelle, gara la voiture et sortit du coffre un manche de pioche qu'il gardait au cas où. Il sonna à plusieurs reprises, appela Aurélia en continu au téléphone, remarqua du mouvement et des reflets derrière les fenêtres du troisième étage. Il laissa son doigt appuyé sur l'interphone.

— Va-t'en ! Tu fais peur à la petite !

Franck se mit à donner des coups avec le manche de pioche dans les portes en verre de sécurité et parvint à créer de petites étoiles. Les gens sortaient sur leurs balcons. Il donna encore un coup ou deux, puis laissa tomber le manche de pioche et remonta dans la voiture pour se calmer. Il repensa à la prison, hors de question d'y retourner. Il pensa à sa fille qu'il ne reverrait plus. Les larmes lui montèrent aux yeux, un sanglot se coinça dans sa gorge : on la lui enlevait. Il roula au hasard, sortit d'Orléans, roula pendant plusieurs jours, dormant sur la banquette arrière, garé sur les parkings ou dans les chemins de campagne. Il s'arrêtait dans des supermarchés pour acheter de l'alcool et de quoi manger.

Il revint dans l'appartement un matin, aux environs du 15 août (il avait perdu, dans une large mesure, la notion du temps). Simon et Justine le trouvèrent le soir même, lové en position fœtale sur le balcon, dans une chaise longue. Il était torse nu et s'était coupé les cheveux. Ses bras et sa poitrine étaient marqués d'entailles faites au rasoir, pour certaines encore fraîches, pour d'autres ayant durci et pris une teinte lie-de-vin. L'appartement était parfaitement rangé et propre.

— On va devoir appeler un médecin, lui annonça Simon, résigné à ne pouvoir obtenir une explication cohérente.

Il passa un moment au téléphone, puis deux infirmiers du Samu vinrent chercher Franck, qui se laissa examiner et les suivit sans se débattre. Il resta deux semaines en observation à la Pitié-Salpêtrière. Le jour de sa sortie, Simon était à l'accueil. Ils rentrèrent en métro rue Victor Duruy. Franck avait le regard fixe, tenant à la main un sac en papier avec ses médicaments et ses ordonnances. Justine le prit dans ses bras. Ils avaient fait son lit dans le salon. Il préféra dormir dehors et traîna futon, oreiller et couvertures sur le balcon, où il s'allongea. Il demeura avec eux quelques semaines encore, en faisant semblant de ne pas entendre les conversations inquiètes qu'ils avaient à son sujet, lorsqu'ils le croyaient endormi. Un matin très tôt, chassé par la fraîcheur de l'automne, il se leva et boucla ses bagages.

— Tu lui diras au revoir pour moi.

— T'es sûr de vouloir partir ?

— C'est mieux.

Il s'enfonça dans la cage d'escalier avec son sac de l'armée à moitié vide et alla chercher la voiture. Il monta et descendit la rue de Dantzig sans la retrouver : volée ou à la fourrière, il n'avait pas le premier euro pour l'en sortir, et pas d'argent pour se payer un billet de train. Il avait refusé l'enveloppe que Simon lui avait tendue. Il remonta à pied la rue de Dantzig puis bifurqua vers la gare Montparnasse sans savoir où aller, transparent, sans vie. Il avait gaspillé toutes ses chances, ou n'avait pas réussi à les saisir, ce qui revenait au même. Il n'en voulait pas à Simon, pas vraiment – il ne l'incluait plus dans sa réalité ; leurs routes s'étaient séparées depuis longtemps : bonne chance à lui. Mais il en voulait à Clarisse de l'avoir trahi. Surtout, il avait peur pour sa fille, peur de ne plus jamais la revoir, sachant qu'il n'avait plus la force de lutter. Peur qu'elle l'oublie. Alors, ce serait comme s'il n'avait jamais existé.

20.

Peu de temps avant de se retrouver à la rue pour la dernière fois, Franck avait logé chez Clarisse, rue Saint-Maur.

Depuis deux ans environ, il faisait des boucles autour de Paris, ou traversait la moitié nord de la France, en fonction des plans, des squats, de la drogue et des rencontres. Il dormait dans des halls de gare, sous des porches, dans des jardins publics, faisait la manche pour se payer un sandwich. Il voyageait recroquevillé dans les toilettes d'un train pendant des heures, ou secoué à l'arrière d'un camion sur un chemin caillouteux. Il finissait sur un parking désert ou une prairie cerclée de ronces, avalait un comprimé accompagné de sirop à la codéine pour rejoindre les centaines d'ombres qui dansaient autour des enceintes. Pour le reste : des boulots saisonniers, un peu de deal, et l'impression d'avancer dans les décombres d'un monde inconnu.

Il avait passé plusieurs mois dans une ancienne cimenterie à Argenteuil, avant ou après des événements qu'il n'aurait – de toutes manières – pas été en mesure de situer les uns par rapport aux autres. Une fille y vivait avec ses chiens, deux molosses baveux qu'elle laissait détaler dans le terrain vague à la poursuite des lapins et des rats. Elle possédait un pistolet à grenaille qu'elle gardait dans une boîte à chaussures, et une carabine 22 long rifle avec laquelle ils s'amusaient à tirer sur des bouteilles vides. Des tatouages sur les mains et la poitrine, Samia avait une quarantaine d'années (dont la moitié passée à se défoncer quotidiennement), les cheveux ondulés couleur d'encre et le ventre barré d'une cicatrice.

Franck avait entendu parler de la cimenterie en traînant dans différents squats des Yvelines. Ils logeaient dans un bureau dont ils avaient poussé les meubles et tiré les stores. L'ex de Samia (la carabine et le pistolet étaient à lui) avait transporté les archives et le mobilier dans la cour, formant un bûcher resté intact. Ils s'éclairaient à la lampe-torche. Personne n'ayant songé à couper l'eau, ils se lavaient dans les toilettes du personnel. Pour s'y rendre, ils devaient marcher dans les gravas légers, aiguilles de plâtre et morceaux de peinture qui jonchaient le linoléum.

Une fourgonnette blanche se garait quelquefois le long du grillage. Elle restait là, personne n'en descendait. Alors, ils partaient se cacher dans un Algeco de l'autre côté de la rue, avec les chiens. L'ex de Samia devait de l'argent à des types. Elle l'avait découvert un soir en rentrant, attaché à une chaise avec du scotch de chantier, le nez éclaté et la lèvre supérieure fendue en deux. On l'avait passé à tabac jusqu'à ce qu'il s'évanouisse, son slip taché de merde et d'urine.

Son ex était parti avec la voiture, et l'avait laissée seule. Quand les types venaient leur rendre visite, ils entraient par une porte dont ils avaient forcé la serrure, faisaient le tour des bâtiments, puis repartaient.

Ils buvaient beaucoup, se défonçaient lorsqu'ils en avaient les moyens, c'est-à-dire entre le 1er et le 10 du mois. Elle lui montra comment fumer de l'héroïne dans une feuille de papier aluminium. Elle n'utilisait plus de seringue depuis longtemps. Elle lui faisait confiance. Elle laissait traîner son fric et ses papiers. Un matin, il ramassa tout ce qu'il put, empocha le pistolet à grenaille et quitta la cimenterie à pas rapides ; il décida de rentrer à Paris.

Il s'était payé une chambre d'hôtel près de la gare de l'Est. Lavé et reposé, il avait épluché le portefeuille de Samia, regardé les photos, pris l'argent et jeté le reste à la corbeille. Il attendit ensuite Clarisse en bas de chez elle, rue Saint-Maur. Elle venait de terminer son service, et s'apprêtait à plonger dans son lit pour regarder des séries sur son ordinateur. Elle tenait un sac en plastique avec des coquillettes, une baguette de pain et une flasque de vodka. Elle venait d'avoir trente ans, tout comme Franck. Elle travaillait comme serveuse quatre jours par semaine. Il s'approcha alors qu'elle traversait la rue. Elle s'arrêta un court instant, à mi-chemin du porche où il patientait depuis deux heures.

L'appartement était minuscule. Il déplia son matelas de camping devant la salle de bains. Elle fit cuire les coquillettes, ils vidèrent la vodka. Il lui raconta l'histoire qu'il avait préparée, avec du vrai, du faux et surtout beaucoup d'omissions. Elle ne le jugeait pas. Il ne voyait dans ses yeux qu'une solitude douloureuse qu'elle ne se donnait même pas la peine de maquiller. Allongés sur le lit côte à côte, ils épluchèrent des clémentines, utilisèrent les peaux comme cendriers en regardant *The Wire.* Il ne tenta rien ce soir-là, et retourna sur son matelas à la fin de l'épisode.

Il resta à dormir bien après la sonnerie du réveil, le lendemain matin et tous les suivants. Clarisse se levait, enjambait son visage, allait prendre sa douche puis partait en laissant la clé sur la porte. Pendant son absence, il ouvrait les cartons de livres encore scellés, fumait puis descendait acheter un truc puis remontait quatre à quatre se cloîtrer dans 25 mètres carrés, comme un type en cavale.

Clarisse rentrait vers 14 heures avec des restes à réchauffer au micro-ondes. Elle s'allongeait sur le lit et il la regardait dormir. Le réveil sonnait une deuxième fois à 17 h 30, et Clarisse retournait prendre son service du soir. Il patientait jusqu'à son retour en jouant à des jeux ou en fouillant dans l'appartement, veillant à bien tout remettre en place. Il avait découvert son panier à linge. Parfois, il se masturbait en reniflant ses culottes sales. Les choses s'assemblaient dans son esprit d'une manière étrange. La réalité fluctuait, pas seulement les éléments tangibles qu'il avait devant lui, altérés par une décennie d'errance et de consommation de drogues diverses, mais le sens qu'elle revêtait était lui-même changeant. Il passait de l'euphorie à l'abattement en une fraction de seconde, pleurait tout seul, ce genre de choses.

En rentrant, Clarisse le trouvait invariablement debout derrière la porte, comme s'il l'attendait, présence étrange et légèrement menaçante, qu'elle était incapable de chasser. Ce n'était pas un rapport de force. Il partirait sur-le-champ si elle le lui demandait. Ils avaient connu trop de choses ensemble. Peut-être était-elle la dernière à voir, sous la dureté, celui qu'il était avant. Noël approchait, les vitrines étaient couvertes de décorations. Elle songeait déjà à quitter Paris, à rentrer chez elle. Quelque chose la retenait, mais sans prendre une forme précise. Simon vivait avec Justine, une fille bien, une fille pour lui. Il devait être heureux. Franck lui raconta comment Simon et sa copine les avaient hébergés, deux ans plus tôt, avec Aurélia et la petite, puis mis à la porte du jour au lendemain.

— Pire qu'un chien. À la rue, avec un bébé.

Le repas s'acheva en silence, Franck assis en tailleur, image agrandie de sa psyché dévastée. Ce n'était pourtant pas les questions qui manquaient (où était Aurélia à présent ? et sa fille ?), mais elle préféra les garder pour elle. Elle attendait l'incident. Elle se réveilla au milieu de la nuit, en sueur, la lumière jaune des lampadaires remplissant l'appartement. Elle avait soif. Franck était assis sur un tabouret. Il la regardait. Il tenait le pistolet à la main. Il ne bougeait pas. Elle referma les yeux, la tête immobile sur l'oreiller, et se concentra sur sa respiration. Elle énuméra tout ce qui allait lui manquer. Nora était partie. Simon n'était plus là. Il n'y avait plus rien à attendre.

— Range-le. J'ai peur.

— Je voulais pas.

— Range-le s'il te plaît.

Elle referma les yeux, la couette rabattue sur sa tête comme un capuchon. *Fais attention à lui*, l'avait prévenu Marion mille ans auparavant. Elle l'avait toujours su. Simplement, il était trop tard.

Cette nuit-là, comme s'il s'extrayait de son propre corps pour contempler son chef-d'œuvre de destruction, Franck ressentit la peur silencieuse qui l'encerclait. Aux yeux des autres, et ceux de Clarisse désormais, voilà ce qu'il était devenu : une sorte de menace errante qui avait quitté le monde des vivants, condamnée aux marges, aux soupentes et aux fossés, et dont on se détournait d'instinct. Il n'était plus lui-même – ou bien, en essayant d'être quelqu'un d'autre, il s'était fourvoyé et goûtait à présent l'amertume du paria qui, accablé, s'aperçoit qu'il glisse, qu'il n'a jamais cessé de glisser, comme son père avant lui. Clarisse à présent ; les souvenirs partagés n'y changeaient rien. Si même elle le craignait, que lui restait-il ? Il quitta l'appartement deux jours plus tard, sans l'en avertir, comme pour parachever un désastre auquel il ne pouvait plus échapper, et lui signifier qu'un retour en arrière était impossible. Il prit son sac, vola de l'argent dans une boîte à thé, et disparut.

L'incendie démarra au deuxième étage rue de Crimée, dans une salle de bains transformée en salle de shoot, avec un matelas en mousse dans la baignoire et des bougies plantées sur le rebord du lavabo ; effluves de sueur, de graillon, une robinetterie arrachée et un carrelage réduit en miettes. Quittant la rue Saint-Maur, il n'avait rien trouvé de mieux. Il vivait là depuis quelques mois, réfugié dans son passé. Il portait les souvenirs de sa fille comme un manteau. Ses regards, l'odeur de ses cheveux, l'amour qu'elle lui avait donné et qui coulait dans sa mémoire comme une source chaude. Sa fragilité, petit être sans défense dans un monde de douleur. Il pleurait en espérant qu'on s'occupait bien d'elle. Il ne cessait pas d'y penser.

Omar somnolait encore lorsque Franck avait quitté l'appartement en se frayant un chemin vers la sortie, dans la clarté chancelante. Omar était une brute. Le jour de sa libération, au risque de retourner en prison après quelques heures de liberté seulement, il avait laissé pour mort un pauvre junkie prénommé Gus, après lui avoir brisé une chaise sur le dos. Gus lui devait de l'argent. Omar était simplement venu le récupérer. L'autre gémissait et pleurnichait dans les éléments épars de la chaise en bois. Omar avait fermé tranquillement la porte, avant de se retourner en entendant un bruit derrière lui.

— T'es qui ?

— Personne.

— T'as rien vu, rien entendu. Compris ?

— Compris, avait répondu Franck, assis dans la cage d'escalier.

La nuit de l'incendie, on suppose qu'une bougie ou qu'un mégot mal éteint avait dû tomber dans la baignoire et mettre le feu au matelas en mousse, puis aux cartons aplatis qui recouvraient le sol, laissant Omar brûler vif, à s'agiter dans les flammes deux étages plus haut.

Franck avait commencé par entendre des cris, des bruits de pas et des coups répétés dans les cloisons. En ouvrant subitement les yeux, il vit la fumée, épaisse et noire, qui s'infiltrait par les jours de la porte, puis la main décharnée qui l'avait tiré du sommeil, tandis que Moussa lui hurlait :

— La fenêtre ! La fenêtre !

Les battants ne voulaient pas s'ouvrir. Ils tapèrent dessus. À force de tirer, ils finirent par arracher la crémone, poussèrent les volets et se réfugièrent sur le minuscule balcon, d'où l'on pouvait voir en contrebas les camions de pompiers et les véhicules de police qui remontaient la rue et essayaient de se frayer un passage parmi la foule des badauds, grossie des squatteurs qui avaient pu s'échapper. Dansant d'un pied sur l'autre, il regardait avec des yeux exorbités les flammes dévorer le peu qu'il possédait.

Une femme hurlait depuis une fenêtre du dernier étage. Elle enfourcha la rambarde. L'une de ses sandales tomba dans le vide. Au même moment, les pompiers entrèrent dans l'immeuble en défonçant la porte. De la pièce d'à côté leur parvenaient des hurlements et des coups redoublés contre les fenêtres qui refusaient de céder. La femme sauta – une ombre sur la gauche, comme un sac à gravas. Pompiers et spectateurs refluèrent subitement. Sur le balcon étroit, Moussa et Franck sentaient maintenant la chaleur du brasier.

— Je descends, dit Franck en enjambant le garde-corps.

Il posa ses pieds en équerre sur le rebord, accroupi dos au vide contre les barreaux. Il remercia Dieu ou n'importe quelle divinité surréaliste à tête d'animal de ne pas être défoncé à cet instant précis, et d'avoir eu la présence d'esprit d'empocher son portefeuille avant de quitter la pièce. Les mains agrippées aux barreaux, ses jambes pendant le long de la façade, il chercha du bout du pied le store du magasin situé au rez-de-chaussée.

— Sautez, on vous rattrape ! Laissez-vous tomber !

Alors que les pompiers s'emparaient de Moussa resté sur le balcon pour le descendre par l'échelle, Franck lâcha prise et tomba dans un abîme de plusieurs secondes où les souvenirs de sa vie s'enchâssèrent les uns aux autres, bons et mauvais, en un long continuum dont il eut le temps d'explorer chaque élément avant de s'enfoncer à l'intérieur d'un énorme matelas gonflable. Au-dessus de lui, le ciel, les étoiles et les lumières des gyrophares brillaient. On le tira en arrière, on l'allongea, et on lui posa un masque à oxygène pendant qu'il se débattait. Il chercha son portefeuille dans la poche de son pantalon, le trouva, décida de fermer les yeux quelques secondes, et en les rouvrant découvrit qu'il était seul, allongé sur un brancard de l'autre côté de la rue, avec pompiers, ambulanciers et flics qui lui tournaient le dos. Il enleva le masque, repoussa la couverture et se mit à courir le long de la rue de Crimée, en direction du quartier de la Chapelle, sans se retourner une seule fois, ne reprenant son souffle qu'une fois parvenu sur l'autre rive.

Les dernières années de sa vie se confondaient maintenant dans son esprit. Quand bien même on lui aurait présenté une chronologie minutieusement documentée, avec schémas et photos à l'appui, il lui aurait été impossible d'en retracer les grandes lignes, ou de dresser une liste, même lacunaire, des lieux où il avait fumé, mangé, bu, baisé, dormi roulé en boule. Les gens qu'il avait rencontrés, il en oubliait jusqu'aux visages. Il avait passé des années à arpenter les rues de banlieue avec son paquetage, les routes secondaires, les voies d'accès dont les trottoirs en ciment fumaient au soleil et glissaient sous la pluie, à marcher dans les empreintes boueuses des chemins agricoles, ou dans des sentiers qui s'enfonçaient dans les bois. Ceux qui leur prédisaient le pire, à lui, à son frère et à sa famille, avaient eu raison.

Il est facile, après coup, d'attribuer à une existence gâchée des causes évidentes. Comme si le destin se chargeait simplement de relier des points entre eux. Si on lui avait dit, à quinze ou seize ans, qu'une telle vie existait, aussi noire, Franck ne l'aurait pas cru. Et encore moins qu'elle allait être la sienne. Il avait toujours pensé s'en sortir. En temps voulu, il se dégagerait. Il partirait, il changerait encore. Clarisse l'attendrait. Simon l'attendrait. Tess avait besoin de lui, il la retrouverait. Il l'avait cru jusqu'au dernier moment.

Lorsqu'il ferma les yeux pour la dernière fois, il leur accorda à tous les trois son pardon et son amour immense. Il serra sa fille dans ses bras, déposa un baiser sur sa joue en guise de protection. Clarisse se pencha sur lui pour l'écouter. Les mots avaient du mal à sortir. Simon était posté plus loin. Sa mère, son père, son frère Tony. À un moment, Franck se sentit comme soulevé des marches poussiéreuses où il s'était affalé, dans un sous-sol du 18e arrondissement, le souffle court. Il respirait de plus en plus difficilement. Son cœur se souleva une dernière fois. Il entendit une porte claquer au loin. Il s'attendit à voir de la lumière.

21.

La station météorologique se trouvait à mi-chemin de la ville et des plages, au centre d'un espace laissé nu (roches, fougères et ajoncs). Les voies déjà étroites allaient en se rétrécissant au fur et à mesure qu'on approchait du littoral. Disparaissaient ainsi progressivement les sommets des tours de bureaux et d'habitation, découpant ce qui n'était, avant la guerre, qu'un réseau distant de bourgs ruraux et de hameaux de pêcheurs. La journaliste d'une chaîne locale, équipée d'un ciré jaune dont elle tenait la capuche rabattue, parlait devant l'entrée de la station, désignant le bâtiment dans son dos à la caméra.

— Ils sont tarés, commenta Simon.

À l'écran, on voyait le vent plaquer sur les fenêtres de menus débris, feuilles, brindilles et plumes d'oiseaux. Annoncée depuis quarante-huit heures, la tempête Stanley, avec bourrasques et rideau de pluie, arrivait en provenance de Cornouailles. Elle y avait déjà arraché des arbres et des toitures, poussé des véhicules dans les fossés et abattu des kilomètres de lignes à haute tension, engloutissant les rues, les immeubles et les ponts dans une obscurité cinglante.

La caméra s'approcha de la station. Ce qu'il restait d'un appareil de la taille d'un vélo pour enfant était venu se fracasser contre un mur, laissant dans la vitre une fissure de trente centimètres. À l'intérieur, tout avait sauté. Les derniers occupants avaient été évacués, tandis que le vent couchait les arbres et faisait gicler de l'écume blanchâtre jusqu'à 300 mètres du rivage. La journaliste souleva un capteur qui pesait plusieurs kilos, précédemment boulonné à un socle en ciment, roulé dans la bruyère telle une boîte de conserve.

— Clarisse, viens voir.

Sur un plan large, on pouvait voir les vagues jaillir au bout du terrain dénudé. Elles sautaient par-dessus les rochers d'ordinaire couverts d'oiseaux, avant de retomber dans un bruit mat. Loin au large, on distinguait un porte-conteneurs que les rouleaux soulevaient puis enveloppaient. Un hélicoptère faisait des cercles au-dessus du navire. On se demandait si tout pouvait vraiment, en un instant, être balayé ou englouti. Une image de fin du monde.

Lorsque le gros de la tempête gagna le centre-ville, et que tout se mit à voler – papiers, pots de fleurs, ardoises, branches, enseignes lumineuses, chapeaux de cheminée et paraboles –, Clarisse vint se blottir contre Simon. Il avait éteint la télé et feuilletait un livre, allongé dans le canapé. Elle l'aurait cru calme à le voir ainsi, mais elle se rendit compte en y posant la main que son cœur battait fort. Il tourna la tête pour la dévisager. Il éprouvait une joie intense d'avoir Clarisse à ses côtés, amoureux, libérés, tous les deux hors d'atteinte. Des oiseaux s'étaient réfugiés sous les balcons. La rue était vide et, chose tout à fait singulière, presque muette sous les hurlements du vent. Plus loin, à l'angle de la rue de Madagascar, une poubelle et un caddie de supermarché progressaient librement parmi les rares véhicules. L'espace au-dehors semblait plongé dans une nuit agitée et sifflante. La chaussée pentue avait été transformée en rivière.

— Tu crois qu'on va rester bloqués comme ça longtemps ? demanda Clarisse.

Ayant passé une partie de l'après-midi au lit, rideaux tirés, ils ne s'étaient pas rendu compte de la violence de la tempête. À présent, les fenêtres tremblaient et laissaient entrer des coulures d'eau le long des boiseries. Simon sourit en la regardant. Clarisse s'employa à calfeutrer les ouvertures avec des serpillières. Une flaque s'était déjà constituée sous la fenêtre.

— Tout va bien, dit-il en plaçant ses mains autour du visage de Clarisse.

Elle s'empara des deux enveloppes restées sur la table basse, et revint se poster devant lui. Simon inclina la tête. Ils avaient retardé ce moment autant que possible. Ils ne ressentaient aucune crainte (ensemble, à cet instant, ils n'avaient plus peur de rien), mais le côté irrévocable du geste qu'ils s'apprêtaient à accomplir pesait étrangement autour d'eux, comme s'ils hésitaient à pousser ou refermer complètement la porte derrière laquelle Franck attendait.

Les deux enveloppes contenaient chacune une lettre et de petits objets qu'ils déposèrent devant eux. S'y trouvaient notamment : un briquet à tête de mort ramassé par Franck sous un banc à la sortie du collège, en 5e ; un portrait sur un quart de bristol représentant Clarisse, réalisé par Marion en cours d'arts plastiques ; une bague que Franck avait volée et qu'elle lui avait rendue ; l'album *It Was Written* de Nas à la jaquette fendillée et collante (vodka orange), avec l'inscription *Simon T.* écrite au stylo sur le revers de la pochette ; une photo carrée décolorée montrant Simon et Franck à l'âge de treize ou quatorze ans, prise dans une rue du lotissement derrière la conserverie – Simon tient son skate à la main, il porte un T-shirt noir, un bombers et une casquette blanche, visière sur la nuque, souriant à la petite brune de 4e qui prenait la photo ; Franck est à côté de lui, plus court d'une demi-tête, chemise à carreaux, blouson en cuir trop grand, cigarette au coin de la bouche, le regard réglé sur un point un peu au-delà de l'objectif, dans les chênes ou les façades aux verrières brisées. Ce jour-là, ils semblaient libres l'un à côté de l'autre, insouciants, soulevés par la joie – Simon se rappelait de tout très nettement : la lumière, le vent, l'odeur des fleurs et des gravats, le soleil, la promesse renouvelée d'une amitié que rien ne pourrait défaire.

— Arrête.

— Laisse-moi regarder.

Clarisse lui prit la photo. Simon déplia la lettre qui lui était adressée. C'était une page arrachée à un cahier, grattée d'une écriture mince et irrégulière. Il la tint devant lui comme pour voir au travers. Exposée à l'humidité ou à de trop fréquentes manipulations, peut-être relue puis glissée de nombreuses fois dans l'enveloppe brune, la pliure centrale menaçait de lâcher, coupant dans les petits paragraphes constellés de fautes d'orthographe.

— Mes lunettes. Dans mon sac.

— Tu portes des lunettes ?

— Pour voir de près, oui.

Il demeura plusieurs minutes à lire. Au bout de quelques lignes, il se mit à entendre Franck composant sa lettre à voix haute à mesure qu'il écrivait. Il le voyait presque, penché sur sa feuille, appliqué, consciencieux. La voix de son ami dans son esprit donnait à ses mots une densité supplémentaire. Il lui expliquait son amour pour Clarisse, la douleur qu'elle l'ait toujours préféré à lui ; sa fierté et son refus de vivre dans son ombre ; le choix qu'il avait fait de la laisser tranquille, et de ne pas entraîner Clarisse dans sa vie, succession de faux pas dans un long déroulement macabre. À la fin, il lui demandait de ne pas l'oublier.

La lettre terminée, Franck avait reposé le stylo, refermé sa trousse, plié la feuille bord à bord et cacheté l'enveloppe, revivant sans le vouloir les longs souvenirs instantanés, attachés les uns aux autres, qui les liaient tous les trois. Simon et lui dans l'été, à la sortie du collège, le silence, les voix distantes, le balancier des pins. Clarisse qui lui abandonne sa main, sa bouche, allongée contre la dune, au fond du cimetière de bateaux. Tout était là, alors que l'on croyait que tout était perdu. Simon replaça la lettre dans l'enveloppe. Il se sentait dégagé, et triste. Mais Franck lui manquait.

Le téléphone de Clarisse se mit à sonner. Elle alla dans la cuisine, puis raccrocha alors que la voix de son père, rendue inaudible par les hurlements du vent lui parvenait d'un continent oublié (« Ferme tes volets ! – Papa, j'ai plus six ans… »). Les lumières s'éteignirent tout à coup, plongeant l'appartement dans la nuit. En fouillant, elle parvint à mettre la main sur une lampe de poche fatiguée dont la pile fonctionnait encore. Elle descendit les escaliers en braquant devant elle son éclairage incomplet et pâle et vit, par l'œil-de-bœuf du palier, des branchages arrachés et des objets qui traversaient la cour. Elle s'engouffra dans l'escalier de la cave, manipula l'un après l'autre les disjoncteurs dans une senteur envahissante de grotte et de vieilles cagettes, avant de se résoudre à remonter, le temps qu'on rétablisse le courant. Simon était dans la cuisine, l'enveloppe posée sur la table, devant lui. Il souriait faiblement, les yeux humides.

— Il est mort tout seul. On l'a abandonné.

— Dis pas ça.

Simon alla s'allonger sur le canapé. Clarisse se serra contre lui. Lorsqu'elle rouvrit les yeux, elle se rendit compte que la pluie avait cessé. Simon dormait. Elle enfila un T-shirt et alla ouvrir les volets du salon. Le vent était passé au sud, déplaçant mollement linge, hamac et girouette de l'autre côté de la rue. Des flaques s'étaient formées dans la chaussée, larges et scintillantes. Elle aurait voulu apercevoir l'océan. Ils pourraient prendre la voiture. Le soleil commençait juste à traverser les nuages. Ça suffisait pour aujourd'hui.

Cet ouvrage a été imprimé
par CPI Brodard & Taupin
pour le compte des éditions Grasset
à La Flèche (Sarthe)
en décembre 2022